阅读之前 没有真相

午 夜 文 库

π的杀人魔法（上）

Sile少年推理师的诞生

墨殇 著

新星出版社 NEW STAR PRESS

目 录

登场人物表

穆千行：十七岁，因公牺牲的“墨探”穆柏林的遗子，省立江南第一中学初中部初二学生，少年推理兴趣社社长。

省厅刑侦

安力为：四十岁，省公安厅刑侦总队重案处侦查一科（大案科）警长，外号“拼命三郎”，做事雷厉风行，崇尚埋头苦干。

刘晓伟：二十二岁，省公安厅刑侦总队重案处侦查一科警员。安力为的助手。

王　亮：二十三岁，省公安厅刑侦总队重案处侦查一科警员。安力为的助手。

小　秦：二十岁，省公安厅刑侦总队重案处侦查一科警员。安力为的助手。

小　季：二十岁，省公安厅刑侦总队重案处侦查一科警员。安力为的助手。

倪大龙：三十六岁，省公安厅刑侦总队重案处侦查一科副警长。

张　振：二十四岁，省公安厅刑侦总队重案处侦查一科警员。倪大龙的助手。

小　郑：二十岁，省公安厅刑侦总队重案处侦查一科警员。倪大龙的助手。

贺言成：五十岁，省公安厅刑侦总队重案处侦查一科副科长，安力为曾经的师傅与搭档，靠兢兢业业的苦干提升到副科长。

崔东海：五十五岁，省公安厅厅长，警衔一级警监。已故“墨探”穆柏林的同学、战友、搭档。

裘安邦：五十七岁，省公安厅刑侦总队重案处处长，警衔三级警监。

滕　战：三十七岁，省公安厅刑侦总队重案处侦查一科警长，已故“墨探”穆柏林的徒弟，厅里有名的智力型学院派警探。

省厅刑技

老　孟：孟凡树，省公安厅刑侦总队法医鉴定中心法医病理检验室主任法医师。

小　孟：孟建新，省公安厅刑侦总队法医鉴定中心法医病理检验室助理法医师。

郭小美：省公安厅刑侦总队法医鉴定中心毒品毒物检验室助理研究员。

何心怡：省公安厅刑侦总队物证鉴定中心物证鉴定室助理研究员。

老　范：范光辉，省公安厅技术支持中心主任、研究员。

小　梁：梁启明，省公安厅技术支持中心助理研究员。

小　章：省公安厅技术支持中心助理研究员，电脑网络和监控技术神童。

市局刑侦

夏　军：市公安局刑侦支队一大队（重案队）大队长。

杨　坚：市公安局刑侦支队一大队警员。夏军的主要助手。

荣氏一族

荣应泰：五十七岁，荣氏企业掌门人，商业巨头，富甲一方，性格阴郁、沉稳，心思缜密，经营管理的天才。

叶淑娴：五十岁，荣应泰的妻子，外表温雅淑娴，内心骄奢霸道。

荣俊赫：二十五岁，荣应泰的长子，性格叛逆，富有远见，待人宽厚，被业内称为“孟尝君”。

林念祖：三十五岁，荣应泰的义子，性格沉稳成熟，老谋深算。

荣熙真：三十二岁，荣应泰的长女，知书达理，颇有大家风范。

荣惠娜：二十九岁，荣应泰的次女，典型的“白富美”，一个生活在童话中的“白雪公主”。

郑　浩：二十九岁，荣应泰的次女婿，惠娜的丈夫，英俊稳健，颇有头脑。

荣俊旭：二十三岁，荣应泰的次子，性格叛逆，桀骜不驯。

小　海：八岁，荣应泰的幼子，非常乖巧可爱的孩子。

其他

李　妍：二十五岁，荣应泰的情人，艺术学院毕业，举止高雅，颇有心机。

荣启泰：五十五岁，荣应泰的胞弟。

叶丰盛：四十九岁，叶淑娴的胞弟。

光复叔：吕光复，六十五岁，荣府大管家。

根　叔：周水根，五十七岁，老荣府仆人。

周　焘：三十岁，根叔之子。特种兵退伍，荣俊赫的贴身保镖。

刘正隆：五十二岁，荣氏产业的大律师。

李星茂：五十岁，星茂集团董事长。

缪东野：五十五岁，东野建设董事长。

华鼎坤：五十六岁，华郗控股董事长。传说背后有华尔街的大佬撑腰，是荣应泰和荣氏企业的最大竞争对手。

序　章　生与死

黄昏的海边，寂静无声。

空气中弥漫着令人窒息的沉默。

时间、空间，似乎都停顿了。

天边堆积着乌云，遮住了残阳本来的血色。天空与海之间，仿佛泼墨的卷轴，空洞而苍凉。

悬崖之上，他，独自一人，正冷冷地注视着远处无情的靛青海面，任凭风的刀锋，划过同样冷漠的面庞，撩过他曾经潇洒的长发。

他就这样注视着，没有一丝属于人类的表情。明明是一张青年俊朗得令人艳羡的脸，此刻却似埋藏在远古寒冰之下的陨石，散发出晶体特有的幽冥之色。

这里是绝对的高处，以至于不能听见平日里单调的海浪声。他看见远处，即使具有极大冲击力的黑色巨浪，也只是一遍又一遍地重复着同样的失败，被金刚般的坚硬岩石击得粉身碎骨。

在这广袤的天地之间，似乎只剩下了他，一个人。

生，与死，在这一刻，仿佛融合成了同一种元素，失去了人类理性中不可逾越的分界线。

人的生命，究竟意味着什么？也许正如眼前的浪花，不过是一次次的拼命撞击，又一次次被无情地击碎，周而复始。而面对冲击的丛丛巨岩，就像积聚万年的黑色苦厄，并未因此而产生丝毫的改变。

生，或死，在这无情的天地之间，早已不再重要。因为，那双寂寞而虚无的眼眸，真切地看见了死亡。

从远方的海平面，飘来一丝淡淡的鱼腥味道。或许，这就是生命尚且残留的味道吧。

他慢慢地抬起右手，想要再近一些，触摸到死亡的形状，再近一些，可他只抓住了些许虚无。就连这点虚无，都如尘沙般自指缝落下，归于无形之中。

一个念头，如沙砾般落下，在他心底的死水中惊起一丝微澜。那是一位沙弥曾向他讲过的一句话：五蕴皆空，或许世间的一切，都只是如尘世间的景色一般虚无，转瞬即逝。

他捏紧了拳头。可他知道，拳头里裹挟着的，也不过是——空。

他再次深吸了一口带着鱼腥味的空气，缓缓闭上了双眼。

一声长啸，划过长空，也划过了青年的耳际。他睁开双眼，抬起头望向天边。一只苍鹰，正挥动着健硕的翅膀，穿过了浓密的黑云。

积聚的云似乎被撕开了一道裂口。血色的残阳，那蕴含着生命灵动的光，顷刻间穿过层层封锁，懒洋洋地洒在青年的脸上。

他看着盘旋的苍鹰，嘴角露出一缕微笑，一线生机。

然而，他并没有因此留恋，张开双臂，纵身一跃而下。

瞬间，身体和心灵再次融合在一起，向着地心引力的黑洞急速坠落。

义无反顾。他将投入黑暗的怀抱……

第一章　蒸发——不可能的消失

把奇怪和神秘混为一谈是错误的，最最平常的犯罪往往是最神秘莫测的，因为它没有奇特之处作为推理判断的依据。

——夏洛克·福尔摩斯（英）

第一节　电　话

“每次都为少爷捏一把汗。”

外表精干的保镖周焘从荣俊赫手中接过全套装备，一边放入后备厢，一边擦拭着脑门上的汗。

每次荣俊赫来到这个私人性质的蹦极场所，他总会自始至终大汗淋漓，也不知是发热，还是紧张。

俊赫不慌不忙，脱下紧身服，换上黑色纯羊毛的呢制长礼服。

“这……恐怕是距离死亡最近的运动了吧？！”周焘带着困惑与疑虑的眼神看着俊赫，似乎还未从担心中完全恢复。

俊赫轻轻拍了一下周焘的肩膀，冲他微微一笑，拉开了车门。

俊赫知道，周焘是真的担心自己。

他们名义上是主仆关系，但在俊赫的心里，却从来没有把周焘当成一个普通的仆人来对待。他们之间可以无话不谈。周焘就好像他的弟弟。倘若只是两个人在一起，周焘也会时而放肆一下，但在荣家及面对外人时，周焘清楚地知道，尽管俊赫对他好，自己也应该懂得恪尽职守。

俊赫插入车钥匙，却并没有马上发动汽车。

“或许，经历过死亡的人，时常敢于面对死亡的人，才能懂得在这个世界中生存的意义吧？！”

周焘直勾勾地盯着怆然自言的俊赫，点点头，却似懂非懂。

手机铃声突然响起，将周焘从臆想拉回现实。他看了一眼号码显示，双手将闪着钻石光泽的VERTU手机递给俊赫。

“是老爷。”

俊赫接过，仔细看了看，皱起眉头。

他犹豫了一下，接通电话。电话里传来苍老而焦急的声音。

“什么？不可能……好。我马上回来。”

放下手机，俊赫的眉头锁得更紧了。他把双手放在方向盘上，许久，没有说一句话。

周焘紧张地看着俊赫。从俊赫的反应中，他意识到事态的严重性。

俊赫猛然抬头，看着前方，果断地扭动了点火器。

轰——搭载了一千三百五十四马力七点零升V8双涡轮增压发动机的银色SSC Tuatara在眨眼间发出与众不同的怒吼，绝尘而去。

第二节　勇往直前

一天前，省卫视的周末名牌晚间益智答题类节目《勇往直前》正在紧张地进行中。全场灯光如星光般闪耀起来，男女主持人向观众频频挥手致意。

这是一档新型的答题类节目，采用打擂者与各个擂主分别单独厮杀的模式，让不同职业、不同社会标签的参与者在限定的时间内进行PK。它的最大亮点就是，答题失败的选手会被主持人按下手中遥控器的“落下键”，从现场自己的位置上真的坠入下面的后台，具有相当的视觉冲击力。因此，自节目开播以来，一直保持着极高的收视率，甚至还被别的台纷纷效仿。

在灯光背后的黑暗中，一个蓝色小点一闪一闪的。

那里放着一把导演椅，蓝色小闪光是坐在椅子上的人挂着的蓝牙耳机发出的。他神情紧张，右手攥着一支笔，死死盯着现场，额头上都冒出汗来，不时神情烦躁地向后挥手，指挥着什么。他的身后站着几个小年轻，场边还有不少工作人员快速来回穿梭。

能坐到这个位置的可不是一般人。他就是整个现场的导演——徐斌。

在场中央的八个烟花装置喷出绚丽耀眼的液态烟花之后，节目就正式开始了。

著名的男女主持人各自做介绍："各位晚上好，欢迎准时收看天然堂——你天然就很美《勇往直前》节目，大家好，我是王大宝。"

"大家好，我是沈丽。今晚您所看到的是《勇往直前》的特别节目，也就是《勇往直前》一年一度的年终至尊巅峰明星争霸赛。"

"今晚，就在今晚，我们将呈现给大家的是一台从来未曾有过的，自我们节目开播以来，最为激烈的比赛、最为惨烈的比拼。参加我们今晚至尊争霸的六位选手，都是在本年度节目中曾经获得过大满贯的至尊选手，他们被网友追捧为——'答神'。下面首先隆重介绍的，是我们节目中从未被打倒过的三连环大满贯，我们节目的赞助商，荣氏企业董事长荣应泰的夫人——叶淑娴女士——"

六号答题位上，风姿绰约、鹤立鸡群的叶淑娴，不失风度地向全场观众挥手致谢。观众席中，闪光灯此起彼伏，仿佛这档节目成了她的个人发布会。尽管她已经极其注意保持低调的姿态，但很明显，她的高贵气质丝毫没有受到抑制，浑身散发着光彩，令其余几位"答神"多少感到些自惭形秽。

徐导演吁了口气，将双手叉起，撑在脑后，惬意地靠在导演椅上。身后的两个小伙子面面相觑，把手按在胸口，都跟着长长地舒了一口气。他们是徐导演的助理，一个姓王，一个姓李。

“你说她那么有钱，怎么还来参加这种比赛呀？”

“你以为跟你一样是为了奖品？那是荣总的夫人，咱台长见了她的车都得乖乖让道。人家吃一餐，就顶你一年的工资了。”王助理显然比李助理早混几年。

“那……她为啥？”李助理有点摸不着头脑。

“嗨，谁知道呢！这些有钱人就是喜欢得瑟，显得比别人聪明……”

徐导演身后的两个小助理低声地对台上的叶淑娴评头论足。徐导演并没有如往常一样制止。他伸出右手，向王助理要来了对讲机：“老牛老牛，情况怎么样？没问题吧？”

总指挥室内，站在多画面显示控制器前的牛导演，此刻也同样紧张地看着画面，不断操控着忙碌的工作人员。桌子上的对讲机传来徐导演的声音。

“没问题。一切正常。”牛导演向现场的徐导演回应。

此时，控制室里的主画面中，经过两个大摇臂跟拍和一个旋转顶拍的技术气氛渲染之后，镜头再次切换到主持人王大宝。靠机关枪一样溜的嘴皮子出名的王大宝，用极快的速度长时间持续不换气，开始了他的拿手绝活。

“……喝牛力添动力大草原牛力精神保健品为《勇往直前》加油。本届《勇往直前》所有选手将踏上大草原知识达人巅峰之旅。按屏幕下方的××××××××拨打电话或发短信到

× × × × × × × × 参与互动立即获得优美易购的一百元优惠券，感谢优美易购对本节目的大力支持……”

“今儿的语速又快了嘿？”听着主持人在屏幕上喋喋不休的唠叨，一位工作人员瞠目结舌地问道。

“听说网友给他做了测速，四十五秒他说了三百四十二个字，也就是每秒钟七点六个字。不过，他已经被说相声的郭哥秒杀了。”另一位工作人员说。

“他小子又把词加长了吧？”牛导演笑着问对讲机里的徐斌。

“没办法呀！制片人又加了两条新的广告。”对讲机里的徐导演回答。

“金主又来了，那是好事情呀。看来今年咱的年终奖不会再拖欠了。”

对讲机里的徐导演压着声音，和他一起轻松地大笑起来。

“以前我们主持节目可不是靠这个。哼哼！这世道。”牛导演似乎对王大宝的绝活颇有微词。

场内的气氛愈发高涨。

“下面有请今晚的第一位挑战者上台。来吧，小伙子。”沈丽高举右手，配合闪动的灯光，继续煽动现场观众新一轮的欢呼。

上来的并不是小伙子，而是个半大小子，一个脑袋大、身子小，愣头愣脑、其貌不扬的小学生。虽然是个小孩儿，可一番略学港台腔却不失东北家乡本色的话，让人刮目相看的同时又难免让人有些想吐。

“大宝叔叔好，沈丽阿姨好。我叫刘国庆，今年十二岁。俗话说天不怕地不怕，就怕刘国庆把题答。我来自黑土地那嘎达最美丽的城市——沈阳。我是沈阳丹青小学的一名五年级学生。说起《勇往直前》这个节目呢，我老喜欢老喜欢了，也在咱老爸的支持下加入了老多发烧友组织的 QQ 群哦……”

徐导演显得有些反胃，一吐舌头，站起身把对讲机交给助手。

“你们盯着吧。我在门口抽烟，有啥事叫我。”徐导演转身，朝演播室外走去。

他的助手不敢松懈，依然死盯着现场。

第三节　众目睽睽之下

夜晚的风已经颇有凉意。

徐导演紧了紧夹克的衣领，后悔没穿风衣出来。

他斜倚在铁栏杆上，掏出烟和打火机。

点燃烟后，他抬起头望望夜空，享受地吐出几个烟圈。他已经很久没有享受过这种片刻的轻松了。

夜空之中，繁星密布。

风吹落了他手中烟卷上的一颗火星。他被烫了一下，连忙吹了一下手指。幸好没事。

他转过身，后腰靠在铁栏杆上，继续吞云吐雾。

演播室门口停着几辆很有品位的轿车，还有司机和他一样在抽烟，兴许在守候着主人吧。

一个戴着帽子的工作人员从他身后闪过，从离他稍远的一扇门走进演播室。

“又在偷懒。”徐导演在心里暗暗骂了一句。

他用脚踝灭烟头，打开门回到了演播室。

台上怪异的小男孩挑战者和叶淑娴之间的PK正在紧张地进行中。

“韩语中的‘擦朗黑哟’的中文意思是什么？”沈丽问。

“你们大人最常说的假话——我爱你。”小男孩刘国庆不忘矫情地表演。

“‘三万六千顷太湖水，最美就在这一方’的‘这一方’指的是江苏的哪个城市？”王大宝问。

“三国城的所在地——无锡。”叶淑娴镇定地答道……

和场上的紧张气氛截然不同的是，此时现场的工作人员彻底地成了观众。已经坐回位置的徐导演回头看看他的两个助理，看得小哥儿俩心里直发毛。

“谁偷懒了？刚才，谁出去给女朋友打电话了？”

“没有啊？我俩一直跟这儿盯着呢。上回被老大K过之后，兄弟们再也不敢了。”俩助理异口同声地说。

看起来不像在撒谎。徐导演挠了挠头，猛然看见一个场务躲在暗处打盹。仿佛总算找到了可说的事，徐导演登时直起身。

俩助理也及时看到了那个欠揍的家伙，没等徐导演站起来，争先恐后地猫着腰跑过去敲他的脑袋。

正在他们分神的那一刻，场上的竞赛局面已经产生了令人惊讶的巨变……

“各位现场的嘉宾，各位电视机前的观众朋友，就在今晚，就在现在，最大的黑马诞生了。刘国庆，十二岁的刘国庆，大家请记住这个名字。他……打败了本年度最大的赢家，曾经灭掉了无数个‘答神’的三冠王——叶淑娴女士……”

台上，主持人王大宝用更高的音调，更加煽情的形体语言，挑动着所有观众和工作人员的每一根神经。

“叶女士，非常遗憾，您马上就要离开我们的答题现场了。非常感谢您这么长时间以来，对我们节目的支持。这不仅仅是资金上的，还包括精神上的。我代表全体工作人员和台领导，向您表示衷心的感谢。在即将离开的此刻，您对观众朋友们，有什么话要说吗？”这不是煽情，沈丽是确确实实地感到有些遗憾。

“其实每一个站在这里的‘答神’都知道，终有一天自己会被新的选手取代。这个节目不可能有永远的冠军。这，其实就是我们‘勇往直前’的精神。在此，我感谢这些日子以来一直支持我的观众和网友，没有他们的支持，我可能早就结束了。最后，祝愿《勇往直前》继续一路向前，继续创造新的奇迹。谢谢！”虽然失败，但叶淑娴看上去并没有丝毫的不快，依然得体地完成最后的陈词。

“好，谢谢叶女士的美好祝愿和精彩谢幕。让我们以最热烈的掌声恭送叶女士离去。再见。”

王大宝按下了手中的遥控器。

叶淑娴应声落下。

和俩助理一样，徐导演的面部表情也一同僵在那里。

虽然台上的 PK 仍在继续，但显然，这对于他来说已经不重要了。因为，节目开播以来最大的冷门刚才已经产生了。

“怎么……会这样？”王助理小心翼翼地说出了徐导演的心声。

“这也太丢面子了吧？被一个小屁孩……谁找来的，这小孩子？虽然表面上没露出来，但叶女士肯定很生气吧？她可是我们的财神娘娘……”李助理也跟着附和，还不忘观察老大的脸色。

“完了。这下……年终奖又够呛了。得罪了金主，广告部那边还不得打上门来？！”徐导演失神地低着头，自言自语，许久缓不过神来。

“还有几个选手？”王助理问道。

“今天一共有六个，刚才灭了一半，叶女士是第三个掉下去的。还有仨，早着呢。要不老大您先眯瞪一会儿？我们看着就行了。”李助理看徐导演像个泄气的皮球，试探地建议。

可就在垂头丧气的徐导演打算眯一会儿的当口，一个工作人员慌慌张张地跑了过来。

“不好了，不好了老大……”他上气不接下气。

“干吗干吗？有话好好说。”李助理嗔怪道。

“叶女士……叶女士她……”工作人员还是没喘上这口气来。

“说。”徐导演一脸烦躁地加重了语气。

“没了。她没了。”工作人员词不达意。

“什么没了？怎么回事？”李助理好奇地问。

“她掉下去之后……没了……就这么……没了……”

众人都瞪着这个可怜的工作人员，像是在看一个怪胎。

“真的……从上面掉下去，可是下面的人没看见她掉下来。她就这么……没了。在大家面前蒸发了！”可怜人已经竭尽所能地在那里手舞足蹈，却没能使众人明白发生了什么事。

“没了？蒸发？”徐导演的脸都变形了，支撑着“啊”的形状，恍若几近崩溃的边缘。

和他一样，其实连这个工作人员也不相信由自己前来汇报的这桩怪事。

第四节　不可能的消失

每位选手落下之后，照例都会通过现场下层的一个滑梯，掉到相应的充气垫上。为了防止由于跌落的姿势不正确而导致肌肉拉伤，电视台还在每个接收位安排了一名工作人员来协助。况且，即使在下层的后台，电视机也从不关闭，时时显示着节目的进程。当某位嘉宾答题失败，面临即将落下的境遇之前，主持人都会大声地报出他的编号。这时负责接收的工作人员就会开始警觉，做好充分的准备来迎接不久后落下的选手。应该说，只有工作人员开小差的现象，而绝不存在接不到人的可能。

可这一天，居然有个嘉宾在众目睽睽之下掉下来，而没有掉到下面的接收人员的手里。

她没了！

仔细地观察着下层六号位的设置，由上层主持人遥控器控制的打开装置和下层滑梯、充气垫都丝毫没有质量问题和老化失灵的现象。徐导演怎么也没能想明白到底发生了什么事。一个大活人，怎么可能在转眼间消失了呢？

方才叶淑娴的管家已经开始闹了，这恐怕连台长都会感到头疼。

据这位叫光复叔的老管家说，他从夫人进去之后，一直守候在六号位置对应的西南门口，一动不动，但始终也没有见到夫人出来。

真是活见鬼了！

但马上报警的话，肯定会让人耻笑。肯定是什么人开了个玩笑而已。不行，必须尽快找出原因，否则的话，小命不保。

徐导演一边绞尽脑汁，一边又在宽慰自己。可是，刚才已经集合了所有的工作人员一一问话了，在现场的都看见人掉下去，可在下层的都说没看见有人掉下来。

太匪夷所思了。难道是有人说谎？也不像。虽然徐导演平时很严厉，但他对自己的属下还是非常信任的。他很明白，即使是开玩笑，也绝不是工作人员干的。再说，谁和他也没有那么大的仇以至于这样搞他。

“老大，摄像机一定拍到了吧？”还是王助理机灵一些。

“走，去老牛那儿。真是见鬼了。老子就不信了。掘地三尺我也得把她挖出来。”徐导演拨弄着脑袋，好像要甩掉这一头的雾水。

大伙鱼贯而出，跟着徐导演，一个个都是明眸善睐的表情。

画面上，反复地播放着叶淑娴掉下来的情景。

一共有四个机位拍到了这个瞬间，现场三个机位，一个高机位，一个正面的平机位，一个低机位，还有一个机位是设置在下层的滑梯旁，专门为了拍摄人体从打开的洞穴穿过的那一瞬间。

“每个镜头都拍得清清楚楚。”牛导演指着四个画面的定格。

“是呀。那人呢？”徐导演快抓狂了。

“鬼！一定是鬼！”牛导演指着徐导演的鼻子，一脸严肃。

“老牛啊，都火烧屁股了，你还开玩笑？”徐导演都快哭了。

“小徐，我看这次台里想瞒是瞒不下来的。还是报警吧！”

“报警？！”徐导演一屁股坐在了地上。

第二章　荣氏一族

务要从实。

——宋慈（中）

第一节 报 道

咖啡馆里大玻璃窗边的位子上，一群看似初中生的少年正在叽叽喳喳，为什么事争论着。听起来好像是为了以什么形式庆祝两个月后即将到来的寒假，有说喝大酒不趴下不算的，也有说必须假面派对的。

柜台内的服务员则撑着脑袋，懒散地看着这帮鼓噪的年轻人。过了午餐的时间，上座率减了一半，客人们分布在各自的角落，上网的上网，看书的看书，只有这伙中学生显得格外兴奋。

为了提醒这伙高声议论的家伙，店长有意拿过遥控器，将电视机的声音加大了五六格。

“现在插播一条新闻特报。昨晚十点二十，在人气电视直播节目《勇往直前》的演播现场，发生了令人不可思议的答题选手神秘失踪事件。据悉，这名失踪的选手是拥有三家上市公司的全国著名企业家荣应泰的妻子——叶淑娴女士……”电视里的现场主持看起来和那些中学生一样兴奋。

“别吵了别吵了，快看。”中学生里的一个大脑袋像是发现了新大陆。

顿时鸦雀无声。中学生们被这则新闻深深地吸引了。刚才在上网、打电话的客人们和所有工作人员也齐刷刷地盯着电视机。

一个身材消瘦，面容清秀的男生不由自主地走到电视机前。从背影都看得出，他极其专注，像一尊雕塑般一动不动。

“事后调查，叶女士是在两百名现场观众和近五千万坐在电视机前观看节目观众的注视之下，从答题位置顺利落下的，但在下层同样位置负责安全的工作人员却并没有看见她掉下来。现场的摄像机以多个机位拍到了叶女士落下的镜头，但落下之后，她竟神秘地蒸发了。据现场的工作人员称，他们已经反复仔细地检查了工作流程和设备，没有发现现场工作人员存在任何失职、离开与操作上的失误，而设备也完全没有故障。目前警方已经介入，但并没有对诡异事件发表任何意见。因此，对于该事件的报道与网友的猜测，已经成为网上点击率和热议程度最高的人气话题。究竟是谁炮制了匪夷所思的不可能消失事件？他是如何做到的？其背后的原因又是什么？本台记者将持续关注蒸发事件的每一步进展。稍后请收看……”

“太好玩了。简直太酷了。”

“还有这样的事？”

“这比刘谦的魔术还强哩！”

“这可不是魔术，是真格的。这下轮到咱们少年侦探社大显身手喽。”

中学生们又炸了营，啧啧声不断。

而那个站在电视机前的男生旁若无人地微微歪着脑袋，也没和同伴打声招呼，竟推开玻璃门，独自走出了咖啡馆，只留下一个修长而远去的背影，步伐迅速而不失稳健。微风掠起他的衣角。

“嘿！怎么走了？老大！又犯病了吧？快追。”中学生们嬉笑着一拥而出。

第二节　荣应泰

夕阳已经落下，傍晚的微风从书房的窗户徐徐灌入，撩拨起白色的纱帘，颇显一番韵致。屋内的家具全部系濒临绝迹的印度小叶紫檀所制，除了少量明代书桌、案几和清代圈椅之外，大多数是仿古制成的。这种工艺非常烦琐，原木必须经过三年的露天暴晒和风吹雨淋，使得木质完全定型之后方可动手加工。三方靠墙的都是由小叶紫檀制作的连体书架，从地面一直到天花板，严格按照古典宫廷图书馆的形制，令人不由得想起“汗牛充栋”这句成语。书籍的放置非常讲究，分门别类，毫不凌乱。坐于其间，总能闻到一缕清幽的书香。

坐在圈椅里的男人双手交叉，眉头紧锁。他五十开外，身穿黑底镶嵌飘逸金粉行书的立领唐装，整齐服帖的短发，浑身透着英武与睿智，目光坚定中带着含蓄，气度不凡。因此跟他接触过的人，只要坐上半分钟，就会感到心跳加快，气息局促，心神不宁，不知如何是好。或许这就是人们常说的气场，这个男人总让他的对手感到无形的压力，而且说不清为什么。

这个男人就是传说中的荣总，旗下控制着十个集团公司，六十多家子公司，其中包括三家上市公司的荣氏企业董事长——荣应泰。

坐在他对面的，是他的好友，省公安厅的刑警安力为，一个完全凭借自己的努力和实力，从办事员做到三级警督的优秀刑警。他有着犀利的眼神，高耸的鼻梁，棱角分明的脸型，厚厚的嘴唇紧闭时总像是咬着牙，人以群分，他的外貌也同样令人印象深刻，不敢冒犯。与其他刑警不同，安力为多年来一直留着一头短短的青茬，好像从他参军、复员、当警察到现在为止，就从来未曾改变过。这副面孔，每每令人思量，似乎应该在右颊多上一道深深的刀疤，才显得更加相配。每次有同事和他开玩笑说这个发型和黑社会老大一样，总会收到极不友好的一瞪。

荣应泰在场面上的警察朋友不少，其中不乏彼此称兄道弟的部委级高官，但真心的挚友，却只有安力为一个。不为别的，只因他从不虚伪，黑白分明，秉公执法，被同事们赞为疾恶如仇的白羊座。因此，在遇到与警方有关的麻烦时，荣应泰第一个想到的总是安力为。

“我本想让崔台长把这件事压下来的。这样的事件一旦传出去，对于我们荣家声誉的损失可是难以估量的。再说，淑贤以前也玩过类似的游戏，我想她只是去韩国找他弟弟叶丰盛了吧。但她毕竟是没打一声招呼就出走了，还闹出了那么大的动静，所以，我也只能请你来帮我想想办法了。”沉默许久，荣应泰开了口。

“压？现在媒体和网络最关注的，恐怕就是这事儿了。”安力为将一卷报纸扔在面前的茶几上，又随手拿起遥控器，打开了电视。

电视机里，各大电视台的记者正喋喋不休地描述着蒸发事件的现场报道。

荣应泰不由得暗自叹气。

“损失是避免不了，事都这样了。我看当务之急就是尽快找到尊夫人。只有找到她，才能找出原因，我们才知道有没有办法将损失降到最低程度。荣总，你的第一反应是尊夫人开的玩笑，是这样吗？还有别的可能吗？你仔细想想。”安力为直奔主题。

“除了这个，还真想不出别的可能……今晚荣家所有的人都会到场，俊赫，还有我的义子林念祖，都会准时回来。一来请老弟认识一下，我们虽这么熟，但你和我的家人正式见面还是第一次，我觉得有必要。二来你可以详细地问问我的家人，也许有人能想起什么，毕竟你是警察，该问什么，肯定比我要清楚。”

荣应泰尽管心情无法平静，但其麋鹿兴于左而目不瞬的处事态度，每每让人敬佩。

“嗯。我想认识一下也好。”安力为同意地点点头。

“那我们先去白金汉厅吧。我想离俊赫他们回来应该也不会太久了。”

两人起身，走出荣应泰的紫檀书房。

从紫檀书房走到白金汉厅，是一段长长的距离，起码得走上五六分钟。不过相比起书房沉闷肃穆的气氛，安力为更愿意在荣府的前院小径间漫步，一来呼吸新鲜的空气，二来欣赏荣府的美景，有助于灰色小细胞[①]的活跃。

第三节　荣　府

荣氏庄园[②]的占地面积相当大，不但在省内没有私人建筑用地可以与之媲美，就算在全国也是屈指可数的。

整个宅邸位于庭湖西面的西溪景区再偏西，一个叫小里海的小型内湖北岸，其水脉与西溪相通。因为属于景区，方圆十里之内没

①灰色小细胞：大脑中的灰色物质，特指英国女作家阿加莎·克里斯蒂笔下的大侦探波洛常提起的，与思考相关的能力。

②荣氏庄园：庄园系其准确的称谓。为了简化方便，下面我们将按照通常人们的俗称，统一称为荣府。

有别的人家。小里海和荣府的三面山峦起伏，名曰凤栾山，虽非崇山峻岭，却成了有效隔绝外部世界的天然屏障。因此，对于外界来说，知道小里海和荣府的人其实并不多，除了个别背包客野游时曾经接近过凤栾山和小里海，这里几乎就是世外桃源。

安力为经常会忆起第一次来荣府的时候看到的难忘景象。那是个秋天，红叶铺满山道，车沿着小里海的西沿缓缓驶入，湖水平静安详，只在秋风掠过之时，方才泛起层层微澜，闪着耀眼的金色光芒。而在那光芒的缝隙间，一座庞大的古堡式庄园，仿佛童话般坐落在水中央。这也许是错觉，也许是水汽的折射作用，总之令人富于遐想。因此，安力为每次驱车前往荣府，这段河沿才是他最心仪的所在。经过时，他总会放慢车速，好让这人间美景尽量地慢一些消逝。

荣府的内部其实并没有城堡，之所以从外观上给人以城堡的错觉，是因为它不但有高大的院墙，四周还有护院河。除了南大门是由青石板构成的大石桥，其余的小门、偏门都是使用可以悬起的吊桥，从而最大限度地保证了庄园的安全。护院河与荣府内四通八达的水系，都是直接引用小里海的水，因此清澈见底，时刻可以瞧见鱼儿的嬉戏。这是一座亲水的庄园。

庄园整体分为前院和后院。

后院以花园为主体，栽有各种珍稀的树种，郁郁葱葱，四季常青。靠西面的一多半面积，挖了一个名为镜池的小池塘。为了精心饲养绚丽的锦鲤，所以有意不与外部水系相通。湖中有一座小土丘，通过九曲桥与岸边相连接，小土丘顶端建有一座亭子，起名为湖心亭，是荣府的制高点。从这里一直可以看到小里海西沿的外部车辆驶来。后院靠东面，是如同圆明园黄花阵的欧式绿植迷宫，迷宫的中央，是荣应泰一个人的领地——玲珑屋。这里珍藏着荣应泰几十年来搜集的古玩书画和古怪的奇珍异宝。倘若没有荣应泰的吩咐，谁都没有胆量轻易接近玲珑屋。另外，荣家人喜爱骑马，后院是马厩的位置，由专门的养马师饲养着五六匹不同血统的进口名马。比马厩面积稍大些的，是露天的网球场、篮球场和羽毛球场。

前院才是主要的生活区，东面是三进式的四合院，第三进系男主人荣应泰的居所，以及作为休息室和书房的黄花梨馆和紫檀书房，第二进是长子荣俊赫与次子荣俊旭的居所，第一进则是仆人的宿舍。西面是三幢白色的西洋式花园别墅，分别是女主人叶淑娴，长女荣熙真与小儿子荣俊海，以及次女荣惠娜夫妇的居所。之所以产生建筑风格上的迥异，是因为荣应泰喜欢中式，而妻子叶淑娴崇尚西洋艺术，幸好庄园面积够大，实际并不会让人在视觉上产生不和谐感，反而像圆明园一样，中西合璧，相得益彰。前院靠北的区域，是两个大型体育馆，长条形的是综合健身馆，另一个呈倒 U 形，是标准的击剑馆和健美形体馆。

前院的中心部分，由分属中国、英国、法国、日本、奥地利等不同国家风格的九大建筑构成。其中，五座主体建筑包括中华宴会大厅、白金汉会客厅、凡尔赛宴会厅、维也纳音乐厅和日式休憩厅，四座附属建筑则为欧式咖啡厅、图书馆、钢琴室和日式茶室，它们彼此相连，呈现出卐字形图案。整体建筑群中西结合，相映成趣，可根据主人心情的不同，与待客礼数的不同，来决定在哪里会客。建筑之间皆有小桥流水，并错落有致地布置了雕塑、竹林、芭蕉、荷花、石塔与枯山水庭园等不同景致，不同位置的观感体会各不相同。

荣府的客人们走青石桥进入南大门后，会经过广场的大水法[①]，转半圈后可以将车直接停在白金汉会客厅门口，再由仆人将车停入东南角的车库。

另外，出了荣府南大门步行百步就是南面的小里海。这里有荣府专用的码头。虽然小里海归属景区而并非荣氏产业，可由于附近没有人家，俨然成了荣家的私用。荣应泰经常与客人们泛舟湖上，放松心情。他的女儿荣熙真和荣惠娜则喜欢独自或两人相伴前来划船，因为与英国剑桥水道的夜航颇为接近，尤其在晴朗的夏夜，她们最享受这份如志摩诗中刻画的那般宁谧与浪漫。

①大水法：水法即为喷泉（fountain），是其传入中国初期中文译名。大水法即为大喷泉。

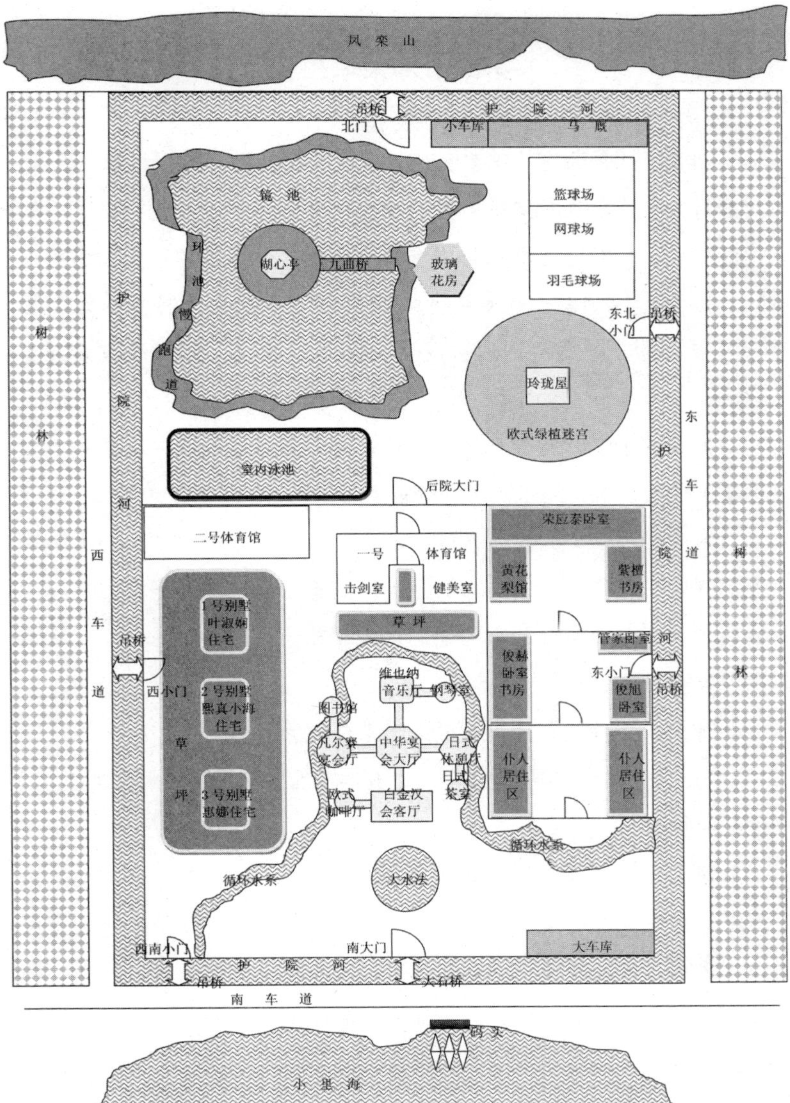
凤栾山
吊桥
北门
护院河
小车库
马厩
镜池
环池慢跑道
湖心亭
九曲桥
玻璃花房
篮球场
网球场
羽毛球场
东北小门
吊桥
玲珑屋
欧式绿植迷宫
树林
护院河
东护院河
东车道
室内泳池
后院大门
二号体育馆
荣臣泰卧室
一号体育馆
击剑室
健美室
黄花梨馆
紫檀书房
西车道
吊桥
1号别墅叶淑娴住宅
草坪
管家卧室
维也纳音乐厅
钢琴室
俊赫卧室书房
东小门
吊桥
西小门
2号别墅熙真小海住宅
俊旭卧室
图书馆
凡尔赛宴会厅
中华宴会大厅
日式林憩厅日式茶室
草坪
仆人居住区
仆人居住区
3号别墅思娜住宅
欧式咖啡厅
白金汉会客厅
循环水系
循环水系
大水法
西南小门
南大门
大车库
护院河
吊桥
大石桥
南车道
码头
小里海

图 1　荣府平面图

第四节　荣家二代

白金汉厅是荣府的主要会客厅，垂吊着近两米宽的豪华水晶灯。水晶灯共分五层，每层的灯泡与水晶吊坠的形状不尽相同，可逐级关闭打开，按实际需要来自由调节室内的灯光。整体室内装潢属于欧式的宫廷风格，据说是当年叶淑娴的父亲从英国特别聘请国际著名设计师，根据英国白金汉宫内的某间会客厅稍作修改设计而成的。

荣家的子女，此刻都坐在一角，并没有彼此交谈，只是各自或看杂志或看手机，略带焦急地等待着。

荣应泰和安力为步入大厅。五六个原本在各处做事的仆人向着他们齐刷刷地鞠躬，令安力为多少有些不习惯。荣家子女也看到了他们的到来，纷纷站起来向他们行注视礼。荣应泰环视一周，挥手示意大家坐下。

“俊赫还没到？”荣应泰说话历来直截了当。

“我想应该快了吧。”一个三十五岁左右的高个男子看了看金表，抢先回答道。

“哦。那就不等了，我们先开始吧。事情……我想大家都已经知道了，我也就不再重复了。这位，是省公安厅重案处侦查一科的安力为警官，也是我多年的好朋友了。大多数人应该见过，只是一直没有正式介绍。哦，对了，念祖你可能没见过。那么大家都认识一下。安警官就负责此次的失踪事件。如果有人知道什么情况，我希望无论重要的不重要的，能想起来的话，都原封不动地告诉安警官，不要有任何顾虑。”

荣应泰直奔主题，倒令安力为觉得有些突兀，只是一个劲儿在那里保持微笑点头的动作。

“林念祖，我的干儿子，现在是应泰建设的副总裁，也是我在业务上特别倚重的左膀右臂。”荣应泰首先点了刚才看表的高个男子。

林念祖戴金丝边近视眼镜，一身笔挺的深色西服，头发梳得一丝不苟，动作温文尔雅，一眼看上去就会令人感到，是个颇为稳重的干练商人。

“这是老大熙真和幼子小海。”荣应泰指向坐在一起的青年女子和一个小孩。

熙真三十开外，身着一袭深紫色的长裙，手中虽挽着小海，倒也不忘保持矜持而又迷人的坐姿，典型的大家闺秀风范。留个盖儿头的小海则眨着顽皮的大眼睛，死盯了安力为一阵，又忍不住坏笑地扒着熙真的脖子悄悄耳语着什么。无奈的熙真只好向安力为露出歉意的浅笑。

“坐在那边的是老二惠娜和女婿郑浩。”

令安力为觉得不解的是，娇小而依人的惠娜此刻正用一种懵懂而楚楚动人的眼神看着他，且竟能让他感到心跳不断。不过，成熟老练的安警官当然懂得如何掩饰自己的细微情绪，不至于在这样的场合失态。如果不是荣应泰的介绍，安力为绝对会看走眼，认为惠娜只有十八岁。

与如同童话中精灵公主般的荣惠娜截然不同，她的丈夫郑浩则显得彬彬有礼，很有绅士风度。看得出这对小夫妻恩爱非常，因为郑浩在妻子的身边，就仿佛正在保护着公主的英俊骑士。

“这个嘛……是不孝子俊旭。”荣应泰撇着嘴冲一个留着七龙珠中悟空般冲天发型，一边耳朵镶有闪亮耳钉的男青年说道，毫不掩饰地露出不屑的表情。

俊旭也还之以礼，终于挪开了方才一直跷着的二郎腿，摆成叉开的姿势，把朝天的目光收回来，用死鱼般的眼神不怀好意地直盯着安力为。

安力为太熟悉这眼神了，只是它一般只在社会上的小混混的脸上出现，通常用来表达他们自以为是、满不在乎的处事态度。这种表情在荣应泰儿子的脸上出现，让安力为打心底里觉得可笑。这反差实在是太大了。

此时，身穿笔挺的黑色马甲西服，一直毕恭毕敬守候在一旁，如管家模样的白发老翁上前一步，对荣应泰低声问道："老爷和客人喝点什么？"

"咖啡吧？"荣应泰用目光征求安力为的意见。

安力为点头。

"哦，这是管家光复叔。我已经让他向府里所有的仆人都交代过了，无论安警官问谁，他们都会配合调查的……"

话音未落，只听一阵马达的轰鸣由远而近，径直到了门口，又发出一串尖厉的急刹车和用力关车门的声音。

黑色礼服、灰色蛤蟆镜的荣俊赫与周焘如一阵黑旋风，气宇轩昂地双双迈入大厅。周焘在向荣应泰低头致意后，拿着手提包向后面走去。荣俊赫一边麻利地摘下墨镜和雪白的手套，一边朝着大家走来。

每次在家中看到安力为，俊赫总会显得格外高兴。因为和父亲一样喜爱这位正直的刑警，所以，他已经比姐弟们更早地与安力为熟识了。事实上，尽管安力为的年龄比俊赫大了一轮还多，但俊赫却与他无话不谈。俊赫总喜欢趁安力为等候父亲到来之前，见缝插针地询问他很多关于刑侦方面的话题，而且疑问获得解决的效率极高。因此，安力为也同样很器重这个目光清澈、思维活跃，堪称睿智的青年。

第三章　亡灵再现

这件事中真正恐怖的不是如何进行，而是为何必须这样进行。

——金田一耕助（日）

第一节　童言无忌

“好，俊赫也到了。现在让我们一起坐下来，仔细回忆一下这几天发生的事情，有没有什么你们觉得奇怪的地方？毕竟你们的母亲是以那么奇怪的方式……”荣应泰再次环视着各就各位的子女们。

“奇怪？”窝在角落里的俊旭用鼻子哼了一声。

“怎么？俊旭，你不觉得奇怪吗？你想说什么？”荣应泰提高了声音。

“没什么。”俊旭在父亲严厉的语气下把话缩回去了，只用蚊子般的声音回应道。因为，在父亲说话时，一点不回应是不可以的。

“俊赫，说说你的看法？”荣应泰不再搭理俊旭。

“我刚回来，还说不好。我想先听听大家的想法。”俊赫皱起眉头，一脸严肃。

他本想先征求荣熙真的意见，却看见小海瞪着一双忽闪忽闪的大眼睛，一脸无辜地坐在熙真怀里，于是将已到嘴边的问题又咽了回去，因为他看得出来，小海似乎并不明白到底发生了什么事。

和大家一样，此刻安力为也看出来了，这样的场合，本不该让小海这样七八岁的孩子参与。应该说，这是荣应泰和荣熙真的疏忽，但现在意识到也晚了，总不能马上将小海哄走。对于小海那样好奇的孩子，这是完全不可能办到的事。

这场面因为小海的存在而变得很微妙，大家一阵沉默，各自思量着该如何进行下去。

“快说呀！惠娜姐，你知道妈妈去哪儿了对不？你保证不会骗我的对不？”还是小海打破了僵局。他实在太好奇了，认为大家合伙在与他开一个神秘的玩笑。

“妈妈躲起来了。一定是去韩国找丰盛舅舅了。她得先去认个门，下回就好带着小海一起去。”惠娜一脸童真，一点没有撒谎的样子，显得和小海一样兴奋。

“是啊！妈妈肯定是去韩国找舅舅了。因为小海前几天太闹了，所以下次才能带你去。”荣应泰也就着惠娜的说法，嗔怪地安慰小海。

“哼！找舅舅？谁见过这个舅舅？他从来没和我们联系过。鬼才信。我看爸爸是一点不关心妈妈去哪儿了吧？”俊旭不阴不阳地说。

“放肆！你给我出去。滚！”荣应泰拍案而起。

在这个节骨眼儿上惹爸爸生气，看来俊旭不单单是没眼力见儿，还真的是个不孝子。荣应泰刚才说得没错。安力为看在眼里。

俊旭毫不在乎地顺手拿过放在茶几上的烟，大步向外走去。

又是一阵短暂的沉默。

“念祖住在外面，不可能知道什么，所以没有发言权。熙真、惠娜、郑浩，你们这几天都在家。难道就没发现什么异样？一点都没有吗？”为了缓和气氛，荣应泰迅速调整了自己的情绪。

“要说奇怪的事情，还真是想不起来。这几天妈妈都好好的呀！要做节目也告诉过我们，而且出门前看起来心情也不错。”熙真搜肠刮肚地说。

“没错，妈妈下午一直挺高兴的。为了参加节目，还戴上了在香港新买的钻石首饰。”惠娜和郑浩也这么看。

“妈妈出门前还陪我荡了会儿秋千哩！不过……她又骗了我……”小海一脸认真的表情。

众人的目光齐刷刷地落在小海脸上。

“妈妈又骗你什么了？”荣应泰有点急切地问。

“她说晚上就回来，睡觉前保证给我讲个故事的。哼！果然，她又骗了我。”说着，小海的小肚子气得鼓鼓的。

大家面面相觑，明明都快要笑喷出来了，却都知道这不合适，又生生地给憋了回去，只在嘴上保持了“㖿”的样子，而终究没“扑哧”出来。

气氛一下子变得异常轻松，好像他们谈论的只是一桩报纸上的有趣新闻。只是……这本来是母亲失踪的可怕话题，该如何继续下去呢？这场家庭会议真可谓一波三折。

就在荣应泰打算再度挽回应有的严肃气氛之时，从屋外的院子里，忽然传来了一声女人的惨叫。这声音悠长而高亢，撕心裂肺，恐怖至极，仿佛死亡就在眼前……

而这，已经不是荣家第一次听到惨叫了。

第二节　亡灵——从黑暗中走来

“熙真、惠娜，留在这里管好小海，千万别让他乱跑。哦，郑浩，你也在这儿。念祖、俊赫跟我们来。”荣应泰当机立断，和安力为等人一起奔到屋外。

三人迅速穿过游廊，冲向惨叫声传来的地方。一号体育馆前的空地上，一个年轻女仆面无血色，姿态怪异，僵尸般杵在那里，右手食指指着左前方，已经因为恐惧而神志不清了。

众人顺着女仆的手指望去。只见整个ㄇ字形的一号体育馆灯火通明，宛如一个来自外星的巨大不明晶体，通体散发出刺眼的蓝绿色光芒。

在体育馆西侧突出部位的窗子里，一个高大的黑色剪影正在光晕中注视着大家。

因为逆光，面目无法看清，尤其令人毛骨悚然。

这诡异的画面，这窒息的氛围，犹如人在无月之夜闯进了一片荒芜的坟地。

孤独和无助感油然而生。

一股霉湿的气息迎面而来。

每个人的神经都在高度紧绷着，仿佛随时都会断弦。

时间的流逝在此刻变得如此缓慢。每一分钟，都恍若一个时辰般漫长。

哪怕是最细微的响动，都变得那样清晰，足以令每一颗心脏忐忑、震荡。

咚咚。

咚咚。

咚咚。

安力为习惯性地摘下配枪握在手中，并没有马上打开枪栓和保险。通常只有在他确认存在危险时，才会这样做。虽然自己同大家一样已经毛孔舒张，但现在他掏枪，也仅仅是为了使大家镇定下来而已。他向荣应泰使个眼色，打算慢慢向体育馆的大门靠近。

就在此时，体育馆内的光效大变，逐渐暗了下来，而西边击剑馆窗口黑影的面目则亮了起来。窗户并未打开，在玻璃后面，一个身穿笔挺风衣的白发老人的形象显现出来，脸上挂着极为骇人的笑容，直瞪着窗外。那次第，令在场的每个人冷汗直流，因为那老人似乎随时准备穿越玻璃窗，迎面直扑而来，扼住他们的脖子……

“外公？死去的外公？”俊赫不由得喊出声来。

安力为明显感觉到荣应泰的身子一歪，几欲跌倒，幸被身后的林念祖一把扶住。

“别乱了心神。”安力为见状，大声喝道。他大致估算了一下，距离大门口大约百米，然后和荣应泰对视了一下。荣应泰心领神会，示意俊赫与林念祖停止前进。

安力为举枪对准老人，一步步试图逼近大门，脚步逐渐加快。

就在他距离大门二十米的时候。体育馆里又产生了变化，两端突出部位窗口的灯光开始闪动，好像日光灯坏掉的样子，然后熄灭了。只剩下大门内的中间连体部分仍亮着微光。安力为不敢轻举妄动，暂时停下脚步，判断着下一步的行动。

突然，整个体育馆两端突出部位的灯光又同时闪烁亮起，那个高大的老人竟然出现在了东侧健美馆的窗后。

安力为顿时觉得有点迷糊，手中的枪微微晃动。恍惚间他觉得这很不可能，眼前发生的一切似乎是那么不真实。身经百战的安警官，此刻也感到天旋地转，时间与空间产生了些许的错乱感。

不过他仍然努力地稳住自己的心神。他明白，现场唯一的刑警是自己，倘若他不能很好地稳定情绪，将影响到身后所有人，加速他们精神的崩溃。他深吸一口气，再次将枪口稳稳地对准了白发老人。

然而，那只来自鬼蜮的黑手，早已摸上了他的手腕，冰冷而湿滑。安力为不知道自己还能不能顺利地扣下扳机。

枪，并没有起到威慑的作用。

白发老人伸出形同枯枝的爪子，打开了窗户，直勾勾地瞪着安力为和荣应泰等人，似乎认为安力为举枪是个很幼稚的动作。

忽然，老人扬起头，纵声大笑起来。

那是一种近乎撕裂的声音，凄厉而尖锐，沧桑中带着绝望，刺破了荣府大院的夜空。

安力为从来都没听过这样吊诡的笑声。这笑声不应该在尘世间出现，仿佛来自地狱之门。

可能笑得过头，老人显得有些上气不接下气，并且开始剧烈地咳嗽起来，那架势就像要将自己的心肺都咳出来。突然，老人的脑袋经不住如此剧烈的震动，生生掉了下来……

一阵凉风吹过，安力为不禁打了一个冷战。他这才发现，自己以前即使面对持枪的暴徒，也不曾出过那么多冷汗，以至于衣服早就像落水般湿透了。他不敢回头看荣应泰，如果看了，他可能会更加害怕，因为那三人的胆色绝对不如自己，如果看了，也只会增加他们的恐惧。真不知道荣应泰他们如果一起跑了，他自己是不是还有胆量继续前进。现在，他的背后至少还有三个大老爷们儿。

更诡异的是，头，并没直接落地，而是被僵尸的双手牢牢抓住了。就如同抓着一块大积木，那僵尸竟然试图将自己的头再重新装回脖子上去。

僵尸看上去很不满意的样子，就在双手拿着脑袋找脖子位置的当口，脑袋上的嘴里竟然还发出了“嘎嘎”磨牙般刺耳的声音。

安力为咬紧牙关，继续前进，脚步踏实下来。

脑袋被安回了脖子上，僵尸显得很得意，再次用破锣嗓子大笑起来。灯光旋即全部熄灭，整个体育馆一片漆黑。

透过微弱的月光，已经接近窗边的安力为定睛一看，那里空荡荡的，什么也没有。

月光依然，凉风依然。一切，好像从未发生过。

第三节　瞬间转移

“不可能！这根本不可能。”

荣应泰在俊赫与林念祖的搀扶之下，颓然地喃喃自语道。

体育馆恢复了平常的模样。经过刚才从窗口一跃而入，安力为已经打开馆内全部灯光，对馆内的各个角落进行了详细的搜查，确定没有危险。那个亡灵，就这样在大家的面前消失了。

林念祖不知从何处找来一把椅子，让已经面无血色的荣应泰坐下。即使坐下了，他和俊赫依然扶着父亲，防止其突然失控跌倒。俊旭、郑浩和管家光复叔立在一旁。他们是后来闻声赶来，经过安力为的允许才进入体育馆的。虽然没能目睹亡灵恐怖的一幕，但他们同样感到战栗。那个受到惊吓的女仆，已经被光复叔安排人送往医院了。

“这样的事情，不是第一次了。对吧？”其实，安力为从众人见鬼时的反应中早已觉察到了这一点。那是一种真正的恐惧，而不是仅因遭受突发刺激而产生的惊愕。对于富有经验的刑警来说，这是明显不同的表情。

“嗯。半个月前已经有过一次，不过没有今晚那么恐怖，只有我和俊赫看见了。因为怕引起恐慌，没敢告诉别人。我只认为，肯定有人在恶作剧而已。”荣应泰有气无力地回答。

“俊赫，你刚才称他为死去的外公？怎么回事？”安力为转向气息稍微平稳的俊赫。

“那就是死去多年的外公。”

“外公？叶启德？”

“是的。我还记得外公去医院临走时，穿的就是这件风衣，后来他就再也没有回来。”在俊赫眼中，当时的情景历历在目。

“也就是说，是有人假扮叶启德的鬼魂？”安力为想为事件尽可能早地定个性。

“我想……不完全是。”俊赫有些犹豫，嗫嚅着说道。

“怎么？你觉得真的有鬼吗？”

“不。我不知道鬼魂是否真的存在，但我至少知道，今晚发生的事，人，是根本做不到的。”

“你是指这个吗？”安力为做了个割头的动作。

“这个确实让我很吃惊，我也不知道人是怎么做到这一点的。但比起这个，我更在意的是另一个细节。”

“瞬间转移。”站在另一边的林念祖知道俊赫的意思，幽幽道，“在亡灵从左边击剑馆的窗户转移到右边健美馆的时候，我就注意了。体育馆中间的大门和后门其实全部是打开的，所以我可以看到体育馆后面的月光。也就是说，我的视线是穿过整个体育馆的。那么，在这个单层的建筑里，亡灵是怎么穿越我的视线，从左边瞬间转移到右边的呢？我想，俊赫想说的或许是这个吧。”

“没错。原来不止我一个人注意到。这个体育馆长有三十米，两边凸出部分的纵深是二十米，左边是我常用的击剑馆，右边是妈妈和姐姐们常用的健美形体馆。亡灵出现的第一位置在击剑馆的西南角，第二位置在健美馆的东南角，中间必须穿越我们的视线，况且相距甚远，怎么可能在一秒钟之内转移成功呢？滴答，一秒，他就完成了远距离转移。”俊赫不断比画，进行着物理空间的推算。

安力为抬起头望着天花板，喃喃道：“一秒？嗯，确实只有一秒。有没有可能……”

俊赫干脆地打断了他的思路：“不可能。如果是荡秋千，那么他的飞行就是圆弧线，三十米的宽，就需要十五米高度的空间，而体育馆的层高只有七米。如果没有十五米的高度，就需要几个秋千点来连接，那么时间上就完不成。第三，如果采用滑轮，空间上倒是可以利用门楣上方的视觉死角，来越过我们的视线阻隔，但实际上事后根本来不及拆除。”

安力为仔细检查上方的空间。空空荡荡，除了几盏灯，毫无任何着力点。

是呀。没办法穿越视线。安力为暗自思量。

“现在想起来，我也看见了后院的月光。虽然视线主要盯着那个东西，但余光还是看见了大门和后门的。即使当时没有注意到，但经念祖和俊赫一说，还是能想起来。”荣应泰似乎恢复了一些生气。

此时就连安力为自己也回忆起来了。人的注意力虽常在一点，但并不因此就看不见别的东西。所有在视野范围中出现过的东西，其实都同时映现在大脑中，并做出了简单的记录。视野有多宽，存储的信息量就有多大。只是由于大脑总是有选择地调取信息，致使

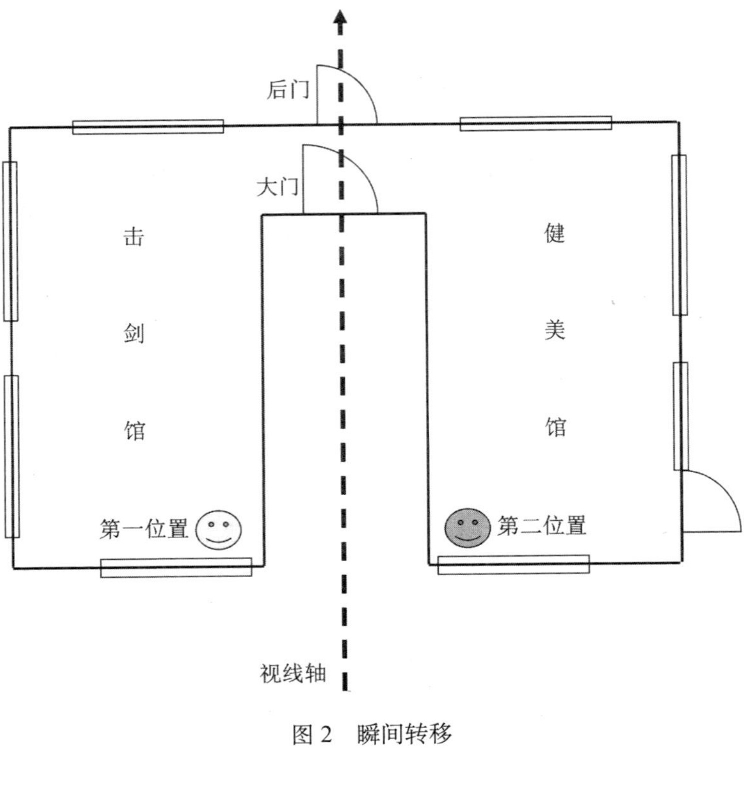

图 2　瞬间转移

理性中不注意、不关心的东西，不重新浮现出来罢了。学过心理学的安力为很清楚这一点，只是，他开始责怪自己的忽视了。在如此恐怖的情绪下，连老辣的荣应泰和自己都只被亡灵深深吸引，而没能注意到后院的月光，两个年轻人竟同时注意到了。这不能不令安力为暗自为他们竖起大拇哥。

现在对后院月光有印象的人数上升到了四个，就连有人撒谎的可能性都消除了。可以想象，四个人的视线，刚才曾把整个体育馆一分为二，从中间生生隔绝了。俊赫并没有忽略门楣上方的一点点视觉死角，但天花板上空空如也，这个死角没有可能被利用。那么，这样的瞬间转移，究竟是怎样做到的呢?

安力为感到了面前的压力。蒸发事件的调查刚刚才起头，这儿又开始闹鬼了，还是他亲眼所见，据说还不是第一次了。这叫什么事儿嘛！安力为突然想起，从中午到现在，他就把副科长特别交代的，必须回一趟警局的事远远抛在脑后了。

安力为想了一下说道 ：“看来事情并不像咱们想象的那么简单。但问题是，这两件事又没有构成马上立案侦查的条件，只能暂时通过我私下调查。我看这样吧，从明天开始，我会私下里，以外勤的名义派一个信得过的警员待在荣府，一有变化方便立即通知我，也能对搞鬼的人起到监视的作用。晚上我还要回一趟警局，向科长汇报这两天的工作。大家先休息，我想那东西不会再出现了。明天我们再来商议对策。”

“好吧。看来也只能如此了。”虽然安力为的话听起来轻描淡写，但荣应泰明白他对自己的关切。

第四节　奇怪的数字

就在安力为准备转身离去之时，他注意到体育馆大门边上的一个小白点。他走过去，从上衣兜里掏出一双白色的手套戴上，小心翼翼地将它捡起来。原来是个白色小纸片，上面是用打印机打上去的几个并不连贯的数字。

265358

看上去不像是电话号码，因为早在十年前电话号码就升成八位数了。又不像是随手计算的数字，这里没有电脑和打印机，这张纸片一定是从别处被人带来的……

安力为没有接着往下想，回身将纸片展示给大家看："见过这张纸片吗？"

所有人商量好了似的一齐摇头。

"上面的数字呢？有谁知道这是什么意思吗？"

众人还是摇头。

安力为点头道："没关系。这也许根本不重要。"

虽然嘴里说着不重要，安力为还是从上衣另一侧的兜里取出一个塑料证物袋，将纸片小心地放入。

"那我先走了。晚安。"安力为说罢匆匆离去。

今晚发生的事情过于离奇，恰似经历了难过的一劫。

叶启德的亡灵是怎么回事？

究竟是谁干的？

为什么这么做？

瞬间转移和身首异处又是怎么完成的？

安力为知道这些谜团都是需要时间来一一解开的。而现在他的注意力，已经完全转到了这张白色小纸片和奇怪的数字上。

这和刚才的事件有关吗？

这些数字意味着什么？

是有人刻意留下的线索吗？

那么，留条的人是敌是友？

……

开着车窗，任由凉风灌进车里的每个角落，因为这更能使他保持冷静。

刑警安力为装着满脑门子官司，驾驶着他的破捷达，穿行在山间的夜路上。

第四章　南辕北辙——奇异高空坠亡事件

杀人不难，只要没人怀疑你。

——阿加莎·克里斯蒂（英）

第一节　南——虚惊一场

周日清晨四点五十五，远处的天边泛出红晕，晨雾笼罩着仍在梦乡中沉睡的城市。

平时拥堵不堪的马路上，车辆三三两两，呈现出罕见的通畅。司机们以难得的放肆心情，加大马力，享受着这一份来之不易的开车体验。生活在城市中，一周内或许只有现在的两小时，才能够让自己模拟一把二环十三郎[①]。

商店还没有开门。门口躺着几个脏兮兮、裹着破被子的流浪者。再发达的城市，也不会缺乏这些社会的顽疾。

河边的公园里，此刻的空气在一天中最为清新，偶尔有慢跑者匀速划过，零星的几位老人，或在树杈上压腿，或打太极拳，或对着河中央大呼小叫，仿佛在向外界证明他们依然健康。

皇冠大厦商务楼的大门口，并没有平日里公司职员鱼贯出入的繁忙景象，只有一个穿戴整齐的迎宾先生垂手站在门口，一个中年保洁员正在一旁开动清洁机擦洗门前的大理石地砖。

迎宾先生显得有些睡眠不足，尽管已经使劲忍了，但还是打出

---

①二环十三郎：陈震，二〇〇六年在京城驾车族中流传的一个飞车高手，传说他能在正常的车流量下，用十三分钟、平均一百四十公里的时速跑完整个二环。这个速度，是以每分钟超车两百多辆来完成的。他因而被地下飙车族称为“二环十三郎”。二〇〇六年三月，他和对手张晋在二环路上因非法赛车被警方截获，被治安拘留七天。

了一个长长的哈欠。或许是迎宾先生这身帅气的工作服和这个不雅的哈欠严重不搭调，中年保洁员冲他一龇牙，露出无声的大笑。

迎宾先生自知有损形象，嗔怪地瞪了保洁员一眼。

一辆黑色商务别克驶到门口，迎宾先生摆出优雅的姿态，帮助打开车门，迎接客人下车。三个身穿笔挺西服的男子下车后边往里走边讨论着什么。瞧这点头哈腰的架势，一定是日本人或伪军。

忽然，从高空中传来一阵巨响，刹那间，大门口的玻璃顶上，也传来一阵碎物坠落的剧烈声响，把所有人都吓了一大跳。

三个日本客人慌忙跳到大门里面，保洁员也吓得不知所措。只有迎宾先生还站在原位，不知是吓傻了还是忠于职守。

迎宾先生面部僵硬，以极慢的速度将目光挪向上方的玻璃顶。

又是一块巨大的玻璃掉下来，在大门口的玻璃顶上被撞得粉碎。幸好玻璃顶十分结实，丝毫未受损伤，连裂纹都没产生。

又过了一会儿，没有东西再掉下来，迎宾先生觉得安全了，向保洁员和三个客人点点头，意思可能是放心吧没事了，然后一步步向外挪动，想看清上面到底发生了什么事。

刚走到玻璃顶的边缘，又一块小碎玻璃落下，迎宾先生终于忍耐不住，撒丫子向外面猛跑，直到三十米开外方才停下来，再次回头望向楼上。

此时，大厦的保安队长听见声音跑了过来，被三个日本客人死死拉住，勉强听明白那生硬的中文是在示意他危险。保安队长愣了一阵，还是挣脱了客人的拉扯，用同样的速度跑到了迎宾先生的位置。

保安队长顺着迎宾先生向上所指的方位，似乎看到了出事的位置，连忙拿出对讲机，向他的队员们下令。

“老马，小黑子，你们在什么位置？”

“地下食堂。”

“我在二楼。”

“楼上有玻璃掉下来。老马，你上二十三层，黑子，你上二十四层，看看怎么回事。马上。”

“收到。”

“收到。”

保安队长和迎宾先生面面相觑。

“八格。纳恩大阔来？”

“库索——”

此时，他们才发现，三个日本客人和保洁员已经站到了他们身后，一齐张大嘴，正望着方才玻璃坠落的地方和楼上。

第二节　北——高空坠亡

皇冠大厦商务楼北面的后门，平常只有少数人出入，所以只开一半。门外的便道两边，是被划分了三十多个车位的停车区域。即使这样，与别的地方一样，车位永远是不够用的，这也是管理员和来客争吵的焦点。今天也不例外。

同很多小区和商务楼一样，皇冠大厦的车位管理员也是保安兼任的。这可是众人争抢的香饽饽。不是因为会多发钱，而是比起其他工作来，多了一份“一朝权在手”的满足感。简单地说，别的差事是被人管的，是孙子，而这是管人的，是爷。外来的客人，无论是多大的来头，不好好跟咱觍着脸赔笑，爷就不让停。一个民工能摆谱到如此过瘾，大伙还不巴巴地抢？

新来的老赖是队长他三叔，属于皇亲贵胄一流，这轻松自在而吆五喝六的活，自然留给了他。仅来了短短一周，他已经完全找到了人上人的感觉。老赖这辈子也没这么扬眉吐气过，七天已经跟客人吵了十架。看着他横眉叉腰千夫指的架势，足以令人颇为怅然地想起一句唐代大文豪李白的著名词句，“安能摧眉折腰事权贵，使我不得开心颜”。

此刻，老赖正在对今早打算将车停在后门的一个小伙子行使他手中“天大”的权力。

“不好意思，请将车停入地下车库。”老赖这一套是年前跑运输时，在被抄罚单后跟民警同志学习的。那天喝完酒，他醉醺醺地向侄子队长喷道，这叫欲扬先抑，先礼后兵。

“我半小时完事就走。”小伙子看到前面有空位，而且还不少。

“对不起，这是规定。”语气不卑不亢。

“规什么定？今儿礼拜天，又没人来。我就停半个小时，马上走。”小伙子有点沉不住气。

“不好意思，请你配合我的工作。”老赖心里暗自发笑。有人上套了。

“嘿，我还就不走了。我就停这儿了，怎么着吧。像话吗？你看看这儿有多少个空车位？至少十五个。我说你是成心吧？”小伙子果然火冒三丈，干脆熄火、下车，点上一根烟与他理论。

“对不起，这些车位是大厦内部的专用车位。哎，我警告你，手别指指点点，昂——”老赖逐渐提高了腔调。

“我指你怎么了啊？你说，怎么了？”小伙子看来也不是省油的灯。

“手放到该放的位置别乱指。怎么着你还想打人啊？”老赖挺直了他的小细腰，几乎把脸贴在小伙子的鼻子上。

“你丫还真长了一张欠揍的脸。打了你也白打。知道我是谁吗？”

“我管你是谁。”

“这可是你说的。”

“来。冲这儿来。动一个我看看。”

“我去……”

小伙子把拳头举得高高的，铆足了劲正待落下，准备照定老赖有意凑到跟前的鼻子，给他来个满脸桃花开——

一个声音，一个从天而降的声音，使得二人刹那间完全定格，就好像大厦前的铜雕，保持着这可笑的姿势和表情，足足定格了三分钟。

那个声音忽然从上至下，由远及近，破空而来……

“轰”的一声巨响。犹如平地起惊雷，大地都为之一颤。

停在他俩身后的一辆红色布加迪威航，顷刻间被飞来的重物砸得面目全非。车窗全部粉碎，车顶被砸得深深地凹进去，扬起一阵粉尘……

天外来客？

彗星撞地球？

陨石坠落？

天塌了？

这两个几秒钟前的仇敌，现在的铜雕合铸者，脑子里瞬时闪过的念头，完全一致。

仿佛天父的突然降临，战争场面被神力化为了和平世界，使这两个同为人类的物种紧紧拥抱在一起，相互依偎，眼帘中闪着感动的泪花。

足有三分钟，他们一动不动。

“什么情况？”毕竟年长些的老赖终于微微动了一下嘴皮。

小伙子显然还没从惊愕中回过神来，张着大嘴直勾勾地盯着老赖，好像在问“你去看看”。

老赖使出吃奶的劲儿，从小伙子的手臂中脱身出来，颤颤巍巍地走向被砸的车子。走了几步，他回头看看小伙子。小伙子依然保持着失魂的姿态。

老赖几乎是直着两条腿挪到近前的。

他揉揉眼睛，定睛一看——

“妈呀！”

老赖顿时体如筛糠，一屁股坐在地上，失去了大脑和身体的控制能力。

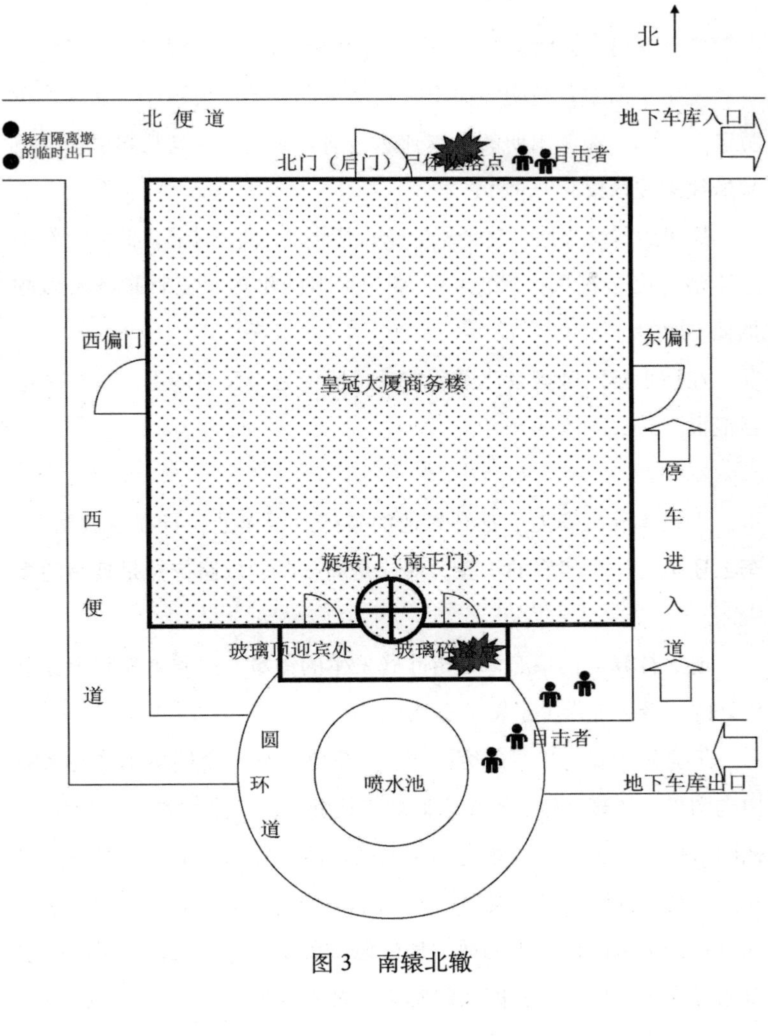
北
北 便 道
装有隔离墩
的临时出口
地下车库入口
北门（后门）尸体坠落点
目击者
西偏门
东偏门
皇冠大厦商务楼
西
便
道
停
车
进
入
道
旋转门（南正门）
玻璃顶迎宾处
玻璃碎落点
目击者
圆
环
道
喷水池
地下车库出口

图 3　南辕北辙

第三节　神探亨特李 VS 汤姆·克鲁斯

广场派出所的民警老李是第一个接警后赶到现场的基层干警。

发生了命案，精明的保安队长还是在请示上级领导之后，才拨打了一一〇。在派出所的老李到达之前，他让手下老马和黑子将三叔送往医院急救。

据事后群众描述，这个平时令人憎恨的“车位控”，此时已经神志不清，完全丧失行动能力，唯一剩下的生理反应就是筛糠似的抽搐。

在初步断定坠落者已经死亡后，民警老李及时向上级进行了电话汇报。

六点零五，安力为正开着他的破捷达缓慢地爬行在解放路上，车上还坐着一个年轻的干警。即使是周日，解放路依然是拥堵的重灾区。

他正打算前往荣府，分析昨晚发生的怪事。按照事先和荣应泰说好的，今天他带上了警员王亮。

王亮是个农村出身的穷孩子，老家在安徽一个叫不出名儿来的山沟沟里，凭着老村长和乡亲们的凑钱资助，一路读完了公安大学。他的节俭和刻苦在学校里是出了名的，能仅凭六个窝头在图书馆守一天，被校方树为优先典型。毕业后，他在派出所同样是有口皆碑，凡是别人都会犹豫一下的活，都被他二话没说抢了先。但无论在学校还是在派出所，王亮的人缘都不算好，因为他不爱说话。换当下的话说，缺乏亲和力。

或许是经历、性格相近，安力为很喜欢这个沉默而苦干的穷孩子，特意把他调到身边，有心把他培养成得力的助手。

安力为还有一个由副科长贺言成指派的助手叫刘晓伟，是个八面玲珑、人见人爱的好孩子，可安力为就是不很喜欢，原因就是，他是个官宦子弟。虽然小刘从未表现出官二代的恶习，并且时时有意隐瞒，比任何人都低调，可谓颇会做人，但安力为就是跟他不对付。每逢要紧事，他总是第一个想到让王亮跟着。

看到毫无动弹迹象的车流，安力为有点烦躁，点上一根烟，还递给王亮一根。

一般遇到这种情况，换了别人早把警笛和警灯打开了。这仿佛已经成了各类公务人员的特权。可安力为从不这么干。不单单是以身作则，严格执行警律，他是从骨子里瞧不起那些一朝权在手，芝麻大官也走哪都人五人六的扰民装逼犯。

安力为和王亮话不多，但很有默契，行动的时候，守候的时候，一个小小的眼神，就能进入完全一致的工作状态。此刻，他们索性一起望着美丽的庭湖，默默地享受这一份难得的“咖啡时光”。

手机铃声和震动猛然一道响起。安力为一看，是副科长贺言成打来的。

“贺科……在解放路……什么？好，我马上到。”安力为看了一下表，“十五分钟。”

一旁的王亮一看安力为的脸色，就明白情况很严重，立即从工具箱拿出警灯，开响警笛。

对面道上的车知趣地分别往前后稍稍避让了一点。安力为看准空当，猛打方向盘，一脚油门蹿上了对面的人行道，往来处风驰电掣地驶去。

然而，在安力为到达之前，这场离奇诡异的坠亡事件已经被一个人称神探亨特李的破了案。

神探亨特李，就是广场派出所的老李。老李是个有理想的基层民警，同时也是个正宗的推理迷。

按他自己的说法，当然那个单词是日本人提出来的，叫作本格推理迷。所谓本格，其实就是正宗、正统、本色的意思，区别于“变格”，可老李对“本格”这俩字尤其较真而迷恋，绝不允许别人随意称他为正宗、正统或本色的推理派。

他的理想，是成为中国的神探亨特。为此他花了近三十年，研究世界各国的推理小说。

和现在的孩子不同，老李接触推理小说的年代，还没有《名侦探柯南》和《金田一少年事件簿》，那时连电视机都没有。老李是从程小青的《霍桑探案集》开始的。在那个和世界还未接轨的年代，这甚至都不叫推理小说，而是叫侦探小说、公安小说或犯罪小说。每次反复强调这一点的时候，老李总是会将唾沫星子喷到听众的脸上，但当事人一般没有感觉，因为深深折服而沉浸在老李的气场里，只有旁听者才会看得见那飞扬在空中的闪光液滴。

如今的老李，推理水平今非昔比，因此对霍桑神探早已嗤之以鼻。十年前他已把偶像换成了吉敷竹史、汤川学和金田一耕助。

他在这个群体里也算是小有名气了，所以不仅换了偶像，就连绰号也换了。当然，绰号，是被换的。

原来他的绰号是“龅牙李”，因为他长着一口难看的龅牙。这个绰号虽然听起来很不堪，甚至带有一点侮辱的色彩，可人缘极好的老李居然欣然接受。这个曾用名在被使用了五年后，过了有效期，因为播出了一个特火的美国电视连续剧，叫《神探亨特》。

这回换绰号就不是完全被动的了，说白了其实是老李主动挑唆同事和推友们这样称呼自己的，和某外国民选的结果异曲同工。在接受了无数次的暗示之后，老李的教唆终于起到了“今年过节不收礼”的广告作用，所有人都会意地称他为“神探亨特李”。

去年有一帮文化人怀着对好警察的敬意，以北京反扒队长为原型，拍了一部电影叫《神探亨特张》，很是令老李失落了一阵，就如同被别人抢注了域名一般。好心的年轻同事纷纷以半开玩笑的口吻鼓励他“神探亨特这个大号，还是老李你更合适”，这才使他走出了失意的心理低谷。

今天，可是老李大显身手的好时机。他刚好值完夜班，打着哈欠要下班，电话来了。在以后的几年中，老李经常与人谈起上天对他的特别垂青，使得他第一时间参与到了这桩轰动全国的大案之中。

现场的情况极度恐怖，也极度匪夷所思。

根据保安队长和几个附近的人员，以及那个吓坏了的停车小伙子的综合口述，基本情况简述是这样的（为避免引起恐慌，警方当时全面封锁了报纸和电视记者的报道。如果有人敢于顶着压力进行报道，其大致描述也应该是这样的）：

一女子从皇冠大厦二十四层南面的办公室破窗跳楼，而最终却落在了大厦北门的一辆轿车顶上。

在该窗户破碎的垂直下方，是大厦的南门（即正门）。当时有至少五个人亲眼目击了玻璃碎片撒落的全过程，并表示愿意接受警方的询问。

而在大厦的北门（即后门）外四米处，停着一辆红色的布加迪威航，被一件由高空坠落的物体砸了个粉碎。经老李亲自认定，这是一个人，一个女人，一个血肉模糊、完全错位了的女人。

老李从二十四层北面的储藏室破门而入，进行现场初步勘查，据目测判断，在通常情况下，物体做自由落体运动的话，这里应为尸体位置的垂直上方。

可有一个谁也无法解开的问题。

北面二十四层所有的玻璃窗毫无破损，根本没有跳窗的迹象。

目睹这种现场情况，任何人的第一反应都是，该女子是从南窗跳落，而最终于北门落地。还有别的可能吗？老李和亲历现场的人一样，都得出了否定的回答。

可怎么会这样呢？这不是天方夜谭吗？是天外来客，还是什么神秘的力量导致了这种结果呢？

无人知晓。现场的人都傻了。

这样的消息，媒体可以封锁，可路人的视线无法封锁。于是，人们纷纷闻讯而来，里三层外三层围了个水泄不通。

只有老李没傻。他正搜肠刮肚，利用自己多年来从推理小说中获得的经验，试图破解眼前这明显违反物理常识的诡异现象。

老李围着大厦锲而不舍地巡视，一圈，又一圈。当他转到第五圈的时候，被人认了出来。

“神探亨特李，他是神探亨特李。”一个戴眼镜的小伙子叫了起来。人群中嗡嗡的声音明显高了八度。

老李微笑着向他的粉丝们挥挥手，表示胸有成竹，请勿打扰。

“啪。”一个响亮的声音，使得所有人一怔，停止了窃窃私语。

老李一掌拍在自己的大脑门上。

“明白了。所有的谜题都被解开了。”老李自言自语地说道。虽然是自言自语的形体动作，可怎么看都像是在提醒他背后的人们。

“别说话别说话，听神探亨特李说，这到底是咋回事。”那个戴眼镜的小伙子大声喊道，像是有意向人们展示自己和神探之间非比寻常的关系。

“这个女人是从南窗跳下来，而掉在了大厦的北门。”神探不慌不忙地转身道，姿势很有型。要是有一件风衣，那就完美了。

“不错。好像是这样哦。”

“可不是，南边窗户破了，北边的没破。”

“可这是怎么回事呢？”

“太奇怪了！”

“龙卷风？那也太寸了。不，不可能。”

“完全不可能，大楼那么宽，怎么可能从南面跳下来，落到北面。真是见鬼了。”人们议论纷纷。

“别吵别吵，神探，你就给我们说说，到底咋回事嘛？”眼镜男再次维持秩序。

“说说？唉！还是不说了吧。”神探看似有意要卖个关子。

“别价别价。说嘛！”人民的诉求非常一致。

看着一双双渴求甘露的眼睛，老李无奈地摇头：“唉！好吧。那咱就说说？”

台下的听众点头如捣蒜。

“看过碟中谍……四吗？”

“汤姆·克鲁斯？”一个少年看上去一头雾水。

“嗯。没错。思路对了。”在确定了思路之后，老李并没有从听众们的眼里看到智慧的闪光。“还不知道？再给个提示？迪拜塔……”

现在不是一个听众一头雾水了。

“好吧。既然这样都猜不出来，那我就直说了吧。”

磕头虫又重复了一遍刚才的动作。

“汤姆·克鲁斯是不是从一个窗口跳出去，就像这样，撞破了大楼反面的另一个窗户，进入到反面的房间？”老李目光炯炯。

“哦——明白了。用绳索，这样子……荡过去的。”总算有人明白了，还是那个戴眼镜的小伙子。

“正确。有进步。”老李用手一指，赞许地冲他微笑：“这个女人，就是向汤姆·克鲁斯一样，从南面办公室窗口呈半圆弧线甩过来，掉在北面停车道的。”

“太神了。不愧是神探亨特李。这样都能解开……”人们哗然了，用敬佩的目光注视着他们面前的——神。

一阵刺耳的警笛声，压倒了人们的啧啧赞美。

从警车上下来的，是刑警安力为和王亮。

第四节　刑警的现场勘查

老李如同变形金刚，迅速地变身，并冲着安力为行了个标准的敬礼。

看着人山人海的好奇听众，安力为笑了：“老李，又在胡咧咧了吧？注意影响。”

安力为说得没错。老李五十多了，还在派出所任职，就是因为管不住自己的嘴，老在假装群众暗藏录音笔的记者面前充大头拍胸脯，没少给上级领导捅娄子。因此每到升迁的审查时，所有的领导就好像商量好了似的叹息：“老李呀人不错，就是这张嘴。唉！”

只有在安力为出现的地方，他才会乖乖地闭嘴。世间万物就是那么奇怪，一物降一物。现在，老李安静得很，问一句答一句，缄口没再谈起方才还夸夸其谈的“汤姆·克鲁斯猜想”。

“报案人叫赖杰，是皇冠大厦的保安队长，说有人坠楼。奇怪的是，大厦二十四层的南面办公室窗玻璃被人撞碎，全部撒落在南门外，有五个目击者，但尸体却落在了大厦北门外一辆车的顶上，北面的窗户没破，好好的。北门有两个目击者，其中一人因惊吓过度，被送往医院。”老李与刚才判若两人，向领导汇报基本案情的用语简短、明确。

“什么？从南面跳窗，掉在了北门？什么情况？”王亮有点困惑。

“老李，这是你的个人看法吧？”安力为不置可否地笑道。

“是……是的。可怎么看也是这么个情况。”老李搔搔后脑勺。

“有意思。”兴许是怪事见多了，安力为显得波澜不惊。

“真的，刚才我挨个检查了二十四层北面的每个房间，窗户好好的，一个都没破。”老李再次强调。

“有这么奇怪的事？新鲜！”王亮还是不太相信。

“确定玻璃是从二十四层掉落的？”安力为问道。他们已经随老李来到南门的玻璃顶前。

玻璃碎片依然散落在玻璃顶和地面上，四周已被警员拉上了隔离带，有警员在两旁负责保护现场。

“是的。就是那个窗户，你看。”老李引导安力为往外走了十几步，向上一指。

安力为手搭凉棚向上望去，点头表示心里有数。

“嗯。看看后门去。”安力为道。

北门外的现场，已有不少警员在那里忙碌，拍照、取证。安力为看到了熟人，远远地向他打招呼。

“小孟。”

“安警官。”

小孟，是法医孟凡树的儿子。可能是受父亲影响太大，也可能是父命难违，从医科大学毕业之后，放弃了令人垂涎的省级大医院名医助理的位置，成为父亲的得力助手。很多人替他可惜，但他却不后悔，当警察惩恶扬善，是他从小的夙愿，哪怕是法医。警察这个行业里，子承父业的其实不算少，但在同一个部门里成为师徒关系的，确实不多。因此二孟的父子兵组合也在警界被传为佳话。

法医老孟在警队里是师傅辈，与安力为和副科长贺言成业已退休的师傅是亲密战友。而安力为、贺言成和另一个警察是警校同学，也是同一期进入刑警队的，贺言成排行老二，安力为排行老三。老大在执行任务时中枪牺牲了，贺言成后来做了队长、副科长。因此，在警队里安力为的年龄虽不算老，资历却不低，严格说起来小孟和他属于平辈，但和其他平辈警察一样，尊称他为三哥。只有成绩同样突出的刑警滕战和几个资格很老的刑警，以及上级领导，才会称安力为老安。

“情况如何？”安力为问道。

“你自己看看吧。市局的夏军也在，正看着呢。从来没见过那么恐怖的尸体，几乎化成一摊肉泥了。刚才有俩哥们儿吐得哇哇的。”

尸体已被很大的尼龙围挡围了个严实。这是怕群众看见引起恐慌，例行的现场处理程序。安力为和王亮走了进去。

一个中年警察正强忍恶心，坚持着观察尸体的细节。安力为上前，拍拍他的肩膀。

“老夏，你也在呀？怎么样？”

“摔得够瓷实的。你先看看吧，我先上楼。一会儿咱商议一下。”

“好。”

夏军颇为勉强地露出一丝笑容，走出围挡，看上去脸色很不好。

那辆红色威航的车顶已被砸得扁下去很大一块。安力为知道这种车，价格应在两千五百万左右，多为中东富豪购买，在国内很罕见。按说这么贵的欧洲车型，基础框架用的应该是相当结实的金属，远非一般日韩轿车的承撞能力可比，可见当时人体对它的冲撞力有多大。

安力为凑近尸体，定睛一看，猛然感到胃里一股热流直冲喉头，忙侧过头抑制着自己的生理反应。从警二十多年了，见过的死尸形形色色，哪怕是断头、腰斩、冰冻单手的，他也没少见。可这次还真是头一次遇见那么没有人形的尸体。

整个尸体确实已经成了一摊肉泥，像一团番茄酱，糊在砸扁了的车顶上，骨骼框架已被巨大的冲击力完全震碎，勉强还能认出的四肢与碎块散落其间。血液已经开始凝结，但还是呈略微偏暗的鲜红色，头颅几乎完全掉了，只有一层皮还连着躯体，歪成九十度平躺，头发和耳朵粘在血堆上，以一种很骇人的样子表明，她曾经是个人。

平日里最能吃苦的小王，即使尽最大能力强忍了，也没能奏效，整个身子一阵阵大幅度的翻动，手还紧紧地捂在嘴上。安力为递给他一块手帕，示意他去外面吐。可小王以坚强的目光正视着尸体，并强作笑容，拒绝了安力为的好意。安力为会意地点点头。

“全部摔碎了。你看这，这，整个脊椎全部散架子了。成了零件了都。”小孟叹道。

安力为抬起头，打量了一下大厦的高度，又围绕尸体足足转了两圈，没说话。

“唯一能辨认的，是头部。虽然都倒过来了，但因为头骨是人体最硬的部分，所以保存比较完好。”小孟继续说道。

“死亡原因不存在异议吧？”安力为例行公事地问道。

“目测应该就是摔死的。至于有没有其他可能，要等检验报告出来。”

“死亡时间……”

“很短，基本可以确定是目击者说的时间。”

“死者身份知道了吗？”

“她随身的皮夹里有身份证。刚才和头部进行了简单的比对，基本可以确认。死者就是前几天在电视节目中诡异蒸发而轰动全城的，荣氏企业董事长荣应泰的夫人——叶淑娴。”

“什么?！”安力为倒吸一口凉气。

他没想到，真的没想到。他见过叶淑娴可不止七八次了，面对眼前这颗倒立的头颅，他这个老刑警竟然没能认出来。

安力为感到头部一阵眩晕，身子前后晃了几下，终于稳住。他撑着自己的后腰，努力让自己从混沌的状态中清醒过来。

“不会搞错吗?”

“初步判断，身份证是别人的可能性不大。面部特征基本吻合。”小孟确定的事，还未曾出过错。

这一点安力为是知道的。他悻悻地朝围挡外缓缓走去，脚步显得有点踉跄。

皇冠大厦的二十三和二十四层，全部是叶淑娴公司的办公场地，其中二十四层走廊南面中间最大的那间套房，是她自己的董事长办公室，她和秘书有钥匙。叶淑娴的秘书早已接到警方通知来到了现场，此刻正在接受王亮的询问。

安力为一边侧耳倾听，一边仔细查看了窗户的破损情况。无论从楼下往上看，还是从这儿的缺口向下看，都确定玻璃是从这碎落的。

正对门的走廊北面，就是刚才老李撞破的那间储藏室。说是储藏室，其实就是个硕大的空屋子，里面空空荡荡，只有一把木质椅子。

据秘书回忆，这里的钥匙只有叶淑娴一个人拥有。因为还没想好这间房做什么用，所以从未交给别人过。老李在听到秘书的叙述之后，从叶淑娴身上携带的钥匙里，找到了这把钥匙。这串钥匙，当时是随着叶淑娴一起掉下去的。

除了这扇门是被老李撞开的，二十三和二十四层其余的门都是用秘书的钥匙逐一打开的。

不仅是储藏室，安力为仔细检查了北面所有房间的窗子，全都完好无损。不仅如此，因为方才就想到了，是否存在人是从二十三层跳下去的可能性，所以安力为让王亮也检查了二十三层南北所有房间的玻璃，连厕所都没放过，结果是全部安好，无一损坏。

这就奇怪了。情况确实像老李描述的那样：人是从二十四层南面的办公室破窗跳楼，却落在了北门的车顶上。等等，还要加上一个因素，安力为刚才听说，那辆红色威航就是叶淑娴的专用车。也就是说，她不但从南面跳窗，如同高空杂技魔术般地落到了北面，而且准确无误地落在了自己的车上。

安力为仔细研究了一下现场勘查技术人员画的大厦整体平面图和二十四层平面图。图画得很精准，正确地标明了叶淑娴坠落的位置，以及窗玻璃碎落的位置。

图上的 B 点就是位于南面的叶淑娴办公室窗玻璃的破碎位置，与实际的地面碎玻璃落点处于同一条垂直线上。而图上的 A 点，则是由现场勘验的警察推算出来的，相对于地面尸体实际坠落点的虚拟垂直位置，意即假如尸体是按照正常的自由落体运动而落地的话，应该是从 A 点开始的才对。

可问题是，A 点的窗玻璃完好无损，根本没有任何破损的迹

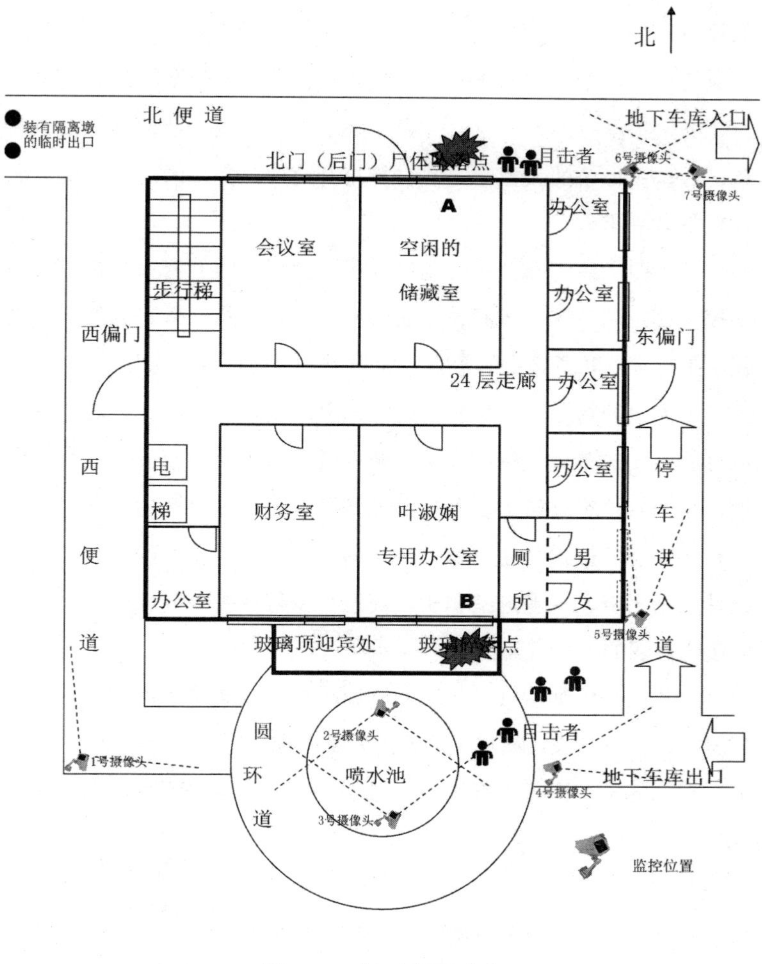
北
北 便 道
装有隔离墩
的临时出口
北门（后门）尸体坠落点
目击者
地下车库入口
6号摄像头
7号摄像头
A
会议室
空闲的
储藏室
办公室
办公室
步行梯
西偏门
东偏门
24层走廊
办公室
电
梯
办公室
财务室
叶淑娴
专用办公室
停
车
进
入
道
西
便
道
厕
所
男
女
办公室
B
5号摄像头
玻璃顶迎宾处
玻璃的落点
目击者
圆
环
道
2号摄像头
1号摄像头
喷水池
地下车库出口
4号摄像头
3号摄像头
监控位置

图 4　二十四层平面图

象。不仅如此，根据安力为的亲自查看，玻璃和窗框之间严丝合缝。玻璃、窗框和玻璃胶之间没有一点缝隙，连一个细微的洞都没有。

还有一点，这幢大厦的设计极其不合理，办公室的窗玻璃竟是封死的，根本打不开。也就是说，整个办公区域都被设计得密不透风，在这里办公的人根本无法自行打开窗户，空气的流通，就只能依靠中央空调了。

关上门之后的办公室，竟形成了一种现实中的密室结构，如果关掉中央空调，这些房间就能变成实验室里的真空管。当然啰，这并不是推理范畴意义上的密室，因为至少门还可以自由打开。

据大厦的物业部门证实，这幢大厦的设计比较早。当时刚开始流行起密闭式幕墙结构的高层大楼，虽然后来明白了设计具有不合理性，但也没有办法了。办公区域是没有窗户可以开的，幸好设计者在每一层的楼道公用厕所，还保留了几个可供打开的小窗户。从设计图纸上看，只有这些厕所小窗户与步行楼梯之间，应该会形成大厦内微弱的天然气流活动。

方才王亮仔细检查了每层的厕所小窗户，确定都没有一个人的肩膀宽，也就是说，从那里是不可能将人推出去的。

空调的每个出气孔都被检查过了，很窄，确定不可能有人从那儿进出。

储藏室里的三个窗玻璃，都未曾遭到破坏。

看来从 A 点上是找不到答案了，突破点应该在 B 点上。

安力为转过身，从储藏室返回叶淑娴办公室，仍将注意力集中到了 B 点。

玻璃破碎得很厉害，只有窗框的边缘部分仍留存着一些稀疏的玻璃残片，绝大部分的玻璃都掉下去了。安力为回想了一下方才在楼下看见的碎片，再依据窗框大小计算了一下玻璃原来的大小，证明两者大致是吻合的。

这就奇了怪了！

安力为兀自思量。

尸体看上去还真是像老李说的，撞破南窗而掉到了大厦北门。而且位置还那么准，就落在自己的车上。

这不是巧合。

绝对不是！

能够影响到物体在半空中运动轨迹的因素，安力为能够想到的，有风、空气阻力、巧遇的外力等。恐怕科学家能想到的，也就这些了。就这几个因素相互比较而言，风的影响可能是最大的。

假如说，碎玻璃和尸体一起下坠，在半空中遇到了巨大的风力而变线，那么受到影响比较大的应该是碎玻璃才对。应该是碎玻璃绕过大楼，像一堆风筝一样，被吹到了北门附近才更合理。

当然，安力为觉得这也很牵强。

世上哪有那么巧合的事情啊！

在安力为思考的同时，他的助手王亮也在做推测。

他更多地是从叶淑娴这个人的角度来进行思考。

叶淑娴是自杀吗？

从目前的情况来判断，可以肯定地说不是。

大厦的窗玻璃，不同于一般家庭使用的。由于高层建筑受到的风雨冲击力较大，所以都会采用比较厚的材料。

这是常识，一般人都知道。

单靠叶淑娴自己的力量，恐怕仅仅是冲破这层玻璃的力量都略嫌不够。

人是不容易经受挫折的动物。自杀者也一样。

如果一个自杀者实施的第一次行动，仅仅让自己的脑袋撞起个大包而没能撞破玻璃，那么，她一定会产生挫败感，以及极其微妙的心理化学变化。

这明显不利于自杀者的初衷。

而从如此“南辕北辙”的奇怪现象来说，她也不可能是自杀。有人都想自杀了，还会想要和世人开个鸟玩笑吗?

不，叶淑娴不是邪教组织的成员。她不可能这么干。

即使……有谁真的想那么干，又能够做到吗?

可……事实上有人已经做到了。

他就是那个谋杀者。

可他……到底是怎么干的呢?

简直太匪夷所思了。

确实像是“*Mission：Impossible*”。

和王亮一样，安力为也觉得很挠头。

老李没敢跟安力为提及他的“汤姆 · 克鲁斯猜想”。

一小时后，在和安力为、王亮一同再次勘查现场之后，他已经意识到了那个猜想的不靠谱。

第一个不靠谱，绳索拴在哪儿? 皇冠大厦二十四层的上一层就是顶层，而汤姆 · 克鲁斯行动时，人与系绳点是需要预留相当的距离才能执行的。

第二个不靠谱，一个自杀的人，需要像特工执行任务一样荡个回旋吗？其实特工也完不成那个动作，那是电影。

老李自己也明白这些。

因此，在安力为面前，他非常明智地选择了闭嘴、干活。

这时，一个警察跑过来，向安力为轻声说道："荣总到了。在和小孟法医辨认尸体呢。"

安力为点头，继续仔细地检查各个可能的蛛丝马迹。

王亮还在喋喋不休地向叶淑娴的秘书问这问那。

安力为猛一回头，突然问道："叶总平时周日会来办公室吗？"

可怜的小秘书摇摇头说："不会。其实，叶总来公司的时间本来就不多，一个礼拜也不一定来一次。而且公司规定，双休日不得在办公室加班。"

"咦？还有这样的公司！那么懒散，公司能挣钱吗？"

"不……是不怎么挣钱。可我只是个秘书，不知道那么多……"秘书一脸真诚，嘟着嘴说道。

"好。"安力为一伸手，示意王亮继续，就自顾思量，不再搭理可怜的小秘书了。

与办公室不同的是，储藏室的地上有一层薄薄的浮灰，看起来是很久没人用过了。虽然地上有那么一些大小不一的脚印，但看上去已经留下很久了。

几个警察正在细致地给找到的脚印和指纹进行采样。不过安力为明白，在针对高智商犯罪的现场勘查里，这些脚印和指纹用处不会太大，多半只能做个参考。

此时，走廊里传来了几个人的脚步声。安力为知道是荣应泰上来了。他连忙走向门口，不是要多么恭敬地迎接，而是，现在安力为最关心的问题就是，这个女人究竟是不是荣应泰的妻子叶淑娴。他的心里尚且抱着一丝希望。

然而，当他看见荣应泰充满血丝的双眼之时，什么都明白了。安力为久久也没能说出一句话。

荣应泰明白安力为关切的眼神，闭上眼点点头，又虚弱地摇摇头。安力为明白老朋友是在努力地控制自己的情绪，防止在公众场合失态。

“除了身份证，还有那条项链，那是她最近在香港买的，回来时……还戴给我看过……”荣应泰哽咽着说不下去。

“节……节哀顺变。”安力为知道自己说了句废话，但此时此刻，他和所有中国人一样，只是想不起还能说什么别的。虽然是废话，但确实是安力为的由衷之言。

他本想再追问一句“有什么细节你觉得奇怪吗”，可他想起方才自己面对尸体的那一刻，不由得把问题咽了回去。毕竟，死的是荣应泰的结发妻子，而且是几天前还在说笑的亲人，如今已经成了故人。

“这是谋杀。”荣应泰颤抖着，从牙缝里挤出四个字。

“这……”

“有时间的话，过来一趟。我给你看样东西。”

“东西？”安力为微微有些吃惊。

“这是有预谋的。虽然还不确定，但我想那样东西对破案多少有些用。”

这几天发生的事，让荣应泰与之前判若两人。平时叱咤风云的荣总，如今恰似一个耄耋老人。

看着好友黯然离去的背影，安力为心里很不好受。

第五章　阿基米德童谣

方法、顺序，加灰色的脑细胞。

——赫尔克里·波洛

第一节　推理的排除法

没等王亮一起行动，安力为就独自一人沿着步行楼梯，快速跑上大厦天台。

天台边缘上，已有一个人站在那里，对着疾风抽烟。

是夏军。

在这见到他，安力为知道，他又和自己想到一起去了。

夏军是市局重案队的大队长，和安力为一样，也是从底层警员兢兢业业，靠自己的努力和功勋当到大队长的。他俩办案风格都比较硬朗，因此以前联合办案的时候，总是很默契，破案效率较高。他俩虽然也会因坚持自己的主张而免不了吵嘴，但争吵归争吵，行动起来却很一致，因为，他俩的骨子里都敬佩对方。

见到安力为上来，夏军笑了笑，递给他一支烟。他也明白，安力为又跟自己不谋而合了。

“你怎么看，老夏？”

“自杀的可能性几乎现在就可以排除了。一个自杀的人，不会找一个同伙，或者搞一个机关，来砸碎南面的玻璃窗。”

“嗯，我也是这样想的。而且，这兴许跟咱前年一起办的那案子相似。”安力为深深地吸了一口烟。

“那个古怪杀人案吧？没错。我也感觉到了。这像是一种挑战。

不是冲我们，就是冲着荣家。”

“好。谋杀是可以定性了。关键是，凶手是怎么做到的。”

“我刚才用排除法排了一遍，结果不理想。老安，你先说说你的想法。”

“表面上看起来，南窗破碎，在北窗全部关闭而且完好无损的情况下，尸体落在北门，二者几乎同时发生。即使存在时间差，也不会超过二十秒。”

“是这样。我刚才逐层仔细检查了，因为是高层建筑，六层以上的办公区域几乎是全封闭的，整幢大厦只有一些很小的气窗是可以开的，为了安全，窗户在设计上就不够一个人穿过的面积。另外，垂直位置也不对。六层以下跌落的话，不可能有那么大的冲击力。所以，可以认为窗户是全部关闭的。”夏军仔细回忆着每一个细节。

“那么，谋杀的可能性分两类：一，由凶手独自完成；二，由多人配合完成。”

“多人配合完成的话，比较容易实现，只需要两个人同时行动，就能创造出很多可能性。但……老安，我不知道你怎么想，我总觉得凶手就是一个人。”

“我也是这个感觉。那么，我们就只分析一个人的情况吧。凶手是一个人的话，可能性有四。第一，尸体早已吊在北窗外，怎么出去的，什么时候出去的另说，是在他敲碎南窗的同时，由某种装置控制其落下的。”

“这不可能。大厦北面一直有行人、保安和停车管理员走动。窗外吊了个大活人，不可能不被发现。除非，那个已经送往医院的停车管理员醒过来，说他事前根本不曾往上看过一眼。至少已经询问过的保安都说从不同角度看过大厦北面，没有异样。”夏军狐疑地说。

“嗯。这一点可以排除。第二，人不是从二十四层北窗推下去的，而是二十三层，或别的层级。你方才说了，你已经检查过所有层级的玻璃窗。我也让我的手下看过了。没可能。”

“时间上也来不及。我刚才试过了。从二十四层南窗到二十三层的北窗，二十秒太勉强，加上做别的动作更不可能，别的楼层也就更不可能了。这一点也排除。”

“第三……”

“天台上。这就是我们都来这里的原因。但是，你看，这里的天台做了牢固的金属防护栏。我想可能就是为了防止有人自杀设置的吧。”夏军掐灭烟头。

“嗯。如果事先越过防护栏，就跟吊在外面一样，无法保证不被人看见。如果是即时行动，那就来不及只用二十秒从二十四层跑上来，完成所有的动作。”

“我们都试过了，行不通。此外，最让我头疼的是，凶手真的有必要让尸体准确地落到北门的那个位置吗？”

“我想是的。那辆被砸扁的车，是叶淑娴自己的常用车。我认为，这也是凶手意图的一部分。”

“是吗？看来，真的是……挑战啊！”夏军倒吸一口冷气。

“老夏你没什么补充的？”

“没了。我想到的就前三点，被自己就否了。没那么容易的。不过，至少我们在这儿排除了自杀的可能。”

“这个大厦好像没看见擦玻璃的升降机。如果通过升降机来扔尸体的话……”

“都检查过了，没有。”夏军言之凿凿。

“哦对了，刚才神探亨特李说什么呢？是不是他有什么想法？老小子学乖了，现在见我来，就不言语了。”安力为没有放过一丝可能。

“哦，他呀，还那德行，说那是自杀，叶淑娴就像汤姆·克鲁斯《碟中谍四》里在迪拜塔上一样，用绳子绕着大楼，就这样……晃过来的。”夏军哈哈大笑。

“有进步，会学以致用了哈哈。即使在有人控制的情况下将尸体晃过来，还是回到了刚才的那个结果，也没办法保证落到那辆车上。”安力为虽笑，也还是简单分析了一下。

“可不是嘛！万年不靠谱。神探，太神了他！”

“老夏，即使是不靠谱的思路，我们也不能轻易放过。”

“没错，对付高智商犯罪，我们要集思广益。”

“你一会儿去哪儿？”

“回局里汇报一下情况。傍晚又得去你那儿蹭盒饭了。看来晚上咱又要加班。这回省厅好像很重视，我看这案子，你们头儿会亲自抓的吧？没准这回还是咱俩并肩战斗呢。”夏军调侃道。

“我看也是，可能你来没多久，消息就传到了一科。然后贺科就打电话让我过来了。”

“是哦。我来大概半个小时，厅里领导就知道了吧。老安，风雨欲来呀！”

“是啊，之前还有很多情况你是不知道的。我先去一趟荣府，好像还有新线索。回来的路上，我会梳理一下。咱晚上见。”

“晚上见。”

第二节　恐怖童谣

他继续举起纸片写呀写，
没发现已经走到了悬崖边，
粉身碎骨。

他继续在教学模型上搭呀搭，
忘记了那把刀还放在上面，
身首异处。

他闭起眼睛推呀推，
一直将公式推算到梦里，
再也没能醒来。

他算完了自己的那份，
又出门尝试别人的试卷，
再也不能回来。

他骑马的时候也在算，
不知道那根本没有装上马鞍，
最后一头栽进了河中央。

他吃饭的时候还在算，
不知道那根本没有装着米饭，

最后吃掉了自己的身子。

他用花园里的蜜蜂排列组合，
终于算出了π的邪恶序列，
被蜜蜂蜇死。

他趴在钟楼记录敌军的阵列，
终于算出敌人破城的时间，
被砍头而亡。

这就是荣应泰要给安力为看的“东西”，一首恐怖童谣，在一张宣纸上用飘逸的行书写成，并装裱成挂轴样式，挂在荣府玲珑屋墙上颇为显眼的位置。宣纸泛黄，显得陈旧，挂在那里就好像是一幅年代久远的书法收藏品。

这童谣的词句如此邪恶，就如同咒语一般被灌注了某种神秘的力量，使看的人顿时毛骨悚然。就在仔细阅读，体味其中含义的时候，安力为感到一阵冷风从后方袭来，穿透了他的胸膛……

在与夏军分手之后，安力为立即下楼，准备赶往荣府。离开现场之前，他特别交代小王，务必拷贝皇冠大厦一个月内所有的内部监控录像，送往技术部门。因为量太大，不可能专门抽调干警负责，只能由技术部门先行梳理，在抽取出重点可疑部分之后，再由小王、小刘查看，必要时他会亲自上阵。

安排停当之后，安力为直接驾车来到了荣府。

这次荣应泰省略了平时的客套，直接带他来到了一个他从未去过的地方——玲珑屋。

以前每次见面，荣应泰总是安排在自己的紫檀书房、客厅、咖啡厅或者茶室等前院的部分，从未带他去过后院。因此他还真不知道，后院别有一番天地。

这个玲珑屋，却是后院里最古怪的地方。

一进门，安力为就被屋内的展示弄得心猿意马。

这里陈列着男主人各种各样的收藏品，千奇百怪，应有尽有，看似并未进行系统分类，摆设起来却一丁点都不显得杂乱无章。安力为粗略地扫了一遍，这里有宋元明清各个朝代的将军盔甲，各类兵器，大到一门小型铜铸火炮，小到数百种暗器，还有古代的西洋钟表、会弹琴的机械小人、车船模型、天体运行仪等等，五花八门，不胜枚举。

东西虽多，这个大屋子整体的布置却存在一种说不出的秩序感。或许这就是主人独有的品位吧。

安力为明白现在不是可以分神的时候，他努力控制着自己的眼睛，不被那些奇怪的物件所吸引。

更为诡异的是，当荣应泰将那幅童谣指给他看时，别的感觉呼的一下，完全消失了。安力为感到大脑突然变得异常清醒，背后寒意顿生。童谣中的文字，仿佛具有魔力一般，牢牢地抓住了他的眼，他的心。

“我刚看见这些文字的时候，也是这种感觉。”荣应泰幽幽说道。

“怎么？这不是原来就有的？这里的藏品，并不全是你搜集而来的吗？”

“大多数是我搜集的，只有少部分，是我的老岳父生前的收藏。”

“那么，这幅字，是叶老的收藏？”

“不完全是。”

“怎么讲？”安力为觉得荣应泰话中有话。

“原来这幅字，是清末书法大家白山的真迹，内容是曹操的《前赤壁赋》，那才是岳父的藏品。因为是难得的真迹，所以保留下来。可是……”

“你的意思是，有人换了它？”

“不完全是。哦，我的意思是，并非简单地换掉，而是仅仅换掉了其中的内容。”荣应泰回忆。

“内容？”

“是的。只是内容换了，从《前赤壁赋》变成了杀人童谣。可是，笔迹却仍是白山大师的风格。还有，我可以确定，纸张仍是原来使用的宫廷专用宣纸，连裱糊用的绢布、挂轴用的木材，以及装裱工艺都没有变，跟原来完全一致。”

“有这种事？”话一出口，安力为有点后悔。他明显感到，在一系列怪事发生之后，这似乎只是小菜一碟了。可是，这幅字对他的蛊惑力，委实非同凡响。

“就好像这幅字是自己变了内容一样。”

“什么时候有了变化的呢？”安力为试图以此为突破点。

“具体的时间，我并不知道。我只知道自己是约半个月前发现的。也许早就改变了，但我并没注意。你也看见了，我这里东西很多。你第一次进屋，或许觉得它很显眼，但你看，这幅字的纸张已经泛黄，像我这样天天进这间屋的人，反而会忽略了变化的存在。”

“嗯。”安力为表示赞同。

“那天下午，忽然下了暴雨，雷电交加，屋子里就变得很黑。

我打开了大灯，就突然发现，它变了。”

聆听着荣应泰的讲述，安力为的眼前浮现出当时的情境，如同电影画面般历历在目。

窗外狂风大作，横扫的雨点暴虐地敲打着四周的窗户，屋内刹那间一片漆黑。荣应泰摸索着走到墙边，打开了大灯的开关。

就在光明洒满玲珑屋每个角落的同时，一道特别的光晕从墙上夺目而来。这幅字……这幅字，竟然自己改变了内容。

惊慌失措的荣应泰连连后退，终于在书桌旁撑住了摇摇欲坠的身体。

那些可怕的文字，如同 3D 电影中的蜻蜓，瞬间从墙上一个个蹦到了眼前。

荣应泰面色煞白，瘫倒在椅子上……

“一定是有人搞鬼。”安力为咬牙切齿，努力地摆脱文字对他思想的控制。

“我也这么认为。可是……老安，请你再仔细看一遍文字的内容。”

> 他继续举起纸片写呀写，
> 没发现已经走到了悬崖边，
> 粉身碎骨。
> ……

“这不是尊夫人的真实写照吗？”安力为几乎叫出声来。

“是的。这是杀人的预言。”荣应泰完全明白安力为的惊愕。

“我说呢。妻子死了那么大的事，你却那么着急请我来看一幅书法。原来如此。”

“你怎么看，安警官？”

“或许你想得没错。不过，现在下定论还为时过早。事情接连而来，我们必须尽早找出其中的联系。”安力为掏出手机，立即拍下了那幅字的照片。

“荣总，这幅字我看暂时别动，以免打草惊蛇。那是什么？”突然间，安力为看到一张闪过的人脸。

“怎么了？”

“我刚才看见一张脸，一晃就没了。虽然模糊，但我很确定是有个人在哪里看着我们。在哪里呢？屋里现在可能还有别人吗？”

“不可能。现在只有我们俩。兴许是错觉吧？这里的东西太多，是不是看见了哪个人的模型呢？”

“不。我确定是一张活人的脸。”

“在屋里？”荣应泰和安力为一起寻找，却毫无发现。

“没错，在屋里。哦，没关系，也许你说得对，是我看错了吧！”嘴上虽这么说，但安力为暗地里却一直很相信自己的眼睛。

“哦。其实，这里看起来很杂乱，但我是精心摆设的，每个物品，都在摆放的时候，准确地到达了我希望的位置。”荣应泰露出满意的微笑。

“我要了解一下，这间屋子，主要是什么人可以自由进出？”

“没有人。除了我的召见，谁也不能进这个屋子。这间玲珑屋，就是我的个人场所，连孩子们都不能随便进入。钥匙也只有我身上这一把，从来都不离身的。另外，外人更是从来没来过，安警官你是第一个。真是的，说起来，就连和我关系如此密切的你，也是第一次进入啊！”荣应泰回答得很肯定。

“哦。那么，对于童谣的内容，你有什么看法吗？看上去，好像和数学，也许是物理学有关。”

“你听说过《鹅妈妈童谣》吗？”荣应泰反问道。

安力为摇头。

“看到这个诡异的东西之后，我进行过一些研究。所谓《鹅妈妈童谣》，是欧洲古代的游吟诗人根据一些真实的恐怖事件改编成的，主要是用来吓唬不听话的小孩子。后来有人将这些民间故事搜罗起来编成集子，起先被叫作‘母亲鹅的故事’。英国的书商觉得有读者，于是整理出版，就成了《鹅妈妈童谣》。那也是世界上最早的儿歌集，比较著名的有‘伦敦铁桥倒下来’等。后来随着新童谣的不断加入，就有了八百多首。这些童谣中之所以包含了许多血腥、残酷的句子，主要是当时黑暗时代背景的真实写照。”

“你认为这是从‘鹅妈妈’里抄来的一段？”

“不。那是原创的，虽然模仿了《鹅妈妈童谣》的风格。我已经仔细找过了，连英文的原版书里都没有这一首。不过，刚听你说起数学和物理，我倒好像有点思路了。你知道阿基米德吗？”

“古希腊物理学家？在洗澡的时候想到浮力定理的那个？”安力为搜肠刮肚地想到这些。

“对。同时他也是数学家和哲学家，发明了抛石机，还用镜子聚光原理帮助家乡锡拉库萨打败了强大的罗马舰队。但是他却没能挡住罗马大军的最终破城。据说，在罗马士兵举着刀在他面前晃悠的时候，这个正在做算数的老头大声喝道‘别动我的图’。那个士兵很生气，于是砍了他的头。”

“真够倒霉的。可……这童谣……和阿基米德有关系？”安力为觉得有点云里雾里。

“你再仔细看看。”

……

他趴在钟楼记录敌军的阵列，

终于算出敌人破城的时间，

被砍头而亡。

还别说，这最后一段还真是和阿基米德的最终命运完全一致。

“哦！原来如此。是阿基米德啊！不过我想，这一定是……”安力为差点儿又说是有人恶作剧，可话到嘴边，生生给咽了回去。连他自己都清楚现在还坚持这个说法有多可笑，既说服不了别人，同时也说服不了自己。

可是，这不是恶作剧，又是什么呢？

第三节　侦查一科

晚上七点左右，安力为回到了办公大楼。一进大门，他就遇到了夏军的助手杨坚，和刚从洗手间洗完手出来的副科长贺言成。

“八点准时开会，你赶紧填一下肚子。八点啊！再迟到我当大家的面敲你脑壳。”贺科做了个敲脑壳的姿势，转身向楼上走去。

“遵命。”安力为和小杨一起走向休息室。

安力为所属的部门，全称为省公安厅刑侦总队一处侦查一科。

所谓一处，又称重案处，负责全省和跨省，甚至跨国的最重大刑事案件，尤其针对杀人、抢劫、涉枪、爆炸等暴力犯罪，而其中的侦查一科俗称大案科，是重案部门中的重案组。因此，只有全省能力最强、效率最高的优秀干员才有机会进入这个部门。换句话说，这里全是警队精英里的精英，同时这也是获得荣誉最多的部门。安力为、滕战，黄科、贺科，还有倪大龙等警员，都是个中翘楚，都曾因破获轰动一时的大案获得过上级部门的通报嘉奖。

市局的夏军年轻时就一直梦想着进入侦查一科，哪怕只做个小警员都毫无怨言，但因为市局局长窦长征特别器重他，不肯放人，所以始终没能如愿。这似乎成了夏军日后的一块心病。虽然他的能力和功勋其实也不比安力为差多少，但每每获得上级指派与侦查一科刑警联合办案的机会，总能让他勾起那个情结，乐得屁颠屁颠的。

一进门，就看见夏军、刘晓伟、王亮，还有刑警倪大龙和他的助手张振都在呢。一伙人正稀里呼噜吃得热火朝天。倪大龙忙将放在旁边的一碗面条端过来。面条上面还蒙着一层保鲜膜。

“快吃吧。你看老夏对你多好，还特意让老板蒙了层保鲜膜。”倪大龙一脸坏笑地说。

“去去，吃你的片儿氽去。”

“嘿。来劲了还。就你特殊，我们都片儿氽，就你一个油渣面，还加料的。”

“行了行了，今儿可没工夫跟你抬杠。我不饿。”

安力为一脸尴尬的样儿，把大家都逗乐了。

“哦，明白了。一定是在荣府吃过了。哎呀！山珍海味不带咱们吃呀。”倪大龙依旧不依不饶。

“别逗他了大龙，这家伙不识逗，小心一会儿又跟你急了。知道你这个‘拼命三郎’，一有事就吃不下东西，但怎么都得垫点儿吧，待会儿咱还得连夜战斗呢。”还是夏军帮他打了圆场。

“拼命三郎”这个诨名，是处长裘安邦给他取的。

安力为办起案子来，总有一股不要命的劲头。忙起来就忘了吃饭，蹲守时就让助手睡觉自己盯三天三夜，需要一周完成的查访他三天就干完了，冲锋陷阵时他又一个人冲在最前面。

有时明明准备各部门配合抓捕罪犯的，结果被他一冲，一下子不知怎么的就把本来疯狂叫嚣的罪犯给弄翻擒获了，为同事们省了很多事。

当然裘处和黄科还是反复告诫他，要注意团队精神，同时也要注意保护自己的生命安全。可这个“三郎”把这些叮嘱全当耳旁风。

安力为撕开保鲜膜，看着热腾腾的香味冒起来。即使这样，他也实在吊不起胃口。

“快吃吧。一会儿凉了，成疙瘩汤了。”倪大龙言犹未尽。

“好吧。离开会时间也不多了，咱们一边吃，一边先通个气呗，都问到什么了。”

“王亮，你先来。”

“好。那辆被砸的车是叶淑娴每天都自己开的专用车，北门的那个车位也是她专用的，别人不准占用。皇冠大厦的二十三和二十四层都是叶淑娴公司的办公室，和其他楼层是断开的，其他楼层的办公人员和外人很难进入。至于大厦内部的保安、保洁员等工作人员要进入，都要先通过叶淑娴的秘书。今天是周日，所以没人能够进入。”

“别停下，边吃边说嘛。”夏军发现王亮和安力为一个德行，一谈工作就会停下筷子。

“哦。”

“一个人都不能吗？”倪大龙问道。

“确实不能。刚才小张也问过保安，叶淑娴的公司有个奇怪的规定，公司职员下班时间和休息日是不准加班的，连叶淑娴的贴身秘书也是这样。”夏军补充道。

“是有点奇怪。”安力为还是没动筷子。

“是出于公司保密的考虑吗？”倪大龙猜测道。

“也许吧。不过，说起来这个叶淑娴也挺怪的。早上问了她的秘书，感觉她这公司根本是不赚钱的，不知道那些职员都忙些什么。反正秘书也说不到点子上，像个摆设。”夏军回忆道。

“这个我懂。不就是荣总贴钱替老婆养个公司玩的呗。”倪大龙插话道。

“我看像。这个皇冠大厦，好像也是荣氏企业的产业，不过是暗的。名义上有一个外省的老板。”夏军若有所思地说。

这一点倒是安力为没想到的。他放下筷子，点了根烟。

“南窗破碎和尸体落地的时间间隔，根据对目击者的反复询问，现在基本可以确定是十五秒钟以内了。”夏军接着说。

“十五秒？为什么那么确定？”安力为吃了一惊。

“据大门口的三个日本客人讲，早上五点南窗碎落的时候，他们正好听见附近钟楼的钟声敲响，迎宾先生和保洁员可能因为天天听太熟悉了，所以没听见。而北门停车的那个小伙子后来仔细回忆说，当他与停车管理员吵架的同时，也听见了钟声。据他回忆，从钟声到尸体落地的时间，应该不超过十五秒。小伙子一开始因为受到惊吓而犯迷糊，我让小杨一直和他磨，终于等到他想起来。”

一旁的杨坚叼着面条使劲点头，表示夏军得出的结论正确。

“对了，那个昏迷的停车管理员醒了吗？”安力为突然想起了那个管理员。

“刚才接到医院的电话，已经醒了。不过还是神志不清，总是一惊一乍的，没办法回答问题。”刘晓伟说道。

“晓伟，你刚才去过荣府了是吧？”安力为想起，下午在驱车进入荣府时，曾看见了远处的小刘。不过荣应泰准备谈重要线索，所以他没跟小刘打招呼。

“是的。早上的事情发生之后，贺科就叫我立即去一趟荣府，先把荣府的所有家人和仆人都做个简单的统计。”

“嗯，有必要。我想接下来的工作，应该从荣府内部和外部两个方向展开吧。”安力为深吸了一口烟。

“我想也是。对了大龙，你刚才说那个什么小蜜？跟老安说说。”夏军想起什么。

“哦。那是荣应泰的小蜜。”

“什么？荣应泰还有个小蜜？”安力为有点意外。他和荣应泰那么熟，竟不知道还有这么一出。

“我先问你，昨天晚上你在荣府对不对？荣府闹鬼了对不对？”倪大龙反问道。

“原来你们都知道了。”

“除了厅长处长还不知道，下面已经传开了。不过关于闹鬼的细节，可能只有你清楚吧？当时荣府的所有人是不是都和你在一起？”

“差不多吧。我感觉不是荣府的人做的，像是……某个可以进入荣府的……外人。不过具体的，还不清楚。”

“也就是说，和荣应泰亲近的人，那晚都在。但是，只有这个小蜜没出现在大家面前。下午晓伟也证实了这一点。初步调查，这个小蜜叫李妍，原来是在哪儿做小姐的，被荣应泰包养已经有几年了。具体情况，还有待调查。”

“这可能是一条很有用的线索。”安力为掐灭烟头。

“没错。我们也这么认为。”夏军附和道。

“大龙，你觉得这案子，他们会插一腿吗？”安力为所谓他们，指的是刑警滕战和一科科长黄建国。

“应该不会。他们负责的本市七县府连环爆炸案，上面很重视，甚至怀疑有国外特务的阴谋参与，连安全厅的特工都出动了，限他们半个月内破案。”倪大龙道。

“说来奇怪，那案子也挺有意思。一般我们认为的连环爆炸案，像伦敦地铁、芝加哥爆炸案，总会伤及无辜。可这次不同，每次爆炸都是威力极小的炸弹，而发生的地点却很靠近人多的地方，分别在地铁、中心广场、长途汽车站，甚至县政府门外。”夏军插口说道。

“那怎么会没伤人？”

“怪就怪在这里。一个无辜市民都没伤及，每次的炸弹威力都很小，只是听见看见，却无人受伤。不过既然是连环爆炸，上面肯定是非常重视。对于滕战和黄科来说，这压力可不是一般的。他们哪有时间再参与这个案子呀！”

安力为听罢，长吁了一口气，看着面前正在凝结的面条，拿起筷子拨弄了几下，终于开始吃起来。

“快吃吧你，都凉了。”夏军笑道。

“嗯！味道不错。”

面条的美味，使安力为这会儿才突然感到，自己其实早已饥肠辘辘。

他三下五除二，一口气把面吃了个精光。

第四节　专案组

“与荣氏企业有关，已经发生的事件，到目前为止有三个：第一，前天发生在电视台节目现场的叶淑娴消失事件；第二，昨晚我在荣府亲身经历的亡灵出没事件；第三，今天早晨发生在皇冠大厦的叶淑娴坠亡事件。据我现在已经掌握的信息看来，这三个事件之间，存在某种联系……”配合着图片和文字，安力为面对会场内的几十位警员，开始了初步的案情汇报和分析。

台上放着两块大白板，上面按照分析和演说的需要，布满了文字和相关的图片。白板旁是一个大银幕，由台下一个科员的手提电脑控制，播放相关的投影。

白板前坐的是厅里的领导和随身秘书，包括裘处、黄科和贺科，就连厅长崔东海都亲自到场了，坐在讲台边上认真聆听。

台下的干警，分别来自各个不同的部门，省厅、市局、各中队和派出所的，大家正襟危坐，边听边做记录。

“……亡灵出现的现场确实很恐怖，是我亲眼所见的。其中，穿过我们视线的瞬间转移，和断头再接，再加上前次在众目睽睽之下的消失，现在都未能破解其奥秘，可以认为是一种高智能型的诡计。但我认为，目前重点，应该放在今晨的皇冠大厦坠亡事件上。小王，你陈述一下在现场的调查。”

“死者叶淑娴，五十岁，是舜华投资的董事长，也是全国著名企业家荣应泰的妻子。尸体的口袋中装有身份证，因此当场确认身份。皇冠大厦的二十三和二十四层，都是舜华投资的办公室，和其他楼层的公司完全隔离。坠落时间，因有现场目击者，可以确定为凌晨五点后的一分钟内。尸体已经送检，究竟是因坠落致死，还是死后被推落的，要等尸检报告出来。据大楼南面的五名目击者陈述，五点正点时看到了玻璃碎落的全过程，后经进一步查看，是二十四层叶淑娴办公室的南窗。其中三人表示，目击玻璃碎落的同时听见了附近准点报时的钟声。尸体落在北门一辆车上，据目击者之一称，是在听见钟声后大约十五秒内发生的。后来获悉，这辆车就是叶淑娴本人的常用车。”王亮边翻着笔记本，边用手指着一块白板上画好的皇冠大厦立面示意图。

“老夏，你是第一个到达现场的。说说你的看法。”黄科听完王亮的汇报，向夏军问道。

“好。表面上看起来，叶淑娴是从南窗自己的办公室破窗自杀，而最终落在北门死亡，还恰恰摔死在自己的车上。综合各种因素的考量，我们认为这不可能是自杀，基本可以确定为谋杀。”

“嗯。老安你呢？也是这个想法？”黄科转头问安力为。

“是的。无疑是谋杀。不仅如此，我觉得凶手在传达一个信息，似乎有意表明这是谋杀。至于究竟表达的是什么，表达的对象是警方、荣家，还是外媒，又为什么要这样做，还有待进一步调查。”安力为答道。

“我同意。可以确定为谋杀。有不同意见的同志，请举手。”一直在听陈述的裘处开口了。

没人举手，众人低声交换意见，纷纷表示认同。

“好。”裘处环顾四周，点头道，“那就定了。对于破案的方向，现在有初步的想法没有？”

“据初步了解，叶淑娴平时在外，为人比较跋扈，可能在生意上存在仇家，或者曾经得罪过什么人。当然，也不能排除荣家内部或有关的人。大龙，你说说你掌握的情况。”安力为说道。

倪大龙站起来说：“荣应泰有一个情人叫李妍，二十五岁，两人至少有三年以上的包养关系了。据初步了解，李妍和叶淑娴应该见过面，所以两人应该存在矛盾。虽然李妍不能明目张胆地进入荣府，但有人说她经常能在荣府和荣应泰见面。”

安力为顺着这条思路往下说：“荣府后院有一个玲珑屋，是荣应泰存放私人收藏和休憩的地方，未经他本人同意，连荣家人和仆人都不得随便进入。今天下午，荣应泰破例请我去了那儿。出来的时候我特意留心看了一下四周，发现有一扇门可以直接通往府外的车道。据荣应泰说，这扇门只有一把钥匙，在他自己身上。因此刚才听大龙那么一说，我就在想，李妍如果经常出入荣府而不让别人看见，那么秘密约会的地点很可能是这个玲珑屋，只要荣应泰亲自打开这扇门就成。另外，亡灵出现的时候我在场，如果是荣府内部的人搞鬼，被我当场抓获的危险性是很大的。而这个李妍如果事先进入的话，就拥有更好的条件。”

“很好。李妍的调查，由你亲自负责。对于舜华投资的调查，有什么进展？”裘处又问。

夏军的助手杨坚站起身来说：“这家公司的业务比较混乱，相关业务的公司资料虽然搜罗了一些，但她的秘书说不清哪些有用哪些没用，需要进一步核实。”

“嗯。黄科，贺科，你们再看看。”裘处继续道。

“外部的调查还没有展开。小刘，你先说说荣府的人员结构吧。”贺科提醒道。

“是。住在府内的荣应泰家人，基本结构是这样的……”刘晓伟走上台，将一块白板翻到反面，指着上面的人员结构图开始介绍。

回到自己座位上的安力为悄悄地问小王：“刚才交给你的图片处理好了吗，还有那张小纸片的图片？”

“准备好了，已经交给负责放投影的小玉了。”

“好。”

“……其中管家叫吕光复，大家称他为光复叔，是几十年服侍荣府的老人了。老家仆还有一个，是个聋哑人，叫周水根，大家叫他根叔。根叔的儿子叫周焘，是荣应泰长子荣俊赫的保镖。荣府上下仆人的基本情况就是这样。”刘晓伟汇报完毕。

“我再补充两个可能将来会比较重要的证物，小玉。”安力为站起来道。

放映员小玉将投影打到那张白色小纸片上。

“这是在亡灵现场发现的，这些数字表明什么意思尚待调查，目前也还不清楚是否与本案有关。下一张。”

投影展现出玲珑屋内恐怖童谣的图片。

“这是荣应泰提供的，玲珑屋内的一幅字，其中第一段内容和叶淑娴的死亡现场非常相符。这幅字原本就挂在玲珑屋，内容本是一首古诗，显然是有人存心替换的。据荣应泰自己猜测，整个童谣的内容，似乎和古希腊物理学家阿基米德有关。他怀疑，这可能是凶手留下的杀人预告。”

随着安力为的介绍，台下的警员们交头接耳，议论纷纷。就连台上的领导们也全部睁大了眼睛，仔细思索着其中的奥秘。

这首童谣的文字内容，如有魔力般，顿时打开了每个警员的好奇心。

一直坐在讲台边上的厅长崔东海伸手示意放映员关闭投影，然后缓缓站起身。

“此次事件的死者是著名企业家荣应泰的妻子。荣应泰是什么人，我想不必说大家也知道。他的妻子遇害，而且是以如此诡异的方式，上级认为，可以视作是对荣家的一种挑战。荣氏企业不但是我市的利税大户，也影响着华东六省的经济命脉，潘省长和秦市长对此都很重视，要求我们立即调集一切警力，力求尽早破案。此次的行动，上级各部门将全力配合。现在我宣布，皇冠大厦杀人事件专案组就此成立，由裘安邦同志任组长，贺言成同志任副组长，我亲自监督。老裘，老贺，你们分派任务吧。”

台下的警员们不再窃窃私语，全部挺直了腰杆，认真地做着笔记。

裘处站起身：“鉴于目前情况，我们的调查方向，不能有思想局限。我认为，主要从两个方面展开，一是从外部入手，全面调查与舜华公司乃至整个荣氏企业相关的业务单位和竞争对手；二是荣家内部，调查叶淑娴、荣应泰的所有亲人、朋友，以及有关人员，当然，要注意策略。安力为和荣应泰比较熟，首先负责调查李妍，以及荣家的内部人员；市局夏军负责调查舜华投资、荣氏企业和相关的业务单位；倪大龙，配合调查外围的材料。其余具体的细节，贺科你来分配。人手不够向我要，还不够，我向厅长要。不惜一切代价，尽快全力侦破此案。黄科和滕战，因为负责近期的连环爆炸案，所以就不能参与本案的调查了。大龙，你也要做好机动的准备，一旦爆炸升级，你就准备加入黄科那边。大家都清楚了吗？”

“清楚。”

“散会。”

第六章　Sile 少年推理师

世间的一切事物，都存在着某种必然联系。

——千行（中）

第一节 “其实我是卧底”

会后，贺科特意留下了安力为一人。

“老三哪，对于任务的分配，你有想法是不是？别装，都写在你脸上呢。”贺科开门见山。

“那倒不是，上级安排我和市局老夏负责，我挺满意的。我俩配合一直挺默契，分开两个方向调查，是最好的安排。”

“那你老皱什么眉？”

“只是……处长一面说可以随便向他要人，一面又要把大龙给抽走……”

“哦。这你放心，我已经从其他部门抽调人手过来了。”

“其他人？把能打仗的大将都抽走了，给我再多小兵也不顶事呀！”

“老三，话不能这么说。爆炸案闹得这么厉害，电视台、报纸天天轮番轰炸，你又不是不知道。上边压力大呀！处里科里确实人手不足。这你要理解。要不怎么我力挺由你负责呢？关键时刻，你这个‘拼命三郎’不上让谁上？”

“好吧二哥，我听你的。其实……黄科他们不参与，我倒觉得可以更放开手脚去干，嘿嘿。放心吧，保证完成任务。”虽然是上下级关系，但私下里安力为仍然是与贺言成兄弟相称的。越到困难的时刻，他们反而越会互相打气。

“呵呵，我就知道。”

回到办公室，安力为看见刘晓伟和王亮还在等他。于是，他把所有已掌握的资料全部在办公桌上摊开，从头到尾把三个事件的各个细节重新码了一遍。

“还有什么不清楚的吗？”

“没了。”刘晓伟和王亮一齐道。

“好。小刘，从明儿开始，你就正式进驻荣府。我答应过荣应泰要派个警员保护他们，现在名正言顺了。自从闹鬼之后，我总觉得那里才是我们的重点防区。”

“头儿，你不是……”王亮支支吾吾。

“没错，本来是想让你去的，可你的嘴太笨，小刘比你活泛多了。别瞪眼！我知道你想说什么。保护荣家又不用嘴，对吧？关键问题不在这儿。虽然保护荣家的安全很重要，可是，还有一个任务更重要。”安力为解释道。

“咦？”安力为的话同时引起两人的好奇。

“暗中调查荣家的人。第一个重点，从侧面调查李妍的情况开始。这不能是太正式的调查。太正式的话，一会引起人们的恐慌，二则可能令暗藏的凶手警觉起来。因此，小刘你最合适。要说打交道，你可是个自来熟。我们现在需要的就是这个，要以保护者和朋友的身份去接近他们，而不是对簿公堂。只有卸掉了荣家内部人员的心理包袱，完全出于放松的状态，他们才会知无不言。”

刘晓伟恍然大悟：“哦！明白了。其实我是卧底？”

安力为回到家已经是后半夜了，妻子和两岁的儿子都已进入甜美的梦乡。由于他多年的早出晚归，妻子早已经习惯了。如果安力为没有打电话回家，到了十点，她就会哄着孩子先睡。

安力为轻手轻脚地走到厨房打开小灯，又趁着微弱的灯光走到卧室床前，俯下身轻轻地吻了一下儿子的额头。小家伙似乎感觉到什么，嘴巴一动一动，淌下一溜哈喇子来。安力为伸手轻轻地擦去他的口水，脸上露出自足的笑容。

厨房里微弱的灯光，勾勒出一个布置简陋的家庭轮廓。这是一个典型工薪阶层的家，并没有人们想象中公务员家庭应有的殷实富足，看上去与安力为著名警探的身份有点不相符，更难以想象这所房屋的主人经常出入豪宅，与东南首富竟是莫逆之交。

安力为回到厨房，关掉小灯，为自己点燃一支烟。

这两天发生的事情太多太快，以至于他还没有时间，像现在这样坐下来，安静地点上一支烟，在烟头明灭和蓝雾的升腾之间，仔细地进行一番梳理和思考。

可是，当他的屁股一沾小板凳，疲倦和混沌就一同袭来。他使劲嘬着烟卷，想让自己清醒一些，清醒一些。

不一会儿，他就挺在小板凳上睡着了。

烟头的红点在挣扎了几下后，自行熄灭，消失在黑夜中。

第二节　女人香

第二天一早，安力为和王亮就拜访了那个提供李妍线索的人。那是一家高级美容厅的女老板，据说李妍是她那儿的常客。为了不给人家添麻烦，安力为特意让王亮打电话，把她约到城西环形立交桥下的一个停车区，在她车上进行询问。

不过询问的情况不算太理想。这位三十多岁的女老板像是个瘾君子，一大清早就哈欠连天，幸好说话没有语无伦次。

“她这个人，口风比较紧，平时不太理人，只在小妹给她做美容的时候才会聊几句，也只是问她三句，回一句，爱答不理的。”女老板回忆道。

“她和小妹谈起过荣府的事？”王亮边问边记录。

“我想没有。只有一次是我亲自给她做的时候。我知道她的傍家是个背景很深的牛人，所以问她老板人怎么样，对她好吗？说实话我挺羡慕她的，成天价做做脸，打打球，健健身，啥事不干，不用像我开店这样辛苦。”

“她怎么回答？”

“起初神秘兮兮地让我猜，后来就告诉我，她的傍家其实是荣氏企业的老板。听到这个我也吃了一惊。我认识有傍家的姐妹也不少，可大多是些暴发户、农民企业家而已，身家也就值个几千万，哪有这么牛的。所以我当然很感兴趣呀，就问她荣总好像结婚了吧。她很得意地告诉我，其实她经常可以出入荣府，老婆管不了。说的时候，那个甜蜜劲儿哦！”女老板的话透着一股酸味。

听到这里，安力为插话道：“你觉得她说的，像是真的，还是女人之间的吹牛呢？说你的感觉就行。”

“那当然是真的。她跟别的小三不一样，从来不跟人瞎撇，也从来没提起过荣府，就那一次。从她的表情看，那天一定是我的问题勾起她的得意来了。看上去荣总对她真的很好。这是女人的直觉。”

“嗯。女人的直觉一般是很准的。”安力为恭维了一句。

“再强的女人，也是需要男人去呵护的。唉！我就没那么好命喽！差点儿忘了，这个。”

女老板从包里取出一张卡片，交给安力为。

“这是她在美容厅的会员登记卡，上面有她的地址和电话。我想应该不会是假的。不过请你们注意保密哦。让客户们知道了信息泄露可不好。”

“那是当然。你完全可以放心。”

“唉！人的命就是那么不公平。有些人不用干活，就可以吃好的、喝好的、支使别人，钱多得连孙子都用不完。有些人哪……”

“在你看来，李妍和别的女人最大的区别在哪里？”安力为及时将话题拉回。

“区别嘛……对了。女人香。”女老板故作神秘地竖起食指。

“女人香？”安力为和王亮面面相觑。

“她的身上总有一种淡淡的奇香。肯定不是法国香水或者化妆品的味道，这我绝对能够区分，是一种……十五六岁的少女才会有的女人香，青春的味道，一种……一种能够勾引男人魂魄的香味，尤其是对那种有钱的咸湿佬。怪不得这小狐狸精能够勾到那么大的老板，那是天生的……”

“谢谢。”安力为及时为询问画上了句号。

强将手下无弱兵。

就像女人香是天生的一样，刘晓伟的搭讪口才和外貌亲和力也是与生俱来的。还不到中午吃饭的时间，他就从荣府的一个女仆那里，打听到了有关李妍和叶淑娴之间发生过的事。

“她们曾经发生过当面的争吵，还动了手。不仅如此，叶淑娴当时还冲着荣熙真发火，说不该拦着她，要让那个狐狸精去死。”电话里，刘晓伟一五一十地进行了汇报。

“有意思。”安力为不由得摸摸下巴。

“听起来当时发生的事应该是这样。叶淑娴和大女儿荣熙真一起去逛云鼎商场，在商场门口遇到了李妍。不知是不是叶淑娴曾经暗中雇侦探调查过李妍，反正她立马就认了出来。于是叶淑娴跟疯了一样，冲上去就是一记大耳刮子，把李妍打倒在地，旁边的群众也开始围观。可能因为荣熙真觉得当街打人有辱家族的脸面，怕有记者趁机抓拍照片登在报纸上，所以死死地拉住了叶淑娴。后来李妍就爬起来跑了。叶淑娴还不肯罢休，后来被荣熙真拽到车上，开车离开。”

“很好，小刘，效率很高呀。这条线索很重要。辛苦了。”

虽然对刘晓伟的家庭出身心存偏见，但安力为对这小子的办事效率和那份机灵劲儿还是颇为欣赏的。

他明白，在厅里人手不足的情况下，小刘和小王就是他的将佐了，就像岳爷帐下的马前张保马后王横。

想到这里，安力为露出了充满信心的笑容。

然而，虽然有备而来，安力为和王亮还是在与李妍的第一次交锋中所获不多。

这是一套木结构的两层山间别墅，树木繁茂，空气清新。

敲开房门后，王亮出示了警官证。

身穿一袭月牙色百褶长裙的李妍丝毫没有表现出常人的惊慌之色，而是落落大方地将他们请到一间看得见庭湖风景的大玻璃房，然后奉上两杯龙井，自己则泡了一杯咖啡，蜷在沙发里，平静地接受了两位刑警的询问。

说句实话，坐在他们面前的这个女人，和印象中那个在商场门口被人追着暴打之后狼狈逃窜的小三，完全对不上号。与其说她像个依附权贵的优雅夫人，不如说更像个出身大户人家，曾经受过良好教育的富家千金。

安力为示意王亮开始询问，自己则没有坐下，背着手在四周看看，然后慢慢走到大玻璃窗边，一边佯装远观湖景，一边仔细聆听二人的对话。

“有什么我可以帮忙的，请二位不必客气。”李妍一开口就没有把自己摆在被侦讯的位置，而是表明了一种善意的相助。

“好。既然如此，那我就开门见山了。”王亮也不客气。

“请。”

“根据我们警方掌握的情况，您和荣应泰是情人关系。请问这是否属实？”

李妍莞尔道：“这本来是我的私人问题。不过，我已经听说荣家出事了。恐怕两位也是为了荣家的事件来做些调查的吧？所以今天你们想问什么，我也就不再避讳，只求二位警官替我维护隐私就好。您说得不错，荣总，是我的傍家。”

“原来您已经听说了荣家的事。那好，下面我会询问三个时间，请您仔细回忆一下这三个时间您在哪儿？”

“不在场证明吗？好的，只要不是过于久远的话。”

“不会。第一是本月九号，周五，也就是大前天的十点到十一点之间。”

“可以全部说完吗？我记得住。”

“好。第二是十日，周六，就是前天的二十一点到二十二点之间，第三则是十一日，周日，也就是昨天的凌晨四点半到五点半之间。不用着急，请仔细回想一下。”

李妍抬头想了不到十秒钟，便开口答道：“大前天的晚上，我在健身中心做瑜伽，每周五都是如此，从晚上七点到九点，所以您说的那个时间我应该刚刚离开，在开车回家的路上。前天晚上嘛我在看电影，应该是从晚上八点到十点半，和您说的时间相符。昨天的凌晨我肯定在睡觉，我每天不睡到上午十点是不会起床的。”

听着李妍的娓娓陈述，安力为一直望着远景，不曾回头。

“能确定吗？请您还是不要着急，好好回忆一下再做出回答。”王亮加重了语气。

李妍稍稍调整了一下坐姿，还伸手拉了一下裙摆，来遮住因为改变坐姿而无意露出的修长小腿。

她露出一个迷人的笑靥，盯着王亮看了一小会儿，才回道：“您问的，只是前三天的事情吧？还没有那么久，所以我想，回忆起来不会有什么困难。我记得很清楚。”

“哦。那么九号晚您在开车的时候，有没有遇到什么认识的人可以……”

“没有。”李妍的回答干脆利落。

“十号晚您看的是哪部影片？在哪家影院？”

“新兴影院，《少年派的奇异漂流》。好无聊，都快睡着了。哦，对了，请稍等。”

李妍从沙发上站起身，走到旁边的房间，取来一件风衣，然后从衣兜里摸索着找出一张电影票的存根，递给王亮。

“谢谢。”王亮接过存根，夹入笔记本，接着问，“还有，昨天早晨您是在睡觉，那也没有人证明咯？”

“应该是吧。照顾我起居的用人睡在阁楼上，九点才会为我做早餐。我特别交代过的，已经成了习惯，因为太早了会打搅我睡觉。我的睡眠不好，经常……”

安力为缓缓转过身，悠悠地插话道：“请问……电影的内容大概是讲……”

“哦。讲一个家里开动物园的印度小孩，不知怎么他爸就要把所有的动物都用船运到海外，开船后海上起了风暴……”

“后来救生艇上剩下的动物是……”安力为又插话。

“一只老虎……一只猩猩，还有一个是狼还是狗什么的，我不认识。再后来我就应该是睡着了，一直到散场。”

“您和叶淑娴之间，曾经有过面对面的纠纷吗？”安力为突然话锋一转。

“没有。我并不认识她。”李妍纹丝不乱，保持着极其自然的微笑。

“非常感谢您的配合。这是我的名片，如果您想起什么，随时可以打电话给我。谢谢。”安力为及时终止了询问。

他知道，再继续下去，询问将会变得毫无意义。即使李妍是嫌疑人，她今天也做好了充分的准备。必须再择战机，对她进行突然袭击，方能打破她坚实的心理防线。因此，安力为果断地告辞了。

临走前，李妍还不忘把自己的手机号码也抄给了二位刑警。

就在李妍不失礼貌地把房门轻巧关闭的那一刻，王亮猛然想起，一直忙着侦讯和记录，居然都忘了动用一下自己灵敏的嗅觉去证实一下，那传说中的幽幽女人香。

第三节　奇异的少年

安力为和王亮回到警局，天已经黑了。

一路上，安力为一语不发，只是自顾望着车窗外。

王亮觉得有点压抑，一边停车，一边想活跃一下气氛。

“头儿，今儿个咱们收获还是不小的，是吧？”

安力为没说话，冷冷地瞥了他一眼。

“三个时间，只有周六闹鬼的时候，李妍有不在场证明，其他时间……”

“有吗？那个电影票的存根吗？你觉得那个可以作为不在场证明？”

“怎么？那……”王亮一时语塞。

“电影票，买了可以不看，能说出电影的内容，可以是准备好的。以后不要光看表面现象。”

“对哟！那……就是说……三个时间的不在场证明都不成立。”

“那又怎么样？没有不在场证明的人多了，只不过我们第一个调查的是李妍而已。不过……”

“不过，她说谎了。她不承认见过叶淑娴。”王亮还不甘心。

“哼哼！这不过是个值得参考的态度，换了别的女人也会这么说的。这个女人……水很深哪！”安力为叹道。

走上楼梯，他们迎面遇见了倪大龙。

“老安，你可回来了。去李妍那儿了吧？怎么样？”

安力为无奈地摇头：“不理想。面对侦讯，她的表现很平静，波澜不惊。三个不在场证明都不成立，但她极其坦然，丝毫没有打磕巴，也没有回避问题的意思，心理素质极强。看来，这是块硬骨头。”

“哦。荣应泰的女人，没那么容易攻破的。刚才裘处找我了，爆炸案又出了新情况，我要去那边了。我刚才已经让小张把电视台蒸发案的材料整理好，一会儿跟你做个交接。”

“哦。放心吧，我这儿没问题。”安力为说话酸酸的。

“别这样哥们儿，哪回少了我还不成事了？你还不是案照破，奖照拿？别摆出一副送别战友的样子，哈哈，小王你看他是不是？要不然我把小张留给你。”倪大龙见安力为脸色不好，有意打趣道。

“别贫了，该干吗干吗去。”安力为终于被逗乐，回手捶了倪大龙一拳。

看完倪大龙的助手张振提交的材料，安力为马上发现了一个问题。

这个电视台蒸发事件和他亲历的亡灵事件一样，都不属于谋杀事件，如果各自独立来看的话，甚至都不能构成立案条件，只有和高空坠亡事件联系起来看，才勉强构成案件的一个部分。

兴许就是这个原因，倪大龙和张振即使进行了电视台的调查，根据材料看来，也不够详尽。当然，安力为并不认为这是大龙的轻视或失职。毕竟在一个刑警看来，跟连环爆炸比起来，这个蒸发案实在说不清是个什么东西，大龙一定把更多精力花费在爆炸案上了。

然而，蒸发案真的不重要吗？安力为可不这么想。

“小王，那个蒸发案的现场，你也没去看过吧？”安力为问道。

“没有，这几天咱们一直连轴转来着，哪有时间去看那个？”

“你怎么理解那个蒸发案的？”

“说不好。感觉上像是个游戏或者搞怪的玩笑。嗐！头儿，那我就直说了，说错你可别怪我。”

“说。”

“我真没觉得那个蒸发案有多重要。领导们之所以重视，是因为媒体方面的压力大。真不是我背后叽歪，破解一个玩笑，是我们刑警应该干的事情吗，哪怕失踪的是荣应泰的夫人？”

安力为对着小王的鼻尖竖起食指，说道：“这就是误区。不怪你，不但大龙是这么看的，其实我之前也忽略了它的重要性。小王，让我们再来想一想。这个蒸发案，真的就是个玩笑吗？”

“这……”王亮挠头，一时答不上来。

“难道，这不是全部事件的起点吗？”

“可不是嘛！”王亮的眼里逐渐有了亮光。

“让我们回到原点，从蒸发案开始，一点一点找出事情的来龙去脉。明儿咱就去电视台。”

“好的头儿。说不定真会有意想不到的收获。”

自从皇冠大厦的高空坠亡案以来，聪明的媒体也将两件事联系起来，开始了关联报道。尽管省厅和市局三令五申，严禁干员们向外界泄露案情的进展和细节，但那些无孔不入的记者，总能得到一些小道消息，来将报道进行下去。

于是，本市的读者和观众们基本分成了两类，较为感性的动作片、谍战片迷都在看连环爆炸案的报道，而文化水平较高，较为理性的侦破与推理迷，则持续关注蒸发案和坠亡案。

《勇往直前》节目不但没有因为叶淑娴的死亡而受到牵连，收视率不降反增，人气日日攀高。不过电视台的工作人员并没有因此而兴高采烈，而是为了同一件事被弄得人人精神疲倦。

失踪事件发生之后，《勇往直前》的现场和后台在短短几天内几乎成了免费公益的旅游景点，各界的侦破和推理爱好者纷纷慕名而来。他们的到来都只为一个目的，即破解其中的奥秘。一开始保安还以各种冠冕堂皇的理由拒绝他们进入，但在这些好奇之士当中，不乏有身份的官员和一些从外省专程赶来的推理迷，所以保安很快就缴械投降，听之任之了。

上午十点，两位刑警加入了这支猜谜大军。

安力为没有让王亮跟台领导事先打好招呼，而是打算微服私访，先把自己放在一个没有针对性的位置，更加冷眼地去旁观。

在大致了解了位于上层的现场结构布置和节目进程之后，他们很快来到了位于下层的后台。

了解那些表面上的信息很容易，甚至不必麻烦工作人员，只需用游客好奇的口吻问问那些推理爱好者就行了，这些信息对于爱好者来说，几乎都了然于心。

关键是下面。

如果要搞鬼的话，安力为觉得一定是下面才具备充足条件。这种判断，来自现场的感受。与坐在办公桌前研究资料的官员不同，纸上谈兵需要几个小时讨论的复杂问题，临场的话，可能半秒钟就能得出直觉判断。安力为的判断很迅速。

两人沿着下层后台的环形走廊漫步一周，捕捉直观的信息。

接收位一共有八个，沿着环形走廊均匀分布，各自贴着编号，与上层的掉落位对应。接收位的对面是化妆间和休息间，房间的旁边则各有一条直走廊，通往建筑体外部的门。被接收的选手，通常会被工作人员送至相应的休息间休息，或在化妆间卸妆，然后通过那个方向的走廊离开。

当时上层的嘉宾共有六位，因此下层的接收位置也相应地有六个，分别为一、二、三、六、七、八号，每个接收位置有一个工作人员负责管理，主要是保护跌落的嘉宾，帮助他们尽快地在柔软的充气垫上找到身体的平衡，减少因失衡而可能产生的扭伤与慌乱心理等。

转一圈之后，安力为和王亮停在了六号接收位上。这里就是叶淑娴蒸发的位置。

根据材料中的节目视频，当时有四个机位拍到了叶淑娴下坠的过程，三个在上层现场，一个紧贴下层的坑口，以平行角度拍摄。后来的部分就不会有了，安力为发现下层的后台没有安装监控装置。

安力为仔细地观察着六号位旁的机位和接收的滑梯、充气垫等，大脑飞速运转，试想情况的各种可能性。他把注意力转向头顶上的

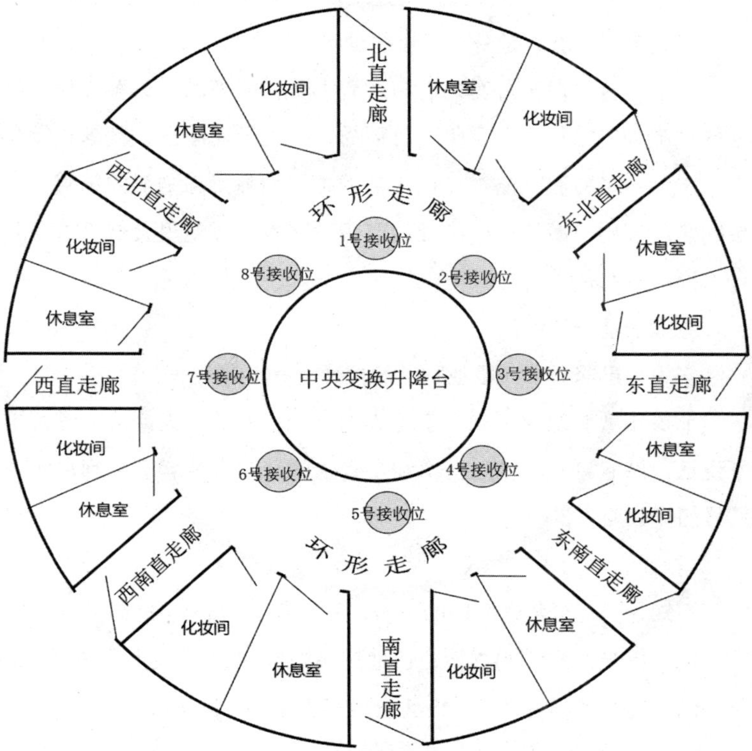
北直走廊
化妆间
休息室
休息室
化妆间
西北直走廊
东北直走廊
环形走廊
1号接收位
8号接收位
2号接收位
化妆间
休息室
休息室
化妆间
7号接收位
中央变换升降台
3号接收位
西直走廊
东直走廊
化妆间
休息室
休息室
化妆间
6号接收位
4号接收位
5号接收位
西南直走廊
东南直走廊
环形走廊
化妆间
休息室
休息室
化妆间
南直走廊

图 5　下层后台示意图

坑口。这里是选手答题时站立的位置，也是主持人最后用遥控器控制打开金属隔板，使选手坠落的位置。

突然，头顶上一声响，坑口打开了，上层现场的灯光顿时倾洒下来。刺眼的强光中，安力为依稀看见一个黑影掉了下来。

多年刑警形成的本能使他迅速地向后一闪，避开了掉落的人。

二人定睛一看，是一个纤瘦的少年。

这少年身穿白色外套，右肩背着书包，典型的豆芽菜体形，站立的双腿却坚定有力。少年面目清秀，头发长而凌乱，额前几缕碎发几乎遮住了右眼，略透一丝忧郁的神情。鼻梁刀削般的挺直，眉宇间隐隐露出一股锐气，细细的双眼微眯着，虚空里又似乎深藏着什么说不清的东西。

看上去是个初中生。

安力为迅速看了一眼他胸前的校徽——江南第一中学。

那少年敏锐地感觉到了安力为的目光，冲着二人冷冷一瞥，也不说话，站起身来，拍拍身上和书包上的灰尘，朝着直走廊尽头的六号门扬长而去。

不知为何，少年这冷冷的一瞥，竟令安力为心头一震。

这种目光，冷漠的神情，让他感到似曾相识。不过，那一定是很久以前的事了，否则自己怎么会说不上来呢？

那种感觉，既近，又远。

安力为身不由己，随着少年从走廊尽头的门走了出去。

第四节　Sile 少年推理师的预测

“滕战？”安力为一惊。

“他怎么会来这？”王亮也觉得奇怪。

比这个问题更蹊跷的是，滕战居然跟六七个中学生模样的少男少女一起，坐在草地旁的水泥台阶上，看起来很熟的样子。

“老安。”人群中的滕战也看见了他们。

安力为只得走过去。

“滕战。怎么，给同学们上课呢？”安力为本想说“连环爆炸案那么紧张，还有闲逗小孩儿玩哪？”可转念一想，当着同学们的面说这个很过分，就临时改了口。

“也不是，上午刚好抽个空。这些都是江南一中初中部少年推理兴趣社的同学。半年前宣传处不是布置任务，让咱深入到学校去，为同学们进行普法宣讲嘛。”

“哦。当时我也去了。只是一忙起来，就把这茬儿给忘了。对了，黄科不是要让你到我这案子来吧？昨儿刚把大龙调去你那儿。”安力为试探道。

“是啊！我倒是对你这个案子更感兴趣，可是头儿怎么可能放我。今天就带他们来实地感受一下。另外，我也是在等你。”

“等我？”安力为有点丈二和尚摸不着头脑。

“对。我是给你送人来了。”

“送人？这些小侦探吗？”安力为和王亮差点儿就笑出声来。可当着大家的面，还是忍住了。

滕战向着远处一指：“是他。”

原来就是刚才掉下来的那个神秘少年。此刻，他正独自迎着风站在高台之上呢。

说也怪，看着那白衣少年随风扬起的衣角，安力为的耳边竟莫名其妙地扬起一段京剧唱词来：

> 我本是卧龙岗散淡的人，凭阴阳如反掌博古通今。
> 先帝爷下南洋御驾三请，料定了汉家业鼎足三分。①

不知是不是唱腔在心中悠悠响起的效果，配合着面前少年迎风而立的画面，在安力为的心中产生了一种神奇的化合作用。

"我们的社长。Sile 少年推理师——穆千行。"一个闷闷的少女声音把安力为从冥想的世界瞬间拉了回来。

"什么？ Sile ？推理师？"王亮对这些新名词觉得陌生。

"推理师，就是有能力以推理为事业的人。但与侦探不同，推理师是不以推理破案作为挣钱手段的。我们都是这样的推理一族，千行学长是我们中间最出色的。"一个大脑袋少年解释道。

"原来如此。那么，Sile 又是什么？"这个新词也引起了安力为的好奇。

"英文 Silencer 的缩写，S–I–L–E。千行学长不爱多说话，被

① "我本是卧龙岗散淡的人"四句：选自京剧《空城计》，讲述蜀相诸葛亮智退司马懿率领的曹军，化解西城之围的故事。这段唱词与该剧中的另一段"我正在城楼观山景"成为核心唱段和代表唱段，许多京剧名家均擅长此唱段。该唱段有两个不同版本。此版本为京剧艺术家马连良演出时的唱词。其实这个才是原始版本，很多人也认为此版本的唱词语意更为贴切。但是另一版本的唱词当时十分流行。马连良先生经过深思熟虑，仍然坚持原始版本的唱法，这种坚贞执着和精益求精的精神得到业内人士的普遍认可。

我们称为推理中的沉默者。Silencer 的原意是枪的消音器。在向谜题开枪时，千行学长总是不喜欢张扬，而且解开谜团之后，也不打算通过向警方报案将凶手绳之以法，因为那并不是推理本身的事情。所以，这是他的特有代号。”另一个矮个儿少年答道。

“不报案，不是让凶手逍遥法外了吗？”王亮越来越好奇。

“我们推理社有自己的行事方式和破案原则，和世俗的观念不同的。”矮个儿少年看上去颇为得意。

“不过，以后最好还是向世俗靠拢一点。如果和凶手单独接触的话，你们这个年纪，会有危险。”

一直在一旁听着他们对话的滕战突然伸出手，给那个矮个儿少年来了个脑瓜崩。看着矮个儿少年龇牙咧嘴的样子，大家一起笑起来。

在与大伙一起放松的同时，安力为仍在关注着高台上那个被大家称为 Sile 少年推理师穆千行的白衣少年。

千行缓缓地转过身，低着头，一步一步地走下台阶，走到大家近前。他的社员同学们顿时闭了嘴，好像在期待着他的开口。

千行慢慢抬起头，说出一句令安力为和王亮几乎双双当场晕倒的话。

“电视台节目现场，答题选手在众目睽睽之下人间蒸发的秘密，我解开了。”

事后安力为问王亮，你差点儿晕倒的原因是什么。王亮说，是千行耍酷的姿态和不切实际的吹牛，同模仿电视剧里侦探的狂妄少年是一样一样的。而安力为却说，是因为他从千行的眼睛里读出了，这小屁孩确实解开了谜团。

并不是小说里经常出现的那种炯炯目光，恰恰相反，那是一种虚空的眼神，根本不像是一个少年应有的，而应该是一个耄耋老人才会拥有的目光。望尽铅华，心如止水。无望，而坚定。

“那么，可以说吗？”滕战点头问道。

“不能。我只是破解了谜团设计和实施的手法。至于设谜的人是谁，还有他的动机，现在我还一无所知。”千行淡淡说道。

不知道就不知道呗。在同学面前装装还行，在警察面前这样做就不地道了。王亮在心里骂道。

事后证明安力为是对的。和他们同样是首度勘查现场的少年穆千行，竟在仅仅二十分钟之内，就完全解开了使人当众蒸发手法的谜题。

“好。那么，我来给你介绍一下。这位就是负责本案调查的刑警，安力为叔叔。如果你决定好了，以后就跟着安叔叔。安叔叔可是个优秀的警官，在他那里，你可以学到书上没有的实用知识。”滕战的介绍很简洁，也没问安力为会不会带他玩。兴许，他方才已经看出了，安力为对于千行的浓厚兴趣。

千行并没有接过滕战的话头，突然向安力为问道：“那个蒸发的人，是不是已经死了？”

安力为诧异地盯着面前的这个少年，一时不知如何作答。他又回头看看滕战。滕战耸耸肩，又摇摇头，表示自己并没有向千行透露过案情。

似乎已经看透了安力为的心思，千行并没有等待他的回答，继续悠悠道：“蒸发事件，只不过是未来将要发生的一系列恶性事件的开始而已。世间的事物，都存在着某种必然联系。”

说罢，千行向安力为深深地鞠了一躬，竟顾自扬长而去。

千行的这个动作，令安力为也颇为光火。自己还没说收不收呢，他竟好像完全了解了自己想法一般，稳操胜券了。连基本的礼节都不顾，只管自己走了。真是个不懂事的孩子。安力为心中暗暗骂道。可是，为什么这个少年可以预测到事态的发展？他说的一系列恶性事件又是什么意思呢？

“老安，别怪他。这孩子就这毛病，恃才傲物，我行我素，不太顾及别人的感受。”滕战为千行的失礼表示致歉。

“没什么，我小时候也这臭德行。他还是个孩子。”安力为苦笑道。

“不过……你知道这孩子是谁吗？”

“谁？什么意思？”安力为不明白。

“这孩子，是我师父穆柏林的遗子。”

“什么？‘墨探’的……遗子？”安力为瞪大了双眼，望着千行远去的背影。

送走滕战和那群学生之后，安力为的心久久不能平静。滕战的话，令他忆起了很多陈年往事。

“头儿，你怎么了？那个穆柏林是谁呀？‘墨探’又是什么？”王亮见状，忍不住问道。

“一个受人尊敬的老公安，曾经破案无数的推理高手，到目前为止还无人超越的神探，是咱们警队的骄傲。可惜，在一场枪战中，为了掩护同事，他壮烈殉职。咱们的崔厅长和裘处长是他警校的师弟，而黄科和滕战都是他的徒弟。”

“哦！那神探为什么又叫‘墨探’呢？”

“穆老一生信奉先秦墨家的‘兼爱，非攻’之理，即使在执行任务时，只要不到最后关头，都绝不率先拔枪，所以被警队尊称为‘墨探’。”

“可是……他最后还不是被犯罪分子……”王亮显得不太理解。

“不。穆老用自己的一生，实践了作为警察都应该具备的，对人的终极关怀。即使他最后中弹殉职，也无怨无悔。我来问你，身为警察，维护法律和关爱生命，哪样更重要？假如有时两者之间不能兼顾，你选择优先守护哪样呢？”

“那还用说，当然是法律为先。警察不是法官。”

“但是，真的是那么简单吗？警察同样是人，应该心存基本的人文关怀。身为警察的第一职责，应该是维护人民的生命和财产安全。当法律沦为仅仅维护权贵利益的工具，为政者完全无视老百姓最基本的生存诉求之时，如果我们仅仅把自己当成执法机器，只是盲目地执行命令，你觉得对吗？警察和士兵，本质上是不同的。穆老的这种人本主义，正是当今社会中人们缺乏的，包括我们。”

“是啊，在警察队伍中，自甘堕落的人也越来越多了。他们忘记了警察的信念与职责，打着执法的旗号，却完全听命于权贵的指挥，丧心病狂地沦为他们欺压百姓的爪牙。”

“嗯，这是社会的一种退步。正因如此，穆老的思想才更显得弥足珍贵。”

“真是一个值得尊敬的智者啊！可是，如果当时他比犯罪分子先开枪，不就可以避免……”

安力为拍拍王亮的肩膀："你错了。当时的我，也是和你一样想的。穆老救下的那个小警察，就是我。”

第七章　天子的 B 面

廉者民之表也，贪者民之贼也。

——包拯（中）

第一节　东边不亮西边亮

滕战与孩子们走后，安力为与王亮又访问了当时的现场导演徐斌。

“同样的话，已经说过很多遍了，再多一遍也无妨。”徐斌说话的时候显得有些疲惫，但面对侦查一科的刑警，他还是很配合。

“节目的画面，我们技术科的人反复看了很多遍，看不出什么作假的痕迹。作为专业人士你怎么看这一点？”安力为直指关键部分。

“作假？不可能。我是现场导演，那些技术人员都是我的属下，控制室里是牛导的人。都是台里的老同事、老部下了，知根知底。作假的可能，根本没有。”

“那……”

“说实话，我真说不出那是咋弄的。节目所有机位的画面都很正常，完全没有作假的痕迹，我和牛导两人一盘一盘研究了一天，连个可能性都没得出来。真是邪门了。你知道，我和牛导干这行都二十年了，第一次遇到这样的事。”

“对了，下层的后台没有安装监控？”

“哦。因为选手最后落下来的时候，总会出现各种不雅的丑态，这涉及人家的隐私权，所以台长说不必安装监控了，避免麻烦。下层的后台主要是化妆、换衣服用的，每到大型晚会的时候，化妆间是名演员专用的，而那些小演员就只能在走廊上互相遮挡一下，就地换衣服了。因此，在这里安装监控，确实不合适。”

“原来如此。你刚才说，你对属下都很熟悉是吧？那么，那天晚上，就没有发现什么陌生的人吗？”

“这咱可不敢胡说。现场有那么多观众，我不可能认识。另外，也有个别下面的小工可能是临时雇用的。不过大都是我的属下叫来的，如果有必要，我可以让他们列一个清单。”

“那真是非常感谢。姓名，年龄，住址，什么时候来的，谁介绍来的，什么时候走的，为什么走。我想有这些就够了。”

“明白。放心吧您那。”徐导一拍胸脯。

“另外，真的没人发现什么异常的现象吗？什么都行。”

“异常的话……还真没有。只有个别工作人员偷懒接电话什么的。你懂的，这些小子总是会在工作时间偷偷跑出去接女朋友电话的，说了也不听，每天都有。其实回想一下，自己在那个年纪也一样的哈哈。”

安力为还想问什么，手机响了，是刘晓伟打来的。他吩咐王亮补充，自己接通了手机。

“头儿，是我，小刘，又问出一点新情况。刚才想去小里海码头看看，恰好遇到林念祖了。他是不住在荣府的，所以我想李妍的事情问他可能不至于对荣府造成太多不良影响。没想到还真让我问着了。”

“哦？”安力为很高兴。

“林念祖说，他晚上应酬的时候，曾在一家夜场偶遇过一个小姐，自称和李妍认识，两人曾经是同事。由于林念祖对此不感兴趣，当时倒也没追着问。不过后来那个小姐可能为了拉生意，三天两头给林念祖发短信。刚才林念祖把那女孩的手机号码和夜场地址都告诉我了。”

“好。你一会儿亲自去拜访一下，务必问出李妍以前工作的地方。晚上就别回荣府了，和我们碰一下，老夏和小张也会来。荣府那边，我让贺科另派别人盯着就行了。现在人手不够，你得派大用场，不能守株待兔。”

“好哩！得令。”

能得到上司的重视，电话那头的刘晓伟显得很兴奋。

布置好小刘的新任务，正好王亮也问完了。两人向徐斌递了名片，致谢告辞。

下午，安力为安排王亮和其他几个科员分别到工商、税务等部门调取有关叶淑娴公司和荣氏企业的一些资料，自己则回到办公室，从档案室和数据库里查找与荣家相关的记录。

安力为这几天有意没给荣应泰打电话。当初荣应泰请他帮忙，是调查蒸发案的，可事态发生了极大的转变，出现了命案，还被定性为谋杀，而他又成为此案的主要侦查负责人。安力为觉得有必要和荣应泰保持一定的距离。另外，目前他这边主要方向是调查荣应泰的小三，荣应泰对此必定三缄其口。与其上门碰钉子，不如先掌握一定的线索，再寻机会接触。

厅里的数据库可谓相当完备，但分类和搜索的方法，就相对显得有些落伍，有时办案人员总会由于没能准确地用对搜索方法而浪费一些时间。

此刻，安力为就有点头大。

要讲侦查追捕，上阵擒贼，他是毫无疑问的NO.1，要不怎么叫“拼命三郎”呢？可只要坐在电脑前面，他就开始头疼。他有点后悔自己的安排，要是小刘在这，毫无疑问可以三下五除二，提高十倍的效率。

太阳下山的时候，安力为的发型已经被自己生生搔成了“雀巢”。他将打印出来的资料简单整理了一下，塞进文件夹，离开办公桌，来到小会议室。

这个小会议室利用率奇高，各侦查小组分析案情、交流意见，吃午饭、便餐，同事间说点秘密事儿什么的，都喜欢来这里。今天，这里被安力为早早地“霸占”了。他望着残阳下的晚霞，点上一支烟，静静地等待着夏军的到来。

安力为已经很久没能看到如此美丽的红霞了。

或许是密集车流放出尾气的缘故，夕阳像是笼罩了一层袅袅轻烟，呈现出一种虚幻的美。

这个城市，原来仍有如此美景……

“老安，起床了起床了。”一个讨厌的声音在耳边怒吼道。

安力为一激灵，差点儿摔倒，被一双大手稳稳地接住。原来是夏军他们到了。

“哈哈又睡着了？这样干工作可不行呀！昨儿又没睡好？”夏军装扮的是裘处常用的口吻。

安力为嗔怪地擂了夏军一拳，又发现王亮好像早就在旁边坐下了。再看看窗外，天早就黑了。

“怎么不叫醒我？”

“我想让您多睡会儿。”王亮显得有点委屈。

安力为拿起手机，拨通了刘晓伟的电话：“小刘啊？……还要一小时？好……那咱们就先开始吧。”

第二节　荣家的背后

“荣家内部，现在主要对象是李妍吧？怎么样？”夏军问道。

“这个李妍，看上去很不简单。不过今天获得了一点新线索，一会儿等小刘来了再讲。先说说你那边吧？有什么发现？”说到李妍，安力为不由自主又搔搔他凌乱的“雀巢”。

“发现还谈不上，因为还不知道哪些有用，哪些没用。小杨，你先说说叶淑娴那边吧。”

“是。根据我们的初步调查，叶淑娴的公司确实是个空壳公司。外表摊子铺得挺大，注册资金、流动资金量也不少，可账目看起来很混乱，而且有作假之嫌，看上去存在着大量虚拟贸易的痕迹。这一点我们在询问税务部门的时候并不顺利，似乎对方的主管人员有意要隐瞒一些东西。不过我们还是问出了一家与舜华投资业务联系最为密切的公司，叫作星茂集团。”杨坚一一道来。

“哦。”安力为仔细地做了记录。

夏军补充道：“这家星茂集团可不简单，表面上进行着建材的贸易，可根据线人提供的线索，它的背后可能涉及洗钱、行贿和民间借贷。所谓建材贸易不过是假象，在我看来，大规模地放高利贷才是该集团主要的支柱产业。一般人的理解，贸易、运输和酒店是其主营项目，但在我看来，密集放贷才应该是他们最稳定、风险最低的主要收入来源。不过对于荣家来说，我想放贷应该不是他们感兴趣的。高傲的荣家瞧不上。他们瞧得上的，应该是星茂的快速洗钱和有效的商业行贿能力。当然，要证实这些想法，很难。再说，我们现在的主攻方向，也并不是对这些商业犯罪行为进行调查。只是，我从中隐约看出了，星茂集团与舜华投资之间的这种媾和关系，或许与荣氏企业十年前进行的庭湖新区开发项目存在着某种联系。那可是一个庞大的建设项目，其中必定存在通过行贿来打通关节的需要。这样来看的话，舜华投资这个空壳公司的存在，对于荣氏企业来说，就不是没用的棋子了。”

安力为不停地做着记录，眉头逐渐紧锁。从夏军的话里，他深深地感到了调查背后隐藏的分量。如果夏军的猜测真的与目前的命案有关的话，事态的最终发展，将会远远超出他俩和市局、省厅所能涉及的范围。对这一点，他和夏军都非常清楚。

安力为没想到，在这短短两天之内，夏军和杨坚竟查出了那么多内容。

“你刚才说的庭湖开发项目，是那个导致副市长跳楼自杀的案子吗？”“庭湖”这个词，使安力为猛然想起了一些事。

“没错，当时主管的副市长李维国自杀了。或许，他的死，保下了很多人的性命吧！不过那不是因为简单的受贿。那个项目自动工以来，可谓厄运连连。先是因为土地征用问题要扒村民的坟头，结果村民死活不让，工头就指使推土机开过去碾死了坟主，最后还引起了工人和村民的大规模械斗。”

“这个我听说了。好像后来给摆平了，那些村民也没上告。”安力为努力回忆着。

“是呀，那个开推土机的和工头坐了牢，事儿就平息下去。按下葫芦起了瓢，紧接着另一个村又因为补偿款问题闹了起来，负责整体开发的东野建设董事长缪东野根本镇不住，一直闹到当时主管开发区的副市长李维国出面调停。没想到那些村民并不买账，不但掀翻了李维国的车，还放火烧了他的车。那事我们局里有很多警员也出动了，不过没敢动那些村民，只是保护李维国逃离了现场。按照局里的意思，烧毁副市长的座驾都够得上骚乱了，但人家李市长挺有涵养，极力反对定性为骚乱。可能暗地里动用了巨资，没多久，村民就不闹了，这事后来也就不了了之了。”

“哼！钱能办成的，就不算个事。”安力为冷笑道。

夏军喝了口水，继续道：“你以为这就完了吗？没完。在开工后的很长一段时间内，还真是风平浪静。整个项目都快完工了，事又来了。不知道是不是因为使用了豆腐渣水泥，文化园内的一座主体建筑整体垮塌下来，砸死了三个民工，重伤七人，成了轰动一时的‘楼倒倒’事件。这下纸包不住火，整个弊案连带着被挖出来。其实，从庭湖开发项目一开始，纪委就盯上了，只是因为证据不足，一直隐藏着没冒头而已。”

“哦！明白了。所以李维国畏罪自杀了。”安力为恍然大悟。

“没错。随着李维国的自杀，纪委的调查也就失去了目标。你动脑子想想，荣应泰呢？人家纹丝不动。调查李维国的同时，上面也对负责整体开发的东野建设做了深入调查，最后查出来那是个在外省注册的皮包公司，十多年在国内外承包著名工程的业绩全是作假的，事发后董事长缪东野也跑了。有人怀疑这个缪东野只是由荣氏企业旗下应泰建设操控的马甲，一个傀儡人物。可是李维国一死，缪东野逃跑，还带走了大部分资料，这个案子就断线了。没了证据，荣应泰从此安全。”

虽然安力为也听说过这一系列事件，但从来未曾想过这些竟然与荣应泰有联系。与荣应泰结识那么多年，他还是第一次感觉到自己的好友原来是如此陌生。想到这里，安力为不禁心生凉意。

“老夏，你说的这些事，真的……和荣应泰有关吗？”

夏军知道安力为和荣应泰的关系。他微微一笑，点上一支烟，轻轻道：“你的朋友，不是只有一张面孔。像这样的风云人物，往往有八张脸，而背后又存在着不为人知的另一面。”

“这……”安力为愕然了。他知道，老夏不是仅凭猜测就信口开河的人。

“当然，今天和你说这些，并不是我要揭露荣氏企业背后的黑幕，也不是局里要针对那些商业弊案进行重新调查，而是我要给你一个荣氏企业的整体印象。这有助于我们对荣应泰这个人、他的企业，和他企业的对手，得出一个正确的判断。”

“他的对手？”

“对。我下面就要说他的对手，多年来荣氏企业的死敌，华郸控股背后的老板——华鼎坤。刚才说了那么多事件，难道你觉得真的是偶然发生的吗？”

“你的意思，是有人搞鬼？”

“不敢定论，我猜八成是这样。当年庭湖新区开发项目的最大竞争对手，就是华鼎坤。此人来头不小，沃顿商学院毕业，据说背后有华尔街的大佬撑腰。据我分析，他应该是那些有能力造成世界金融危机的暗黑资本家在中国的总代理人。有传言说他的背后是摩根士丹利，也有说光子基金的。这样的人物，在咱这里，荣家手上，栽了。你觉得他能善罢甘休吗？”

“有道理。这一连串的事件，怎么看也不像是偶然发生的。”安力为点头。

“这个华鼎坤与荣应泰出身完全不同。荣应泰是个苦出身，靠自己的努力加上当年叶启德的提携，后来靠官商勾结在地产界发迹创下荣氏帝国，而华鼎坤则活脱脱是个美国制造，连骨子里流的都是华尔街的血。还记得二十多年前，日本人牛逼烘烘拿着巨款到美国购买洛克菲勒大厦和迪士尼公司的时候，美国人怎么应对的吗？人家避开锋芒，让你先买去，然后伺机整垮你，再低价买回来。不但挣了你的钱，还挫伤了你的元气。”

“你是说，华鼎坤一直暗中对荣家进行着持久战？这可真应了那句话，‘不怕贼偷，就怕贼惦记’啊！”

“进行持久战，靠的是实力、心胸和谋略。与荣家抗衡，只有华鼎坤具备了这些条件。俗话说，‘君子报仇，十年不晚’。你想想，从两家争夺庭湖新区开发项目开始，至今是不是刚好十年？”

“没错。刚好十年。老夏，华鼎坤这条线，与叶淑娴被害案之间，你觉得有联系的可能性大吗？”

“不好说，咱不能闭着眼睛先下个结论。我只是觉得华鼎坤这条线不能忽视。当然，这样的人物，不是按照我们的传统套路就能对付的，咱也要做好持久战的准备。”

“老夏，这种调查，还真是……”安力为一时想不起什么语言可以用来形容夏军将要面对的情况。

“老安，你肯定奇怪我怎么有这本事，小小一个刑警大队长，在短短两天之内，查出那么多内容，对吧？实话告诉你吧，我早就关注这两个风云人物了。其实，有很多案子，有些还称不上是案子，都跟这两家企业有着说不清的关联。只不过我的能力有限，调查总是困难重重。这回挺好，局里给了我一个调查的机会。或许，在查清叶淑娴被害案的同时，很多曾经的冤案、未解之谜都会浮出水面。”

“我明白你的苦心。”

安力为的确能够深深地理解夏军身为刑警的那一份社会责任心。

当面对一个又一个接手的案件，在付出无数努力之后，却因上面轻描淡写的一句话，就必须无条件地放弃，作为最后书写虚伪结案报告的刑警，他们的心曾经多少次地受过伤害。

而这些伤害，又有谁知道。

第三节　应泰系

“头儿，夏大。”刘晓伟满头大汗地进来。

“晓伟回来了。坐下，先喝口水。”安力为本想让他喘口气。

“没事。我不渴。”面对着那几双巴巴的眼睛，刘晓伟非常明白自己该立即汇报情况。“李妍的工作情况问出来了。”

“哦？”几个人异口同声。

“那个小姐也姓李，确实是和李妍共事过，在一家叫‘庭湖 1 号’的高级私人会所。”

“‘庭湖 1 号’吗？好。我和那个老板有过一面之缘，是个有背景的人物。”安力为很高兴。

“是的，那是一家很私密的高档会所，不对外开放，只招待熟识的会员。据李小姐说，那里的会员净是各地的名流和巨富，客人们来了也只是娱乐，对自己的身份总是避而不谈，几乎没有人因为吹牛而谈起自己的生意和职业。那里的小姐也经过特殊的培训，知道什么该做，什么不该做。李小姐自己就是因为有一次试图套问客人的背景而坏了规矩被炒鱿鱼，无奈流落到社会夜场的。”刘晓伟说道。

“那个李小姐和李妍很熟？”

“也不算很熟。因为都姓李，彼此相处得还不错。不过即使小姐之间，也不能随意打听，所以李妍的具体情况，她所知的也不多。她只知道，李妍出身比谁都好，据说是学艺术的，所以很高傲，不合群，与妈妈桑的关系很僵。不过李小姐被开除后，听说李妍傍上了大老板，而且是比俱乐部老板还牛百倍的大人物。其他的，她就不知道了。”

“妈妈桑叫什么名字？”

“刘琴。”

“好，先喝口水。刚才老夏说了舜华公司的业务单位和荣家的死敌华鼎坤，接下来我大致介绍一下荣氏企业的基本结构。现有的资料或许不够详尽，其余部分慢慢再补充，今天只是让大家先有个概念的框架。”安力为打开文件夹。

“根据现有的资料显示，荣氏企业，已经是一个庞大到难以用集团来形容的家族式企业。按照现在的经济术语，我想用‘应泰系’这个词来表达，可能更为准确。从最初的核心支柱企业应泰地产和应泰建设，到后来的应泰钢构、应泰重工、兴荣陶瓷，整个企业体系已经于五年前获得了全国建筑、地产的龙头地位。此后，荣应泰以业已形成的旗舰为基础，进行了大幅度、各领域的商业扩张，其中涉及百货业、新媒体和金融业，最典型的范例是四年前成立的华东地区最大的百货连锁企业——庭湖百货。这一系列集团企业的法人，都不是荣应泰本人，表面上看，好几家公司的大股东也不是他，而是他的家族成员，以及发家时的得力属下。但我认为，其核心人物就是荣应泰自己。相对于中央集权制，荣氏企业的组织结构更像是几千年前的分封制，也就是我们常说的封建制。各个集团有权自主决定人事任免和业务拓展，但天子只有一个。”

听到这里，夏军禁不住感叹道："这种管理制度当然不如皇帝集权制那样便于管理，但如果我们反过来看的话，就能明白，这正是荣应泰威慑力和自信力的体现。"

安力为点头，接着说："我粗略统计了一下，'应泰系'之下的公司多达七八十个，集团公司十余个，已经上市的公司有三家。叶淑娴是其中两家集团公司的股东，不过只是小股东，只有舜华是她全控的。在荣家的子女当中，长女荣熙真是三家集团公司的董事，虽没有多少管理权，但牵制作用总是能起到的。林念祖，荣应泰的养子，在子女中年龄最大，现已是应泰建设和应泰钢构的副总裁和执行董事。根据年龄和经验，他是最有可能接任荣氏发家企业应泰地产总裁的人选。次女荣惠娜没有担任公司任何职务，但他的丈夫郑浩是应泰重工的副总裁。在我看来，荣氏企业的管理，基本是以老部下任正职，通过家族子弟任副职来进行暗中控制。一般来说这是很危险的，会引起功臣与贵戚的巨大矛盾，但荣氏企业却总能保持一种良好的平衡。至于荣应泰的长子荣俊赫就显得比较奇特了。他没有接管任何一家旧式的'应泰系'企业，而是自己另立门户，创立了一个叫旺德富，英文称 Wonderful 的网络零售平台，目前已经初具规模。钱，毫无疑问是由荣应泰出资，但据说他并不看好长子的这种抛弃现有成果，开辟新路的做法。其他的两个儿子年纪太小，和企业没什么关系。"

"那么，李妍呢？"夏军问道。

"李妍的情况，目前还有很多不清楚的地方。她究竟仅仅是个小三，还是存在取代叶淑娴的可能？荣应泰会给她企业的股份与实权吗？她本人的野心又有多大？这些都是我们未来需要进一步侦查的重点。小王，从今晚开始，你就对李妍施行秘密监控。目前倒还不必监控电话什么的，只要盯死她的行踪就可以了。稍晚点时间，我会向贺科再要两个人和你一起轮流蹲守，反正荣府内部，我也要跟他要人进行保护的。”

“是。”王亮答道。

“从目前掌握的李妍的情况看，她和叶淑娴不但认识，而且有过当面的冲突。这一点完全可以确定。况且在这点上，她还对我们撒了谎。”

夏军想了一下，说道：“嗯。那么，接下来的工作方向，看来基本不用变。你说呢？”

“我主内，以荣家内部和李妍为重点；你主外，以各家企业为重点。只是……你的工作量有点……”安力为明白夏军面临的困难。

“这个不必担心，人手方面，我再和裘处、窦局要嘛。我明白要调查这些公司，是一个漫长而艰难的过程。不过没办法，我们现有的有力线索还几乎为零。”

“不错。我们刚才所讨论的，都是一些外围的背景资料，真正涉及案件中心的部分还没出现呢。”

“好。那就这样。有啥情况我们随时通气。”

夏军说完，和杨坚一同起身，向安力为等人告辞。

第八章　π 的邪恶力量

只有疯子才能了解疯子。

——御手洗洁（日）

第一节　身首异处

正当安力为和夏军一行挑灯夜战，对荣氏企业及周边进行汇总分析的同时，一场新的谋杀，趁着沉沉的夜幕，降临在荣府。

安力为被手机铃声惊醒是在早上六点五十五分。

送走夏军之后，安力为向王亮布置了蹲守的注意要点。说完后发现已经是后半夜了，所以他打发走王亮和刘晓伟，自己则睡在了小会议室的椅子上。这时候回家也睡不了几个小时，兴许还会惊动熟睡中的孩子。

是贺科今早派去的两个警员打来的电话，向他通报了荣府发生的命案。安力为二话没说，立即开车去了荣府，出发前还通知刘晓伟尽快赶到。

死者吕光复，是荣府的大管家。

被害地点，是他的卧室。

此时荣府的人已被警方的现场勘查人员远远地挡在隔离线之外。安力为没和他们打招呼，就直接进入了现场。在看过现场之前，他不想接触任何荣府的人。正在检查尸体的，依然是法医小孟，旁边有俩拍照的，是他的助手。

尽管尸体被大量已经凝结的血液包围，安力为还是一眼就认出了死者。因为曾经见过几面，所以他对这位谦顺的白发老人并不陌生。

“情况怎样？”

“头被整个割断了。”小孟摇头道。

“什么？”安力为瞪大眼睛。

尸体乍看上去，只是脖子上有一道细细的血痕，可以明显看出的是，致死原因系利器割断了喉管。但头明明仍和身体连在一起，并没有断头的迹象。安力为仔细端详尸体，对小孟的话有些不解。

小孟俯下身，用右手三指捏住了尸体的头发，向前轻轻一拉。随着一阵呲啦呲啦的声音，头部竟然立即离开了躯体，只有一些尚未完全结成硬块的黏血还藕断丝连。

这次安力为没有太大的生理反应，像这样的尸体他见得多了。可是，他很惊讶。像这样被断头的尸体，一般都呈现身首分离的状态。如果完全割断的头颅仍和躯体连在一起，只能说明这是凶手事后进行了特别处理。

“按照这个切口来判断，是一刀完成的，没有任何拉锯状的碎痕。这很罕见，我也是第一次遇见，肯定是一个用刀的高手，一刀断头，就像古代才有的职业刽子手。”小孟对这种手法颇感兴趣。

“是吗？”安力为还是不太确信，“凶器找到了吗？”

“在这儿。”

小孟回身，从旁边桌子上拿过一个套着大大塑料证物袋，长约30厘米的宽背砍刀来。

可以显见，刀锋之上粘着斑斑血迹。说是刀，它比刀厚多了，说是斧，又比砍柴的斧子更薄更大，应该是厨房剁肉骨头的刀具一类。

“你猜，在哪儿发现的？”小孟神秘兮兮地问道。

“哪儿？”安力为皱起了眉。

小孟的右手朝着被害者的尸体一指：“他自己的手上，右手自己攥着呢。刚才取下来都费了半天劲。”

安力为仔细看了一眼尸体的右手。果然，由于尸体的僵硬，右手仍然保持着握刀的姿势，似乎并不愿意被人夺走了刀的样子。

“怎么会这样？自杀？不太可能吧？”安力为觉得有点发蒙。

“想什么呢？当然不可能。又不是武侠小说，还能一刀砍下自己的脑袋？”

“嗯。一定是有意这样做的。”

“我可以和你打赌，这把刀上只有被害者自己的指纹。信不信？”小孟依然保持着新大陆发现者的神情。

虽然觉得小孟在勘查现场保持这样的好奇，实在是过分了点，但连安力为自己也觉得这样的现场，确实充满了鬼煞之气。

凶手该不是……在和我们玩一个游戏？！

这种想法，远远地胜出了安力为别的猜测和感知，迅速占据了大脑的主要存储空间。

“再告诉你一点，这把刀的刀架，就在这个书架的顶上。”小孟又指了指身边紧靠墙的一排书架。

安力为扫了一眼已经被放在桌上证物袋里的木质刀架，又抬头看了看自己脑袋斜上方，书架的顶端。

他相信了小孟的感觉。这绝不是简单的杀人。

“还有这个。”

小孟又取来了一个证物袋，里面赫然放着一张白色小纸片，与亡灵现场安力为发现的，简直一模一样。

第二节 π与阿基米德

“头儿，我们到了。”

一听就知道这是刘晓伟的声音。

可是，我们？

安力为觉得奇怪。王亮不是奉命盯着李妍的吗？

他回过身来，看见门口的晨日光晕里，站着一大一小两个人。眯起眼睛一瞧，原来是昨天遇见的那个神奇少年。

“安叔好。”少年一反昨日的姿态，彬彬有礼地深鞠一躬。

“千行……”

见到少年，安力为异常高兴。根据常理，这样的小孩越过警方封锁线进入杀人现场，将受到警察的斥责。可安力为在这里见到他，心中却有一种莫名的亲切感。

自己的心里，是不是在期待着这个少年的再次出现呢？安力为不能确定。至少现在，他并没有把千行当成小孩来对待。

因为他是“墨探”的儿子，还是因为他是救命恩人的儿子？还是……他自称解开了蒸发事件的手法？安力为也不确知，只是随着一股无名的力量，立即接受了千行出现在现场这个事实，就如同这小子，本来就是他的组员一样。

但他还是觉得奇怪：“……你怎么会来这里？”

“小刘叔叔带我来的。”

“我从办公室出来刚要出发，就看见他了。”刘晓伟笑着解释道。

“你怎么知道我们的行动？”安力为问道。

“小秘密。”千行微微一笑，“让我们开始吧。”

还没等安力为反应过来，千行已经在背着手检查尸体了，根本没有惊慌。安力为从少年的眼中看到的只是沉着。

“这哪像个中学生呀？”安力为心里说道。

三个警察，就这么看着这个少年捣鼓，完全没有阻拦的意思。

看了一阵，千行问道：“凶器是从被害者的手上发现的？”

“是啊！”这下，连小孟也啧啧称奇了。

“一刀毙命？”

“是啊。”

“那个是什么？这把刀的刀架吗？在……”

“在这里发现的，书架的顶上。”小孟接话还挺快，活脱脱像个称职的助手，“对了，还有，割下头之后有人把头放回了原来的位置，和身体重新连在一起，严丝合缝。”

“是吗？不一定哦。如果凶手的刀够快，躯体和头部在瞬间分离之后，又瞬间复原，结合在一起的话，外部的空气还没来得及进入，将会形成一定的气压，那么尸体即使倒下，也存在头不会离开的可能。”

“有……这样的可能吗？”

其实小孟本来想说的是“武打科幻片看多了吧”，可转念一想，也确实不能不承认，这种说法作为可能性是存在的。这问题确实够专业，超出了小孟的经验范围，或许他该回家问问他爸老孟。

“会不会……”小孟突然想起了什么。

“不会，我已经看过了，地上没有刀痕。死者并不是躺下之后才被割头的。”千行说道，“死亡时间大概是……”

“凌晨一点到两点之间。这是初步的判断，具体的要等尸检报告出来。不过我想不会有什么不同。”小孟对这一点很自信。

“哦。还有什么关键的证物呢？”

“这个。”小孟举起了那个装着白色小纸片的证物袋。

“咦？”千行显得很感兴趣，一把抢过来，喃喃地念出了纸片上的一串数字，“979323？”

“不像是电话号码。”

“这样的纸片，曾经出现过的吧？”千行问道。

这回又轮到安力为惊讶了。他很无奈地掏出手机，打开前次发现纸片的照片，递给千行。这张纸片与上回的，无论从颜色、质地，还是数字的字体、大小，都完全相同。

“265358。好玩！”千行歪着脑袋，仔细看着这两串数字，“不对，这样的数字，至少应该还有一组吧？”

“没有了。”安力为肯定道。

“不对。这是第二组，这是第三组。那第一组呢？”

“第一组？”安力为和小孟、小刘面面相觑，答不上来。

看着三人无奈与惶惑的眼神，千行打了一个响指：“明白了。有人藏起了那张纸片，写着第一组的纸片。”

“怎么回事？难道你知道数字的含义？”小刘忍不住问道。

“当然。3.14159265358979323846264338327……”

“停停，那是什么？”安力为举起双手做出“STOP”的手势。

“抱歉，我只能记得三十位。这是‘π’，也就是圆周率，一个无理数的序列。”千行答道。

“无理？什么意思？”安力为和小刘小孟一样有点发蒙。

“无理数，就是无限不循环小数。‘π’这个符号，是希腊语字母，表示周边、地域、圆周等意思。‘π’在数学上的运用，表示圆周率。”

“圆周率？”这回是三人异口同声了。

“在中国古代，圆周率的近似值在《周髀算经》和有关汉朝张衡、南北朝数学家祖冲之的记载中都出现过。而在欧洲，是从古希腊大数学家阿基米德开始计算的……”

“阿基米德？”安力为几乎喊出声来。

“怎么？是想起了什么吧？”千行看到了安力为眼里的闪光。

安力为一把抢过手机，找到那幅恐怖童谣书法的图片，又交给千行。

“咦？好玩！原来还有这东东。”紧咬着自己右手的大拇指，千行的眼中散发着跃动的光芒。“原来如此，恐怕我想对了。第一个死者，是摔死的吧？就是失踪的那个？”

“对呀。可这些，你怎么知道的？”安力为简直不敢相信自己的耳朵。他记得很清楚，昨天千行曾问过失踪的人是否已经死了，可他怎么知道那是摔死的呢？

“&＊⺕¤♣ë%＃⺄◆？œζШю♥@♠……我昨天的预测，没错。”千行一边点头，一边在口腔内壁唔噜了一句“宇宙语”。

“什么？预测？你说……这是一连串杀人事件的开始。对吧？”安力为隐约记得这一句，因为刚才的宇宙语实在是听得他满脑袋星星。

千行并没有继续接他的话茬儿，而是用食指和拇指将图片放大，指着其中的一部分请安力为他们看。三人满腹狐疑地凑上头来认真端详。

……

他继续在教学模型上搭呀搭，

忘记了那把刀还放在上面，

身首异处。

……

天哪！这不是面前现场的写照吗？

刀从书架上掉下来，割掉了光复叔的脑袋。身首异处。

安力为等人不由得同时激灵灵打了个冷战。

“这首童谣，或许是凶手的杀人预告，也可以看作宣战通告，同时它也可能是某人在通过一种特殊的方式，在向我们传递某种信息。”千行分析道。

“不错。”安力为叹道。

可不是吗？上回自己还想安慰荣应泰，这可能只是有人恶作剧而已，但现在……

如果是恶作剧的话，怎么可能真的应验？在凶杀案中的恶作剧，不是预告和宣战又是什么？

此刻，安力为完全同意了千行的判断。

第三节　目击证犬

早上六点二十五，那两个被贺科派来的警员就早早到了荣府。没想到一进大门，就恰好遇到了刚刚被发现的命案。

尸体的发现人是老仆人周水根，被荣家人称作根叔，是个聋哑人。

荣府的仆人共有十七人，其中主要负责清洁卫生的中年女仆被称为春姐、夏姐、秋姐、冬姐，负责日常起居的是年轻女仆小梅、小兰、小竹、小菊。年轻的男仆兼保镖为大刚、小木、小志和周焘四人，分别负责院内、大门口、荣俊旭和荣俊赫的安全。荣应泰自己已经多年不用专门的保镖，只有一个司机叫东平。厨房还有两个师傅，分别叫长军和小李。根叔的工作是园丁和马倌，而光复叔则是所有仆人的总管。

这两天小刘已经将内部的情况都打听得清清楚楚，所以现在安力为询问起来也比较有条理。

在开始询问之前，安力为向千行提出，在被询问者面前“尽量少插嘴，多听，多看”，千行愉快地答应了，并表示自己也是这么想的。

因为根叔是哑巴，安力为的询问只能通过他儿子周焘来翻译转述。

发现尸体的过程并不复杂。

光复叔每天早上都是五点准时第一个起床，在打完太极拳之后，于五点四十五陆续叫所有仆人们起来，六点集合后准时向大家布置一天的工作。多年来，无论寒暑，他的生活规律从来未曾改变过。

今天早上五点五十，仆人们都已陆续起身，却仍不见光复叔出现。每天同样比较早起的根叔已经打完一套太极拳。因为年龄相近，往日里他总是和光复叔一起锻炼。今天虽然发现光复叔起晚了，根叔也只觉得可能是由于偶尔不适多睡一会儿，毕竟光复叔已经六十五岁了。

可是，一直到了六点十分，仆人们全部集合之后，光复叔还是迟迟没有到场。这就令大家觉得奇怪了。

工作勤恳、以身作则的光复叔从来没有出现过这种情况，即使病了也同样准时。可能是由于坚持锻炼，光复叔的身体其实一直很硬朗，上高坡、下台阶健步如飞，根本不逊于任何一个小伙子，因此除了感冒，根本没得过什么大病。

于是，根叔带着小菊、周焘前往他的房间查看。敲了半天门，房内没有任何动静，又看窗户，窗户从里面锁住了，房间里黑黝黝的看不清东西。然后周焘发现门其实并没锁。打开房门，众人看到光复叔倒在血泊之中。此时正在晨跑的荣俊赫也听到声音跑过来，上前检查，发现光复叔早已气绝多时。根叔让周焘立即通知荣应泰。还没等到荣应泰和子女们全部起来，贺科派来的那两个警员就到了。

根据法医小孟的现场判断，光复叔的被害时间是凌晨一点到两点之间。安力为知道，对于这样伤痕明确的尸体，小孟的现场判断是非常准确的，即使时间上存在一点点出入，也不会相距甚远。可以肯定，凶杀是在大家睡觉的时间发生的。这就意味着，大多数院内的人，都不可能具备案发时不在现场的证明。那么，调查的难度自然就加大了。

怎么又是睡觉时间？安力为不禁感到有点烦躁。他下意识地瞥了一眼刚才还在身边的千行。嘿！千行竟然不见了。

刘晓伟朝着窗外一指。安力为透过窗子望去，看见千行蹲在门外，歪着脑袋，双手抱着大腿，正津津有味地瞅着紧靠窗边的一个大大的犬舍出神呢。

安力为不免有点生气。这小子，到底是来学习办案的，还是来玩狗的？

“嘿，干吗呢？”安力为忍不住吼了一嗓子。

这小子还真气人，不慌不忙竖起一个食指，嘴唇发出“嘘”的声音。

“大黑狗睡觉呢，别吵。嘿嘿，睡得太憨了。”千行小声道。

安力为按下火气叫道：“走了。”

根据安力为的吩咐，刘晓伟已经召集好了荣府上下人等，在白金汉厅坐着，等待警方的询问。只有荣惠娜因为受到惊吓，由丈夫郑浩安排在卧室休息。

由于上回的会面，荣家子女们已经认识了安力为。不过因为并没有接触全体仆人，所以安力为还是向荣府全员又做了一遍自我介绍。为了让其他两个警员和千行也了解大家，他请荣府众人都做了一遍简单的自我介绍。

首先，安力为例行公事地问了一遍所有人昨夜的行踪。当然，他不会马上告知光复叔的遇害时间，只是一味提问。这是刑警侦讯技巧的常识。

果然不出所料，在这个时间之内，荣府上下大多数人都不能提供不在现场的证明，因为在那个时刻他们大都已经进入梦乡。还没睡觉的只有两个人，一个是次子荣俊旭，一个是不在府内的义子林念祖。

荣俊旭平时在家睡觉很晚，不到三四点是不会上床的，不在家的时候更是经常和他的狐朋狗友们夜夜派对，通宵达旦。昨夜，他打网游至三点多才睡的，不过一直是一个人在屋里。而刚才赶来的林念祖，则是唯一一个拥有不在场证明的，因为在公司与董事们议定商业计划，所以至少有四个人可以证明，他是凌晨三点才离开的。

在安力为询问的时候，千行还是和方才一样，并没有好好在听，而是自顾四下里瞎逛，时而拿起四周的摆设观赏一下，时而口中发出啧啧赞赏的声音，时而又看看接受询问的那个人，完全是个小游客的姿态。安力为也不再管他，只求不影响问话就好。

倒是荣府的人，自这个白净少年一进来，就显得颇为好奇。

不过随着问答的深入，人们便也不能再把注意力放在他身上了。或许他们猜想，这不过是哪个警官的孩子，怕他在家胡闹，所以查案也带在身边吧。

只有荣应泰、林念祖、荣俊赫和长女荣熙真，对于千行的存在始终保持着奇异的目光。也难怪，警察还有带着儿子办案的，着实新鲜，听都没听说过。

“你睡觉之前，所有屋子都黑着灯吗？”安力为重点对荣俊旭展开提问。

既然荣俊旭是昨夜在荣府内唯一一个直到三点才睡觉的人，那么他就是重点了。

“是啊。大家都睡得很早的。”荣俊旭一撇嘴。

“那么，在你打游戏期间，有没有看见过什么奇怪的东西呢？”

“那还能看见啥呀？大叔你没打过网游吧？打网游的时候，就相当于我身处在另一个世界，懂不懂呀！”荣俊旭显得很不耐烦。

“这……”

“不过……”

“什么？想起了什么？”安力为登时眼神放光。

“说起来也没什么。大概快三点的时候，我被人砍死了，哦，是网游里。我装备很高级，很少被人砍得那么惨的。不过那个时候，我被一堆人联合起来砍死了。我当然很生气啰，打了六七个小时了都，所以我也不想再打了，就倒了一大杯 Margaux[①]，打算灌倒自己睡觉。这时候我看见光复叔走出来，从我房间的北窗可以看见他的房门，然后又从西窗看见他朝着仆人睡觉的南边院子走去。不过你别以为这有什么奇怪的，光复叔偶尔半夜会检查一下仆人区的，可能只是因为他醒了睡不着所以溜达一下吧，并不是规律性的。后来，我又看了一下邮件就睡了。”荣俊旭努力回忆着。

“黑夜里，你怎么确定是光复叔而不是别人呢？”

“我认识他穿的衣服呀！在家里只有他才会穿那种衣服。其实不用说衣服，他走道的姿势我天天见，太熟悉了，还会搞错？”

“嗯。你确定是临近三点？”

“我睡的时候看过钟，是三点零五分，看见光复叔出来，也就是十分钟的样子吧？”

“那就是两点五十五？可以确定？”

“不相信我，还问个屁呀？”荣俊旭又把嘴角翘得高高的。

安力为见状笑道：“没有没有，你提供的线索很重要。那么别的人，有没有看到什么奇怪的事情？有什么说什么，不怕说错。”

众人面面相觑，摇头表示没有异常。

“好吧，那就先问到这里。一会儿可能还会有个别的询问，请大家尽量不要出门。如果确有急事的话，请跟我，或者小刘打声招呼。

① Margaux：玛歌酒庄出品名贵葡萄酒的简称。玛歌酒庄，系法国葡萄酒五大名庄之一。玛歌（Margaux）在法语中有着女性的韵律，而玛歌庄葡萄酒恰以优雅、细腻、温柔著称。

如果大家想起什么，请随时告诉我或者小刘……”

“请问……”

一个悠悠的声音，从房间一角响起。大伙回头一看，竟是那个一直在瞎转悠的主儿。

“……请问那条大黑犬，是在座哪位养的呢？”

差点儿没把安力为的鼻子给气歪了。现在说话的人，竟然是千行。

捣的什么乱嘛，警方调查的时候，问狗做什么？说好了不乱插话的，这小子竟然如此放肆。不过，当着众人的面，安力为也不好立即发作，只能暂时按捺着自己的性子。

千行并没理会安力为的表情，走到人群中间，睁着一双水灵灵的大眼睛环视大家。

“那是光复叔的狗，大熊。”还是荣俊旭开的口。其实他一开始也好奇这小屁孩的存在，只是刚才忙着回答问题，没顾得上关注。他没想到，这孩儿居然向他们提问，顿时觉得这情景是那么可乐。

“是藏獒？”千行忽闪着长长的睫毛。

“是哦。可凶哩，它站起来能把你的头整个咬掉。”见千行咂舌的样子，荣俊旭更加来劲了，“不但凶，这可是有来头的狗哦。它呀……和我一样，是个标准的夜猫子。”

“咦。狗也会……”

“是呀，白天睡觉，一到月亮升起，它的两个眼睛就冒绿光，跟狼一样。晚上有大熊看家护院，比警察保护都安全。不过它有个毛病，好像只认光复叔一个人，别人一靠近就会乱叫。我们都不行，就听光复叔的，所以只能拴在他的门口。一到晚上我们都不太在内院里乱溜达，免得大熊又乱吼。好在太阳一升起，它就睡觉了。你刚才看见它了？它一定睡得呼呼的吧？放心吧，白天你就是用棍子捅它，它也不会醒过来的，最多就是哼唧一下……”荣俊旭越说越兴奋。

“谢谢。”

就在荣俊旭滔滔不绝、饶有兴致的时候，千行却一转脸，将话题戛然止住了。

第四节　π的邪恶力量

安力为听着听着不再生气了。他隐约感知到，在千行这些看似不着边际的问题之中，所蕴含的侦讯价值。

那是被自己忽略了的一个视角。

如果荣俊旭所述属实，那么在凶案现场虽无目击证人，但至少有了一只目击证犬。犬，虽不能说话，但它的行为本身就可供参考。根据方才的实地勘查，已经确定光复叔的屋子只有一个出入的门，窗子从里面锁住，而且都是小窗格的，不足以使罪犯通过跳窗来出入。可以推断，罪犯是从大门进入，作案后又从大门离开的，就是荣俊旭看见的那个门。想到这里，安力为暗自点头。

待众人散去之后，荣应泰表示有事需要与安力为私下面谈。安力为知道他的意思，有些话当着家人的面不好说，怕引起恐慌。因此荣应泰方才一直保持着沉默，但这并不代表他一无所知。

安力为和荣应泰约好，半小时后在紫檀书房见面。现在，他最需要做的是和小刘一起梳理一番思路，迅速得出粗略的统一意见。荣应泰请他们先到钢琴室就座，那里是荣府最安静的房间。

根据方才的综合勘查，刘晓伟已经画出了一张凶案现场的草图。

从现场的方位上分析，光复叔的卧室处于荣府四合院区的第二进院子东北角，共有三条基本路线可以接近。

一是从荣应泰卧室所处的第三进院走出来，二是从仆人居住的第一进院走进去，三是打开东小门，从外部进入第二进院。反之离开亦然。

第一条路线根本不可能，因为荣应泰的第三进是四合院区最里层院子，没有其他出口，夜晚更是除了他自己绝无旁人，凶手没有可能进出和逃离。第二条线路可能性稍大，因为仆人们都已熟睡，凶手潜入容易一些，当然，他必须在府内进行长距离潜行才能到达目的地。第三条线路可能性最大，从外部涉法渡河并打开东小门的话，是进入管家卧室最短最直接的路线。但即使这也存在一些问题。

方才安力为进屋前仔细看过了，东小门并无丝毫被破坏的痕迹。而据根叔和周焘陈述，出于安全考量，这个门极少被打开，钥匙也只有一把在光复叔身上，现已被勘查人员封存，门外的吊桥一直是悬起的状态，几乎没使用过。在安力为看来，这个东小门或许只是起到防火通道的作用吧。

而无论来自何方，千行关注的那条藏獒大熊，才是凶手想要自由出入并实施谋杀的最大障碍。想要越过这条猛犬的视线进门，根本不可能。那么，凶手自由出入，难道猛犬没看见，还是它被下了药睡着了？

没看见的可能性很小，显而易见。被下药的可能性呢？也不

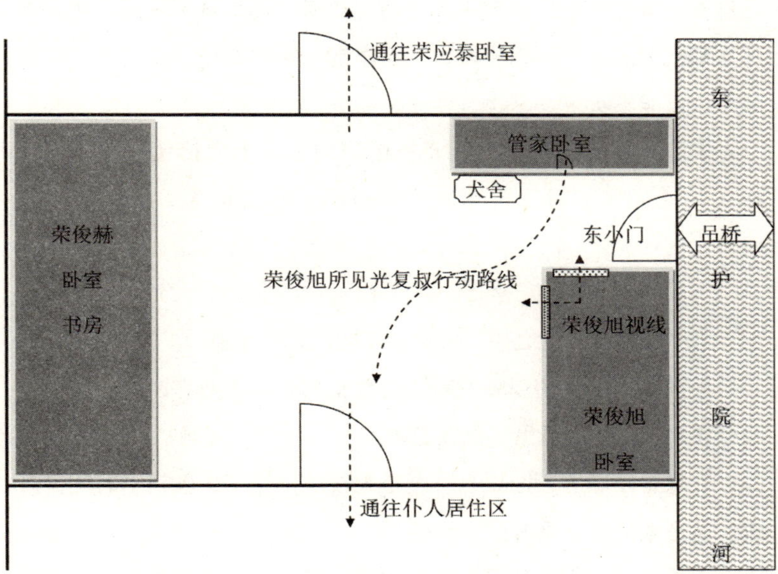
通往荣应泰卧室
东
管家卧室
犬舍
荣俊赫
卧室
书房
东小门
吊桥
护
荣俊旭所见光复叔行动路线
荣俊旭视线
荣俊旭
卧室
院
通往仆人居住区
河

图6　光复叔遇害现场

大。这条猛犬只认光复叔一人，是荣俊旭当着大家面说的，其间没有任何反对的声音和异样表情，情况应当被视为属实。那么，它应该只会吃光复叔送来的食物。藏獒和普通犬不同，不吃嗟来之食的。光复叔根本没必要给自己的犬下药，别人则想下也下不了。

千行提出一种猜想，如果罪犯是光复叔熟知的人，是光复叔自己偷偷打开了东小门，放下吊桥请他进来，那么藏獒就有可能因为那人和光复叔在一起而不吠，动物本能的惯性使然，那人走的时候藏獒也可能不吠。

安力为和刘晓伟都认为千行的猜想很有参考价值，只不过现在还不能证实。对于行动路线的分析，三人认为可以暂时告一段落。

方才的初步询问之中，还出现了时间上的矛盾。

根据法医小孟的现场判断，光复叔的死亡在两点之前，而荣俊旭却在两点五十五看见了他在走动。

究竟是小孟的判断误差，还是荣俊旭记错了、看错了时间？撒谎？还是别的什么原因？

小孟的临场判断几乎没有出过错，安力为一直很信任。而对于荣俊旭的回忆，看上去也不像有假。安力为从警多年，侦讯经验非常丰富，哪怕对方有一丁点身体、手势和眼神的变化，都逃不过他的法眼。

还是千行提出了猜想。

倘若凶手出门时穿着与死者相同的衣服，假冒成光复叔的样子，从荣俊旭的窗前走过，那么在深夜里，即使荣俊旭对光复叔再熟悉，也无法明辨真伪，更何况是在没有心理准备的情况下。那么，凶手的行动路线就合理了。他可以堂而皇之地保持光复叔的姿态走出四合院区。

这种方法，在古典推理中是常用的替代与混淆身份法，目的是对尸体死亡时间进行有意误导，从而为凶手自己制造出成功的不在场证明来。

当然，这只能称为推理猜想。

安力为很了解推理和刑侦之间的区别，就好像书本与实战，确实存在着理想与现实之间的差距。即使这样，安力为还是很佩服千行的推理经验与大胆设想，因为任何案件的侦破都是从感知与猜想开始的。他明白，由于自己在工作中过于务实，笃信过往经验，有时就存在思维不够开阔的弊病。尤其在以往对付智能型犯罪的案例中，这种思维枷锁，曾经阻碍过破案的进程。

除了上述两种分析，本案中还有一个细节是值得注意的。

安力为隐约觉得凶手是知道警方行动的人。命案的发生，不就是在小刘离开、新派警员到达之间吗？小刘的离开是临时决定的，如果没有内部的知情人，凶手是无法准确把握时间的。至少，在荣府之中，有一个人为凶手通风报信。或许，他就是凶手本身。

千行和刘晓伟都同意这个想法。

最后，安力为对工作分配进行了微调。

就目前看来，凶手是外来闯入者还是内部人员，尚且不足以定论。但前后两桩杀人事件，加上叶淑娴蒸发事件，彼此之间存在联系，这一点已经毋庸置疑了。因此，调查工作仍以内外两个方向开展。刘晓伟继续留下调查，同时与新派的两位干警一起负责荣府的安全，防止案情再次升级。至于调查荣氏企业的商业对手，夏军的工作已经展开。安力为自己，则打算先把已经获得一些线索的李妍一线继续深入下去，因为李妍和荣应泰的特殊关系，所以内部有眼线，趁夜潜入都存在可能，即使光复叔为她打开东小门，也不是没有可能。

半小时之后，安力为和千行来到了紫檀书房。荣应泰正坐在官帽椅上，泡好茶等着他们。

“发生了这样的事，请荣总切勿过分悲伤。省市领导对此非常重视，我们也立即成立了专案组，一定会尽快查出凶手，绝不会让他逍遥法外。”安力为以标准的官话开头，因为他实在不懂得安慰人。

“那就好。这位是……”

“哦。这是我的侄子穆千行，父母都出国了，怕他在家胡闹，所以就带在我身边了。”

“荣伯伯。”千行摆出一个乖孩子的姿态。在需要成为乖孩子的时候，他总能及时而恰到好处地伪装自己。

“真懂事，和俊赫小时候一样。如果喜欢的话就在这儿玩，待到什么时候都没关系。一会儿我和他们打声招呼。”

“谢谢荣伯伯。”千行接得挺快。

“不必在意他，咱们谈咱们的。”安力为有意忽略千行的存在。

“本来想请你帮忙的，没想到事情竟然发展成了这样。”荣应泰叹道。

“在您看来，这些是外人还是内贼所为？是为了报复荣家还是有其他目的？您有什么觉得可疑的方向吗？我认为此人很明显是冲着荣家而来，所以您的意见也可能为我们警方破案提供良好的线索。”

“要说方向嘛，我也……对了，先给你看样东西。”

荣应泰从西服口袋中取出一个白色纸片来。

果然不出千行所料，这样的纸片还有一张。

安力为接过来一看，上面写着“314159”，与刚才千行预测的丝毫不差。他看看无动于衷正喝着茶的千行，心里泛起一片涟漪。

“这是……”

“我没有及时拿出来，真是抱歉。这是在第一次亡灵出现的地点发现的。我想那应该是凶手的暗示。亡灵的第一次出现，是九月十日，距离第二次出现正好一个月。因为发现的时候并没有别人看见，我觉得肯定有用就藏了起来。这一次亡灵出现，你也捡到了同样的纸片。按照一般情况来说，我一定会把第一张也交给你。可我想，不妨打破惯例。既然凶手希望大家知道，那么，我将线索藏起来，就等于破坏了他的计划。可现在已经出现了第二宗命案，我就不能再继续藏下去了，这可能成为关键的证物。”荣应泰说道。

“原来是有意隐瞒！那么，荣总，你知道这是什么意思吗？”

“知道。”

“知道？”这又出乎了安力为的意料。

“π。这是圆周率的无理数列。其实，当时捡到它的时候，我就知道了。但是，我不明白凶手想表达什么意思，所以才藏起来，等待奇异事件再次发生的时候，当场抓住他。”

“那么，您找到他了吗？或者说，有怀疑的对象了吗？”

“没有。所以我想，还是请你来解这个谜。我的能力实在有限，亡灵出现的时候曾经离他那么近，可也……”

“是呀。我也曾离他那么近。”安力为叹了一口气。

“不过，我想起了一件事，或许有用。”

“什么？”

“亡灵的样子。”

“亡灵的……样子？”

“对。亡灵的样子，像极了我死去的老岳父，就好像孪生兄弟一般。这一次出现的时候，你也看见了。俊赫也觉得很像，念祖因为没见过所以不知道。”荣应泰回忆着。

“这意味着什么呢？”

“这几次亡灵出现之后，我都没想出什么道道。但是刚才，在你询问俊旭的时候，突然想到了一点。我岳父和 π，还有被害的光复叔，之间是有联系的。”

“哦？”安力为眼中冒火。

“先说岳父和 π。岳父在年少的时候曾经得过数学冠军，后来好像因为爱好，还做过 π 的推算。在那个没有电脑和计算机的年代，手算出无理数 π 的位数如果超过了前人，是一种荣耀。岳父虽然最终还是没能超越国外的数学家，但在当时也获得了国内专家的一致推崇。当然，我并不信神鬼，所以并不相信岳父会复活，也不相信亡灵会真的出现。我始终认为是有人装扮的。由此我产生了一个想法，π 的出现，是不是作为岳父的符号象征呢？如果真是这样，一定是那个装神弄鬼的人有意留下的。后来淑娴和光复叔接连遇害，我就更加肯定了自己的想法。”

“是象征吗？！”安力为失神地自言自语道。

“不过说句实话，就如同你上回看见的童谣，这个 π 的数字，也让我时刻感到恐惧。它仿佛……蕴含了一种来自黑暗深渊的魔力，那是一种……一种无形的邪恶力量，而且会一直延续下去，就像……无限不循环这个含义一样。这种力量，已经笼罩了荣家的上空，挥之不去……对不起，请原谅我的失态，我这辈子在商界以强势著称，想不到老了竟会……”

说话间，荣应泰渐渐失去了眼中的光泽，形容枯槁，好似一个躺在病床之上生命垂危的人。

甭说他，就连聆听者安力为和千行都明显地感受到了，荣应泰所说的这股邪恶力量，从后背幽幽升起，霎时间寒彻全身。

许久，荣应泰才缓过神来：“再来说光复叔。光复叔原本是岳父的行政助理……”

“什么？行政助理？”

“嗯。岳父去世之后，他显得很失落，精神也很颓废，接连在几件公司事务的处理上都出了错。因此我主动提出，让他来府内做总管，即使出了错也不至于影响到公司的声誉，我也不会因此责怪他。过了几年，他就恢复了从前的生气，一直到现在，他都是个称职的管家。这件事时间太久了，所以儿女们并不太清楚。”

“哦。”

“我们把已经发生的事件联系起来看。岳父、淑娴、光复叔和 π，不都和叶家相关吗？因此我想，是否和叶家原来的什么恩怨有关呢？”

“不错，有道理。”

“当然，这只是我很不成熟的想法，并没有有力的证据。”

“很好。这思路比起我们现在已经掌握的线索，还是有用得多哩。对了，我还想问几个问题，刚才人多不方便。”安力为说道。

“请不要客气。”

“您知道李妍和叶总曾经发生过肢体冲突吗？”

“这些我都知道。不过，如果警方要是怀疑李妍和命案有什么关系的话，那就大错特错了。你问我，我只能回答李妍与案件完全无关。我坚信这一点。其他的，就属于我们的隐私范围了。”

虽然对荣应泰知晓妻子与小三之间的矛盾这一点小有意外，但安力为还是适时地改换了问题：“好吧。第二个问题，东小门的钥匙，只有光复叔身上那一把吗？”

“是的。连我都没有。那只是个防火通道，从来没使用过。”

“好。下一个，在荣府里，有非常精通武术，尤其是刀术的人吗？如果您觉得可疑的外人，也可以算上。”

“武术？在男仆人里，大刚、小木、小志和周焘都会一些，因为他们同时兼任护院的保镖。大刚和周焘功底好一些，小木和小志就差一些，不过他们会的都是擒拿或者格斗术，倒没有精通刀术的人。”

“没有懂刀术的吗？”安力为有点失望。

“等等……有一个。”

“谁？”

“死去的光复叔。”

安力为又是大出意料，连一旁喝茶的千行也呛了两声。

“光复叔会刀术？”

“说是刀术，我也不能完全确定。我对中华武术完全不懂，只是看见过他在晨练的时候舞刀花。不过我也没觉得奇怪。毕竟，在做岳父的助理之前，他是马戏团的小魔术师。据说当年是因为岳父很欣赏这个可怜的小伙子，才指引他走上了正路。”

“魔术师？”

听到这里，安力为和千行双双被这段奇异的因缘雷掉了下巴。

第九章　危险的关系

真相是时间的产物，而非权力的。

——约瑟芬·铁伊（英）

第一节　刑警的探案秘诀——抬起屁股去敲门

根据王亮的汇报，光复叔被害当晚李妍未曾离开过自己的山间别墅。王亮和一个警员坐在车里，轮流盯着别墅的大门。

从傍晚一直到第二天中午，别墅的大门没有人出入。王亮他们还在午夜时分，听见了从别墅传来的钢琴曲，直觉判断应该是李妍弹奏的。

但安力为丝毫没有放松对李妍的警惕。

现在，他和千行正在开车前往庭湖一号夜总会的路上。据倪大龙提供的一条线报，那里曾是李妍被荣应泰包养前的工作场所。

“不愧是三级警督，对于任何一个可能性都不放松警惕呀！即使王亮那样说也……”千行对于安力为咬定青山的办案精神大为赞叹。

“李妍住的别墅在山上，虽然只有一个门可供出入，但山间地形复杂，难保没有秘密的通道存在，而他们听到的琴声，也可能是播放了事先录好的钢琴曲。”安力为边开车边分析道。

“没错。这已经是推理小说里用滥了的桥段了。”

“没办法，‘怀疑’，是身为一名刑警的基本素养，也是伴随一辈子的职业习惯。”

“安叔，听说在警队里你和滕战叔破案率是最高的。有什么秘诀吗？”

“嘿嘿你这小子，知道得不少啊！我可是一步一个脚印走过来的，要说秘诀嘛……为人民服务。”

“嘘……”千行不屑地说，“又说套话。你们这些当警察的，能不能不说官话呀！我说句大实话，你天生就不是说官话的人。”

安力为被这句话逗乐了，会心地大笑起来：“那倒是。你小子眼睛挺亮，不愧是‘墨探’的儿子。你……真想知道秘诀？”

“想。”

“好。那我告诉你。你记住了，做一个好刑警的秘诀就是——抬起屁股去敲门。”

“屁股……敲门……我明白了。”

“明白了？那么快？”安力为有些意外。

“对。就像我一定要去现场实地考察一样，亲历的感受是不能被资料汇总取代的。在那里，我们会感受到很多文字和逻辑不能表达的信息，而往往这些信息的积累才是破案的关键。这就是我从来不相信推理小说中的安乐椅侦探会在真实社会中存在的原因。”

“嗯，所谓安乐椅侦探，不过是古典贵族想象出来的神仙，就像《三国演义》里的诸葛亮，与生活中是完全不同的。不过，你只说对了一半，对于一个刑警来说，比现场勘查更重要的就是走访。这才是我说的‘抬起屁股去敲门’。”

“这……”

“打个比方。在一桩命案里，来自各个渠道的线索至少上百条，而实际可用的不过区区十条，这其中才会有一至两条属于重大线索，破案的关键。所以，作为刑警来说，通过工作量来掌握大量信息，比起仅仅依靠机巧来猜谜要重要得多。倘若没有前面量的积累和渐变，就不会有后来灵光闪现之时质的突变。”

“原来如此！”千行若有所思。

安力为悄悄瞥了一眼坐在身旁的千行。他知道，这个聪颖的少年在短短几秒钟之内，已经完全领悟了自己从警以来得出的精华所在。

他微微一笑，加大油门向前驶去。

第二节　十二钗

庭湖一号是市里最为豪华的夜总会，老板来自北京，身份隐秘，从来不曾出面，据说来头很大。每年例行的扫黄打非行动，在庭湖一号都查不出任何色情服务的迹象，可见老板消息灵通，手眼通天。警察查不出，可老百姓几乎都知道，那里的小姐最漂亮，学历也最高，消费档次高得出奇，是名副其实的销金窟。客人们来自天南海北，满载而来，乘兴而归。

不仅如此，在“庭湖一号”内部的几个区域，也不是什么客人都接纳的，只供秘密会员休憩。其中就有一个传说中的“大观园”，里面的小姐以“十二钗”称谓，属于花魁中的极品。其运营的方式也不同于外部娱乐区域那种大通铺格局和方便面式消费，而是采取了类似于旧上海十里洋场“长三书院”式的准包养制。神秘客人和小姐的情人关系在一段时期内是相对固定的，就像旧式公子在外过小日子一般。

倪大龙介绍的那个线人就是“十二钗”里的“宝钗”。因为只是调查李妍个人的情况，和公司内幕无关，因此妈妈并没有进行阻拦，还专门安排了最安静的房间，只是警告她“注意说话”而已。

安力为对这个销金窟的内幕没有兴趣，也知道什么该问，什么不该问，因此开门见山，直奔主题。

“‘宝钗’是艺名吧？”

“是的。请用茶。”“宝钗”举止典雅，果然不同俗人。

“好。李妍在‘十二钗’里，叫什么？”

“‘妙玉’。十二钗里，我俩的关系最好。不过，在‘大观园’里，‘十二钗’姐妹的私人关系都挺好，并不像外人想象的那样，风月场上都会争风吃醋。我们有各自的公子，彼此相处，就像真的大观园里的姐妹。”

“原来如此。你听过李妍弹钢琴吗？”

“听过。她的钢琴水平，超过一般歌舞团的钢琴师。不过，在‘大观园’里，她最擅长也最吸引大家的，是古琴。古琴不同于古筝，古筝可以通过大量技艺练习来到达较高水准，而古琴比的，却是心之意境。”

“谈谈你知道的情况。你和李妍在这之前就认识吗？”

“来这里之前不算认识。我知道她，但她不认识我。李妍和我都是同一个戏剧学院毕业的，她比我高两届，是我的学姐。在校期间，她就是个高才生，一个名人，话剧、电影、音乐、舞蹈无一不精。可以这么说，那时，她是我的偶像。你一定很奇怪，她怎么会和我一样选择风月场吧？”

“嗯？”这个问题确实引起了安力为的兴趣。

“为‘钱’。红颜薄命，这句古话，一点都没有错。李妍的家境并不好，父母身体欠佳，为了供她读戏剧学院更是花光了家里所有的财产。因此，她从学生时代，就懂得要如何利用自己的美貌，来打开各路关系，为家里赚钱。但请不要误会，她绝不是那种低价卖身的人。这一点，她和校内所有的女孩都不一样。记得那个时候，一到周末，校门口的名车就会从巷子里排到大马路上，就好像名车会一样。那些女孩，一般不出半年，就会和老板上床，以求得名车、房子等看得见的财产。而李妍从不这样，她只选择合适的人，参加她认为合适的饭局，只要可以通过才艺赚钱的机会，只接受不需要肉偿的金钱，而且从不和那些人出格……”

“咳咳。”考虑到千行在身旁，安力为故意咳嗽一声，示意“宝钗”避讳一点敏感的词句。

不过安力为回头看时，却发现千行完全没在听他们说话，正在举着他的手机，轰轰烈烈地打僵尸怪兽呢。

“你以为他不懂吗？这孩子比谁都聪明。”“宝钗”冲着安力为莞尔一笑，继续道，“说也奇怪，她越是清高，那些金主越是愿意捧她。对于同龄人来说，李妍简直就是个高傲的公主。当然，她也因此受到无数人嫉妒，用现在的话来说，就是‘羡慕嫉妒恨’。嗯，这样解释最合适不过了。好在那些嫉妒她的人都不敢动她一根毫毛，一直到后来的那件事为止……”

“那件事？”

“对。那是李妍毕业之后的事情，大多数姐妹都不知道。因为我们经历、性格相仿，又很谈得来，所以她只告诉了我。就是那件事，改变了她今后的人生。那是一个流氓剧组，从导演到制片主任都是流氓，他们在李妍的酒里下了药……”兴许是经历相同，说到这里，“宝钗”的声音里竟夹杂着些许哽咽。

“下了药？”

“安警官一定知道影视圈里的‘潜规则’吧？不过，那不是标准的‘潜规则’，根据你们公安的话来说，应该定性为迷奸。那个电视剧，是李妍的‘大哥’，哦，就是金主全额投资的。根据圈里的游戏规则，她在组里应该是女皇一样的地位，李妍在校期间拍的几个电视剧都是这样的情况。那些导演、制片人都很清楚，自己不过是为她打工拍戏而已，绝对没有人敢于造次，去碰老大的女人。可就是这伙人，不知道是平日里嚣张惯了，还是坏事干得太顺手了，色胆包天，竟然浑到敢于对金主的女人下药……”说到这里，“宝钗”掩面而泣。

就在安力为有些不知所措之时，身后的千行无声地走上前来，将几张面巾纸递到“宝钗”手里，然后回到座位，继续打他的僵尸。

“谢谢。安警官，真不好意思……”“宝钗”擦干眼泪，平静了一下心绪，继续道，“那伙浑蛋最后的下场也很惨，后来再没在圈里出现过，也许是跑了，也许已经被人弄死了。不过，李妍也从此在圈里消失匿迹了。两年后，她就成了‘大观园’里的‘妙玉’。”

“她的经历，确实……”安力为一时间想不起用什么合适的词汇来形容。

“安警官知道，‘伎’和‘妓’之间的区别吗？在古代，‘伎’和‘妓’是两个完全不同的职业。哦，只是这样说可能有点不容易搞懂。在日本，现在还存在着艺伎和歌舞伎，这两个称谓都是从中国传过去的，概念上比较接近。‘伎’以歌舞、才艺为生，‘妓’以卖身为生。我们现在所处的职业和境遇，就是‘伎’。我理解的李妍，是像苏小小、李师师、董小宛那样的人。”

“李师师？”这些知识，显然已经超出了安力为所知的范围。他有点云里雾里。

“对。就像李师师遇见宋徽宗一样，李妍就是在这里遇见他的真命天子——荣应泰的。因为，这里和你们外人想象的都不一样，是真正的自由‘婚姻’。”

“自由‘婚姻’？”安力为觉得自己的头很大。

“这里和普通场所里妈妈桑硬性指定客人的方式截然不同，是小姐挑选客人的。如果小姐不同意，荣应泰是无法带走李妍的。那是‘爱’，她爱上了荣应泰，才会跟他走的。”

“爱？”安力为突然想起了一个关键问题，从纷乱的思绪中清醒过来。“对了。听说李妍除了荣应泰，还有一个小白脸。这是真的吗？”

“宝钗”微微一笑道：“连这都知道，不愧是警察。我也是不久前才听说的。李妍是有个小白脸，那是她跟了荣应泰之后的事，从她的脸上就可以看得出来。不过，那个人是谁，她连我也不肯说。至今为止，谁也没亲眼见过那个小白脸，只是传说。我相信那是真的，不过我觉得也没什么奇怪的呀。难道金主和小白脸之间，一定会拔刀相向吗？说不定就是可以和平共处呢。”

“共处……怎么会有这种事？怎么可能？”

“宝钗”看出安力为的不理解，也不正面争辩，依旧温文尔雅道：“‘伎’也是女人，最终还是追求正常婚姻的。我们很清楚，婚姻是金主不可能给予的东西。东方的绝大多数男人，是不会为了爱情，放弃已然拥有的事业和名声的，剩下会这样做的少数男人，就只能是糊涂蛋了，我们也看不上。这就是我们理解男人和自己之间关系的方式，也是我们和妓女之间最大的区别所在。我们更懂得，有些东西，不是金钱可以替代的。”

“我能理解。那么，关于那个小白脸，真的没有一点线索吗？”安力为关心的是这个。

“不可能有的，”“宝钗”摇摇头，“李妍异于常人的地方还有一点，就是她的思维极为缜密。她不想让人知道的东西，就不会吐露半点口风。不过，荣总好像知道的……”

“你说荣应泰知道？他知道那个小白脸的存在？”听到这里，安力为显得有些激动。

“‘知道的’。我曾经有幸见过荣总一面。没有什么秘密可以逃过那双眼睛的。不过，李妍告诉我的时候，也只是说了这三个字，很平静，听上去并没有发生过什么令人不快的事。”

第三节　新形势下的小三

从庭湖一号的“大观园”回来，安力为显得很兴奋。虽然提供线索的人认为李妍有小白脸没什么可奇怪的，但安力为作为警官，思维角度自然不同。他认为调查这个小白脸的身份，可能成为李妍这条线的重要突破口。

这次，安力为准备采取更大的主动权，以协助调查为由，将李妍请到厅里的会议室进行盘问。会议室不是审讯室，所以这样做并不违规，却可以对被询问者形成一定的心理压力。安力为知道，在获得有力证据之前，他是不可能申请到针对李妍的搜查证和拘捕令的。这种做法通常被刑警们戏称为“上手段”。在文明执法的今天，像改革开放前那样严刑逼供的“上手段”在省厅和市局早已绝迹了，现在的所谓上手段其实连打个擦边球都算不上，效果却奇佳。

本以为一定会被严词拒绝，没想到这一次李妍却出奇地配合，一副愿意做个协助警方的良好市民的姿态。这大大出乎安力为的意料。

调查询问安排在四楼的会议室。这个会议室平时用得很少，里面陈列简单，东西也不多，搬走了桌椅之后显得多少有些空旷，说话还会有点回音。另外，四楼的空调不知什么原因特别卖力，温度比较低。安力为认为这都是对人进行逼问的良好环境。

根据刑事心理学的研究结论，人在封闭而空旷的屋子里会产生无助感，而室温低于习惯温度的话会令人产生恐惧心理。

询问仍由王亮和安力为来进行，一来都曾见过面，必要的时候容易回旋，二来王亮看上去很不好打交道，对人会形成一种无形的压力。

第二天下午三点，李妍准时走进了省厅大楼。

王亮打开笔记本，与安力为对视了一下，开门见山道："你好李小姐，我们又见面了。知道为什么请你来吗？"

李妍看一眼二位警官，笑道："这个……该你们告诉我才对。请问吧，我既然来，就会认真对待。不过……如果是和上回同样的问题，那么我已经回答过了，就请不要再重复。"

"好。请问十一月十四日，也就是昨天凌晨的一点到三点，你在哪儿？"

"在家睡觉。我的起居时间，上回已经当面告诉了你们，昨天也没有例外，我在睡觉。哦，对了，补充一点，没有人能证明，因为用人也在睡觉。"

“也就是说，这个时间，你和用人都在家？”王亮说了一句废话。李妍的回答听起来极其坦率，言简意赅，像一记快拳，令王亮觉得有点难以接招，没马上想好接下去该问哪句。

李妍嘴角再次露出略带轻蔑的笑容道：“你……不是一直守在我家门口吗？这个问题还用得着重复吗？”

这句话令王亮蒙得更彻底。

他和安力为都没想到，警方行动有素的暗中蹲点，竟没能逃出区区弱女子的一双明眸。王亮不知道对于眼前的对手来说，这意味着什么。

在拳坛上的两个斗士，如果一方在开战前对另一方的拳法路数了如指掌，那么，这场比赛就是完全不对等的，不会超过两个回合就会结束。

假如是在战场上，那就意味着这不是战斗，而是屠杀。

这个谜一样的女人，究竟是不是充分掌握了警方的行踪，才会变得如此胸有成竹呢？

双方一阵沉默。偌大的会议室显得愈发空旷。

安力为开口了：“对了，你认识光复叔吧？”

“当然。荣总的管家。”

“他死了。”

“知道。荣总告诉我了。”

“据你了解，光复叔是个怎样的人呢？”

“不好意思，光复叔只是个管家。对于荣府仆人的情况，我不太了解，也没这个必要。”

“你去荣府的次数不算少了吧，应该和光复叔有过很多接触吧？”

“我说了，他是仆人。没这个必要。说实话，我去荣府确实都需要避免和女主人进行接触，所以和光复叔也极少遇见。我和他几乎没有说过话。”

“是这样?！”安力为皱起眉头想了想，不自觉地从烟盒中取出一支烟叼在嘴边。

正要用打火机点燃，突然他意识到对面的是女宾，抽烟也许不妥，又将烟卷从嘴边拿开，略带歉意地冲李妍微微一笑。

李妍也露出笑容，坦然地从包里取出长长的女士烟，顾自点燃，悠然地吐出一口淡蓝色的烟雾。

安力为明白了她的意思，也点燃烟卷。

隔壁的房间内，房门被略微开了一条缝。一双眼睛，一直透过门缝，在冷静地观察着问答双方。

过了一小会儿，安力为猛然问道：“对了，谈到荣府女主人，我记得上回我们曾问过李小姐是否认识。那时，你说谎了吧？”

王亮感觉到了安力为的大胆进攻，眯起眼睛，全神贯注地紧盯着李妍的面部反应，期待着对手在遭到意外攻击之后能露出些许破绽。

李妍的眼皮微微一颤，但旋即恢复了正常。她抬起眼，正视安力为的眼睛，毫不畏惧。

李妍掐灭手中的烟卷，温文尔雅地开口道：“是的……我是撒了谎。”

“为什么？”安力为步步进逼。

“没有必要。因为和案情完全无关，我认为没有必要将这些说出来。如果因为这个安警官指责我撒谎，那么我道歉。但是……如果安警官怀疑我和荣夫人被害一案有关的话，那么我只能说，你们浪费时间了。”

“是吗？”安力为的眼神愈发冷峻。

“是的。”李妍的神情却丝毫没有退让。

双方又这样对峙了几分钟。

偌大的会议室显得愈发空旷，阴森之意顿生。王亮忽然想起了“杀气”这个词。如果在武侠小说中，这样的场面气氛应该被称为“杀气”吧。

“看来，李小姐很自信和本案无关？那么，你的地下恋人呢？你有足够的自信说他和本案无关吗？”

“完全无关。”

王亮略感胸闷。面前压抑的气氛，就连这个身强力壮的年轻刑警都感到有点难以继续。

安力为也停顿了半分钟才继续说道：“既然和本案无关，不妨告诉我们他是谁，也好让警方彻底排除他的嫌疑。”

李妍冷冷道：“没有必要。既然无关，我没有责任说出来。这是我的私事。难道安警官不这样认为吗？”

安力为一时语塞，又停顿了一小会儿，突然道：“荣总知道他的存在吧？”

李妍轻蔑地看着面前的安力为与王亮，嘴角带着笑意。“如果两位警官没有和案件有关的其他问题的话，我就要走了。今后还有别的需要，欢迎你们随时来我家，多少次都没有关系，最好不要再让我来这里。”

“那好吧。谢谢你的配合。”安力为只得作罢。

李妍起身，迈着优雅的步伐走到门口，突然停下脚步，轻轻说道："那事，荣总知道的。再见。"

窈窕的身影消失在走廊尽头。

安力为和王亮面面相觑，不知说什么好。这个女人最后说出的那句话，令他们陷入了深深的困惑之中。

"荣总知道？"许久，王亮蹦出一句自言自语的话。

"真是新形势下的小三呀！看来我们ＯＵＴ了。"安力为表情难看，有点自嘲地说道。

"我不信，说什么也不信。哪有这样的事情，傍家明知道小三养了个小白脸，会无动于衷？"

"很难说呀。不过这很简单，晚上我就会找到荣应泰，证实她的话。"安力为冲着隔壁的门缝喊了一句，"千行，出来吧。"

门纹丝不动。

王亮上前打开门，隔壁屋里空荡荡的，后门被打开，却不见了千行的踪影。

王亮看着走廊的另一头，搔了搔头皮。

第四节　流淌的琴声

千行站在办公大楼的大门口。

他在静静地等待着李妍下楼。安力为的问讯结束之前，他就在小黑屋里做出了一个决定——亲自接触一下李妍。在安叔开口之际，千行已经料到两位警官将毫无斩获，因此决定亲自上阵，只是他现在还没想好应该如何开口。

犯罪嫌疑人李妍为什么会接受一个毫无执法权力的小屁孩的访

问呢？这是一个问题。在李妍下楼之前，他必须给出一个理由。

事后，好奇的安力为和王亮都问起李妍能自愿接受千行访问的理由，双双对这个天才少年的临场应变能力竖起大拇指。

安力为问："你到底是怎么做到的？"

千行坦然道："直说。"

"直说？"王亮不太明白。

"对。就告诉她我是江南一中少年推理社的穆千行，现在正在协助警方破案。刑警安力为是我的叔叔，所以……"

"怎么可能？哈哈，除非她脑子进水了。这么厉害的女人……"王亮把自己的脑袋摇得和拨浪鼓一般，怎么也不相信。

"是什么让你打动了她呢？"安力为若有所思地问道。

"好奇。"

"嗯……嗯！有点意思。"安力为似乎意识到了什么。

王亮则完全不明白。

"是好奇。比起我想知道的答案来说，李妍对我一个小屁孩为什么参与破案，有什么本领敢称自己能帮助警方，更加好奇。"

"原来如此。"

"这只是其一。其二，警方的盘问，被视作犯罪嫌疑人，无论对谁来说都是很烦人的事情。只是因为你们采取了一种高压的态势，她才会保持对抗的本能反应。其实，有谁不想撇清和自己本来无关的嫌隙呢？而我，一个小孩，刚好是一个不错的桥梁。"

安力为和王亮彻底服了。

复杂的心理学理论课程，有时还不如人与人之间直接的心灵感知。安力为明白，千行是准确、直接地感知到，并且牢牢地抓住了李妍的心理需求。

走出公安厅大门半小时后，李妍和千行面对面坐在了湖畔居会所的高级咖啡座。

就像千行形容的那样，高傲的李妍完全被眼前这个面目清秀、文质彬彬、略带书卷气，声称自己是“推理师”的神秘少年深深吸引住了。

能令李妍眼睛一亮的人，在世间委实不多，况且千行不仅仅是令李妍感到好奇而已，无论是他富含深意而与年龄迥异的眼神，还有身上特有的神秘气息，都深深地令李妍感到惊异。因此，她几乎丝毫都没有考虑，就接受了千行的采访。一贯行事理性的李妍事后也觉得诧异。

夕阳已经西斜，金黄色的余晖透过临湖的玻璃窗格，错落有致地洒在咖啡座间的木地板上，令整个空间显得富有生气和诗意。

咖啡座里除了零星的几个空座，几乎已经满员。但因为来这里的客人素质很高，大家都用谨慎的小声彼此交流着，所以并不吵闹。放置在一边的白色三角电钢琴正在自动地演奏着肖邦的《二十四首练习曲》。悠扬的琴声与低语的人声相得益彰，构成了令人惬意的音节律动，再加上斜阳和湖上吹来的微风，别有一番情致。

这就是李妍经常喜欢傍晚来这儿喝咖啡的原因，同样，也是邀请千行来这里的原因。除了荣应泰，她再没有带别人来过这里，千行是第二人。只有懂得这番风景的人，才配来这里，和李妍一起共赏。

说不清为什么，就在千行开口的那一瞬间，李妍就想到了带他来这里。她认为千行是懂的，懂得这里的世界，懂得她。

一曲终了，李妍先开了口："尽管问吧，千行。"

人与人之间的交流，随着经济的发展变得日益复杂而程式化。大多数的人，手机的电话簿、QQ、微信群里不少于三百个号码。他们每天说着假话，编着各种故事，扮演着八面玲珑的角色，来回应付各种交际场合，只因为他们始终认为，那是必须的。为什么必须呢？只是因为别人都在这样做。他们并不真正明白自己为什么要这样做，甚至不明白自己要什么，而仅仅盲目地复制着他人所谓成功的行为。

但即使在这样一个虚伪的环境中，还是存在着一些"简单"的人，"简单"的人际关系，比如李妍与荣应泰，安力为与王亮。他们彼此的相识相知，都"简单"得不能再简单了，或许是一句话，或许只需一个眼神。

李妍对千行亦是如此。只一瞥，就懂了。初识，她就自然地称呼他为"千行"。

"今天和安叔说的，应该都是真话吧？"千行直视李妍的眼睛。

"是的。"李妍的眼神清澈如水。

"关于……地下恋人的事情，真的一点都不愿说吗？"

"因为和案件没有关系。不过，如果你想问，我不会隐瞒。"

千行的嘴角露出一丝笑容："我想不必了。"

在千行对李妍展开询问的同时，安力为已经驱车来到了荣府，因为他收到了千行发来的短信。上了李妍的车之后，千行发短信向安力为说明了离开的原因，并提醒他应该立即前往荣府，向荣应泰证实李妍的陈述。

听说千行上了李妍的车，安力为还是比较紧张的。他有点担心，所以立即安排技术部门追踪李妍的手机信号，并派王亮在暗中进行尾随监视，从而保护千行的人身安全。

在安排好了这些之后，安力为动身前往荣府。

这回，荣应泰没有回避李妍的问题。但是，结果却令安力为大跌眼镜。

“没错。那事我知道。”荣应泰做出了正面的回答。

“知道？那个小白脸……”安力为很惊讶，一时反应不过来。

“对。虽然我并不认识他，但是，李妍还有个恋人，感情也很好，我确实是知道的。”

“你……不生气？”

荣应泰笑了：“我为什么要生气？李妍是我的情人，这是我的自由，她也有她的爱人，这也是她的自由。很奇怪吗？”

“那……倒不是……况且，尊夫人曾经打过李妍，这事……”安力为有些语无伦次。

“我也知道。上次我就说过，李妍是清白的。”

“那……”

“确实，我这样说，可能你并不明白。那我解释一下吧。李妍是我的情感寄托。我很感谢她，弥补了我婚姻与感情的不足与缺失。当然，这些也是用钱换来的，但并不是像你想象中那种赤裸裸的金钱与皮肉的关系。我和她，并不是嫖客和妓女，说傍家与小三吧也可以，不过我喜欢用‘知音’这个称谓。我这样说你能明白吧？”

“知音？”安力为点点头，但显然还一知半解。

“相对于性爱，她所给予我的情爱，对我来说更为重要。很多事情，是只有局内人才会知道真正细节的。你试过没人能够和你讲真话的境遇吗？试过没有对象可以倾诉真情的窘境吗？李妍给了我这些。相对于得到的，我付出的那些金钱，实在是微不足道。有时候，李妍甚至是我的避风港。只有在她怀里，我才能睡上一个踏实觉。这不是那些只想和女人上床的野兽能懂的。不过我想，你是明白的。”

“是的，我懂。不过，难道你没有想过，另一个恋人的出现，会从你的手中夺走这一切吗？你历来以强势著称，怎么可以容忍……”

荣应泰长吁了一口气：“容忍？不必。老安哪，李妍之所以能成为我心爱的女人，正是因为我把她视作一个女人，给予她一个女人应有的尊严。我不会永远霸占她的青春。她应该和真正的爱人结婚生子，而不是和我这个糟老头子永远在一起。事实上李妍也不是为了钱和我在一起的。她爱我。当然，她也爱着那个人。我衷心地祝福他们可以最终走到白头偕老的那一天。我记得，自己曾经和她说过这样的话。是的。自古红颜多薄命，我希望李妍将来能有一个幸福的家庭，不再过从前颠沛流离、强颜欢笑的日子。”

“祝福……他们？”虽然解释得很清楚，可安力为还是转不过这个弯来。

“荣应泰呀荣应泰，你究竟是个怎样的人呢？”看着眼前的老友，安力为心中暗自问道。此时，他觉得这张曾经熟悉的面孔，瞬间变得那么陌生，那么难以琢磨。

“荣总，是个怎样的人呢？”咖啡厅里，千行也问了同样的问题。

“睿智，铁腕，统揽全局。他是少有的爷们儿。无论多大的困难和艰险，都会在他的面前化为乌有。”

“你爱他？”

“是的。我很迷恋他身上那种强大的气场。”

“但同时你也爱着别人？”

李妍的腮边泛出红晕：“是的。因为我知道不可能和他共度一生，拥有合法的婚姻。这是每个女人的夙愿。请原谅，我是个过于理性的人……我只是……只是很迷恋荣总……”

“谢谢你告诉我这些。你没有把我当成一个孩子。”

话已经问完。千行此时心如明镜。

李妍会意地微微一笑，站起身，和服务生轻声低语了几句，走到白色三角钢琴后，缓缓坐下。

一道白色的追光亮起，正好射在钢琴的表演区域。四周立即显得暗下来。

李妍抬起头看着千行，稍稍思考了一下，抬起修长的双手，开始了演奏。

“当——”随着乐曲的扬起，四周的客人几乎同时停止了私语。全场顿时安静下来，只有高亢又顺流而下的旋律，在空气中徜徉，跌宕。

明朗的曲调，悲切而奋争的情绪，深深地吸引住大家，也深深地吸引住了千行。

那是波兰作曲家肖邦的《升 F 小调波罗乃兹》。

千行轻轻放下咖啡杯，用右手掌根撑着下巴，食指和中指夹住鼻子，侧耳倾听，全神贯注。

全场的客人都转过头去，睁大了双眼，注视着这位美丽而神奇的演奏者。活力四射的节奏，刹那间便征服了听众的心。

晶莹剔透的十指，在黑白的琴键上灵活跳跃。

随着身体的律动，翩翩长发在美妙的音节之间飞舞，音乐和身姿相得益彰，在光与影之间，构成了一幅人间罕见的油画。

强烈的追光照耀下，空气里纤细的粉尘仿佛通了灵性，跟随着旋律上下舞蹈。生命的律动，充满了每一个寂寞而黑暗的角落。

琴声愈发激扬，在一步一步将主旋律推向高潮之后，戛然而止。

曲终。

演奏者的身体却依然保持在高潮部分的那一瞬间。

时间凝固了。空间凝固了。

白色钢琴与李妍浑然一体，宛如一座名师的雕塑，形成了一道令人仰止的风景。

“Bravo——”①

许久，人群间才突然有人缓过神来。

全场掌声雷动，经久不息。

钢琴后，仍然端坐的李妍微笑地看着千行和大家，点头致以谢意。

千行一样奋力地鼓着掌。显然，大伙深深地受到了音乐情绪的感染，良久都难以回到现实中来。

追光下，李妍慢慢低下头。

大伙逐渐安静下来。他们明白演奏者将进行再度奉献，纷纷屏住呼吸，等待着那神奇双手的缓缓落下。

《降 E 大调夜曲二号》。随着乐句的再度展开，千行心中暗自说

---

① Bravo：意为好哇，精彩。多用于音乐盛会的喝彩感叹词。源于意大利语，后通行于英语国家乃至全世界。

出了乐曲的名字。

他仰起头，闭上双眼，深吸了一口从湖上飘来的夹杂着淡淡荷香的夜风，任由那柔和而舒缓的旋律，如涓涓细流般进入自己的每一个毛孔，在全身的血脉中游弋、流淌。

第十章　线　索

人的出生本是一种异常。

——森博嗣（日）

第一节　推理的要素

“让我们整理一下，和荣家有关事件的先后顺序。首先是荣夫人叶淑娴在众目睽睽之下失踪；紧接着荣府就发生了灵异事件，据说此类现象的出现已不是第一次了；两天后叶淑娴以一种极其不可思议的方式被人推下高空杀害；又过了三天，荣府管家吕光复被人以熟练的方式斩首而亡。这一连串事件，究竟意味着什么？是什么力量在背后推动着一系列事件向前演变，演变的方向通往何处，又会在哪里停止？”

会议室里，专案组的核心成员正襟危坐。副组长贺言成开始了整体系统的案情梳理和分析。此次小会的参会人员仅限安力为、刘晓伟、王亮、夏军和杨坚等主力干员，贺科没有让其他警务人员参与，一来因为连环爆炸案使得一科的大部分警力都疲于应对，二来贺科和安力为也希望能在专案组的内部核心先确定案情的侦破方向。除了五名干员，小会还加入了一个新成员——穆千行。

一个初中生直接参与警方专案组的侦破工作，在本市是破天荒的，不曾有过先例。因此为了让千行加入，安力为在贺科面前费了不少口舌，希望专案组能把千行当作类似于高级犯罪分析师来对待，予以破格录用。贺科一方面认为安力为一定是脑子进水了，另一方面倒也觉得有意思。毕竟，这种怪事在历来不服权威的安力为身上是极其罕见的。于是，他事先安排了和千行的谈话。

“听安警官说，你已经破解了叶淑娴在电视台的不可能消失之谜？”贺科对安力为提到的这一点最为关注。

“我只破解了其中的作案手法。”

“那么，你不打算说出来吗？”贺科半信半疑。

“暂时不。”

“为什么？”

“因为另外两个要素还不具备。”

“要素？指什么？”

“凡推理，必须具备三个要素——‘Whodunit’‘Whydunit’和‘Howdunit’。翻译过来，也就是谁干的、为什么这么干和怎么干的。用警方专用术语，就是凶手、动机和手段。”

“不错。你的推理功底很扎实。大多数推理爱好者总是执迷于天花乱坠、夸夸其谈，往往忽视推理的实质和根本。而你不同。说下去。”刹那间，贺科已经从千行的脸上读出了作为推理师特有的气质，赞许地点头。

“我破解的，仅仅是手段。对于实施者是谁，为什么这么做，因为线索还不充足，所以有待进一步调查。”

“这样啊？！那么，你就不该在安警官面前扬言，已经破解了不可能消失之谜。用你自己的话说，还缺两个要素。”贺科判断这个小孩子出言非虚。多年的公安职业生涯，使得贺科练就了一双火眼金睛，没有人撒谎可以逃过他的眼睛。不过，他有意话中带刺，意图试探千行的抗压能力。

“是的。这是我一个偶发的小毛病，有时候会忍不住在全部谜团揭晓之前就提前宣布。我道歉。”

见千行一脸严肃，贺科笑了："不必道歉。这不是你一个人的毛病，而是大多数人的通病，连我们警察也一样。你破解了手段，就已经足够了，至于凶手和动机，是我们该做的事情。况且，我们在掌握了大量线索之后，也没能理出个头绪来。你已经超过了我们。倘若我们之间是在进行推理比赛的话，信息不对等，本来就不公平。"

"叔叔是不是已经几天没回家了？"

"嗯，干警们都出去调查了，总部需要有一个大脑人物来负责调度，应对突发情况。老安跟你说的？"

"不是安叔存心跟我说的哈。没有人跟我谈起过有关您的任何情况。"千行笑了。

"那……"

"您的白衬衫领子都冒油了，起码三天没换了。我不信您爱人会让您这样子出门。"

"原来是这样。不过，话说回来，你就那么确定我一定是结过婚的人吗？"

"您的儿子两岁。一般来说，孩子才两岁，还不会存在严重的家庭矛盾。也就是说，您的爱人很好。"

"咦，"贺科环顾四周，眉头皱成了一个小问号，"我的房间里没有摆放他们的照片啊！而你刚才说没人告诉你有关我的'任何'情况。那么，你是怎么知道这些的呢？"

"您门口没盖盖子的垃圾桶里，有一小块蛋糕。那是您儿子的生日蛋糕吧？对于一个成熟的刑警来说，垃圾桶可是探知秘密的窗口哩。"

"嗯，"贺科意识到了什么，却一知半解，"说下去。"

“如果我没有看错，那一小块蛋糕上，红色奶油标的是‘贺强’这两个字的半拉。‘贺强’这个名字，总不会是女孩吧。蛋糕盒标明的生产日期，是三天前。也就是说，那天您本来要回家给您儿子过生日的，可因为公务繁忙而没能做到。于是，您就把蛋糕分给了干警们，自己只留了一小块，可您没有胃口吃它。应该是因为办公室里的空调温度太高，导致蛋糕起了霉点，被您随手扔进了垃圾桶。”

“那你怎么知道我儿子只有两岁呢？我都五十了。根据我的年龄推测，我的儿子怎么也应该有十几岁了吧？”

千行又笑了：“正常情况下应该是。不过，刑警的婚姻总是比一般人晚一些，因为他们总是很忙。”

“即使如此，可两岁……又是从哪儿得出的结论呢？”

“虽然你扔了蛋糕，但两支蜡烛还端端地放在那张茶几上，杯子的旁边，一红一绿，很明显。垃圾桶里没有蜡烛。如果有其他蜡烛被您扔掉了的话，应该也在垃圾桶里。您没有理由特意把它们扔在别的地方。这说明生日蜡烛只有两支而已。一般来说，蛋糕店老板会给您一大把蜡烛而不是吝啬到只给两支。除非，您特意告诉他，您的儿子只有两岁，只需要两支蜡烛就够了。”

“嗯，不得不承认，你的观察力确实不一般。或许，要超越你的父亲。欢迎你的加入。这样，我们就可以公平地进行比赛了。”

对贺科性格颇为了解的安力为事后怎么也想不通，为什么短短几句话，贺科就轻易地接受了千行，使得他为此准备的一堆理由都没能用上。仅仅是叮嘱一定要确保千行的安全，不让他参与危险的工作，贺科就爽快地答应了安力为的请求。老安知道，贺科和他一样，是从底层兢兢业业，凭借着实力和功勋干到一科副科长的实干型警官，眼里从来不揉沙子。他能够神速地接受千行，只能说明千行确实与众不同，而且人手不足的专案组现在也委实需要这位天才的帮助。

想到这里，安力为不由得露出了会心的微笑。

"……下面汇总一下，咱们已经掌握的线索。老安，你们先来吧，然后老夏再做补充。"

安力为站起身，翻开笔记本，娓娓道来：

"第一，两桩杀人案均可定性，不存在自杀的可能了。凶手对皇冠大厦和荣家的内部环境与结构可谓非常熟悉。在叶淑娴被害一案中，明显系有人故意制造不可思议的事件，而且凶手和叶淑娴双双越过了大楼的监控，凭叶淑娴一人是不可能完成的。吕光复明显系被高手割头而亡，没有自杀的可能，而且凶手还越过了凶猛的藏獒，初步判断是可以自由进出荣府的人。

"第二，叶淑娴死前曾发生过不可能的消失。基本可以确定，消失事件与后来的遇害存在必然联系。

"第三，在叶淑娴死亡前后，荣家曾发生过两次匪夷所思的灵异事件。第一次是在九月十日，第二次是十月十日。据荣家人回忆，出现的亡灵酷似多年前已经死亡的、叶淑娴父亲叶启德的形象。可以判断此系有人刻意为之。

"第四，在发生灵异和杀人事件的同时，有人故意使用同一纸条撕成的三段，于现场留下数字线索，将它联系起来判断，该数字应为 π，也就是圆周率的无理数列。据荣应泰本人猜测，应该与多年前病故的、具备数学天才的叶启德有关，疑似某种寓意或暗示。而且这个行为存在两种可能，一是协助破案，二则相反，是混淆视听，阻挠破案。

“第五，大约叶淑娴遇害或灵异事件出现之前，在荣应泰置放收藏品的玲珑屋内，出现了阿基米德杀人童谣，其描述的内容与案件事实惊人相似，因此怀疑为凶手的杀人预告，或是预测到杀人事件的人提前做出的某种暗示。前者的可能性更大。

“第六，据荣应泰讲述，死者吕光复自己年轻时曾做过魔术师，因此精于刀术。这一条线索不知道是否有用，权且也记录了下来。我总隐隐觉得，他的被斩首，一定与其擅长的刀术有关。例如可以这样想，是否这意味着，是凶手对他刀术的挑战或者鄙夷。当然，这一点也许并不重要，只是我个人的直觉而已。

“第七，根据女仆人小梅的陈述，荣应泰的小三李妍与夫人叶淑娴之间有仇，甚至在公众场合也发生过直接的肢体冲突。这一点，后来我在荣应泰次子荣俊旭的口中也证实了。可以认定，李妍存在充足的杀人动机，而且无法提供两个案件发生时不在现场的证明……”

听到这里，贺科插问道：“两桩案件，她都没有不在场证明吗？”

安力为肯定道：“这一点确实无误。”

“好。继续吧。”贺科皱起眉，点了点头。

“第八，根据李妍从前的同事讲述，李妍暗地里有个小白脸。而李妍本人却拒绝向警方透露其身份，且特意声称，此人与案件无关。后来据荣应泰讲，他不但知道而且认可这个小白脸的存在，还祝福他们的爱情。这其中疑点重重。首先，李妍的态度很可疑，尤其是强调此人与案件无关，再者，荣应泰的态度更奇怪。试想，有这样好脾气的傍家吗？被戴了绿帽子还祝福人家小两口。我敢肯定其中必有蹊跷，荣应泰绝不是这样的人。

“下面，老夏来说说外围的线索吧。”

夏军点头道：“好。那我就接着老安的排序往下说吧。在荣家的外围，可能存在作案动机的，目前有三个人——华郯控股的董事长华鼎坤，星茂集团的董事长李星茂，以及东野建设的董事长缪东野。

“第九，华郯控股董事长华鼎坤，是在华东地区少有的、实力与荣应泰最为接近的商业劲敌，虽然现在华鼎坤仍不及荣应泰，但其背后，怀疑有华尔街金融大鳄撑腰，未来的企业实力可能还要壮大。华鼎坤曾在庭湖开发弊案上与荣应泰结下了梁子，这其中关系背景复杂，我就不一一细说了。值得注意的是，华鼎坤为人出了名的寸土不让，与荣应泰同样心狠手黑，又有强大的资金后盾，对于庭湖开发案一定耿耿于怀，卧薪尝胆，试图报复。也就是说，存在报复的可能，同时也具备对抗荣家的实力。但由于这条线涉水太深，目前我也只能先从局部的调查开始。鉴于目前人手不足，我有个两手准备的计划，一打算先利用工商、税务等朋友的关系，搜索有关华郯控股商业犯罪的漏洞，以此作为突破口，建立展开调查的理由，二是安插卧底进行慢慢渗透，由内而外挖开他的黑色根基。虽然华郯外表上看起来坚冰一块，不过直觉告诉我，我们终究会有所收获的。

“第十，星茂集团的李星茂，一直是叶淑娴最密切的商业伙伴，有迹象表明，他与叶淑娴旗下的空壳公司舜华集团，多年来有频繁洗钱和做假账的嫌疑，因此两人之间，存在经济纠纷和为掩盖黑幕而杀人的可能。我已经让工商的朋友查询星茂的烂账，等抓住了把柄，就展开调查。

“第十一，东野建设，是庭湖开发案的承包商，据调查，这家公司外表光鲜，其实，不过是荣应泰属下的马甲公司。董事长缪东野，就是因庭湖开发一案事发而跑路的。我认为他和荣应泰之间，存在当年因庭湖案发而产生纠纷，现在回来报仇的可能。当然，也存在缪东野早已被灭口，亲友为其报仇的可能。我询问了当年负责缪东野案的警官，此人之后再也没有出现过。杨坚已经调取了他的有关资料。不过，这条线索我们几乎无从下手，更没有充足的警力再去追逃，只能注意而已。我自己的直觉是，可能性不如前二者。或许这是条废线。

“我了解的线索，基本就是这样。老安，你刚才进门前提到，在本案中产生了两个矛盾，现在说说呗。”

安力为道：“这个嘛……小刘，你来说吧。”

小刘一板一眼道：“好。矛盾一，到目前为止，除了情妇李妍之外，在荣家内外，尚未发现明显的其他犯罪嫌疑人。但是，就两桩案件和两个诡异事件的情形和联系来看，凶手如果没有荣家内部人员的协助与配合，是绝对完不成这一系列事件的。这是案情分析中存在的、最大的矛盾所在。

“矛盾二，根据法医鉴定报告，吕光复的死亡时间在凌晨一点到两点之间，但据荣俊旭的目击证言，在两点五十五分看见过吕光复走出房屋。这两者互相矛盾，存在近一小时的误差。后经法医再次鉴定，仍然维持原来的，一点到两点之间为准确死亡时间的结论。那么荣俊旭所说的，是谎言、误导，还是什么原因造成他记忆模糊，有待于我们进一步的调查核实。

“另外，我再补充一条线索。我曾经听女仆小梅说过，叶淑娴有个弟弟叫叶丰盛，目前在韩国首尔，而荣应泰也有个弟弟叫荣启泰，一直在海南生活。我接着向其他人打听。荣启泰好像和哥哥的关系处得不错，没听到有什么矛盾，只是两人天各一方，很少来往。而关于叶丰盛，荣家大少爷俊赫谈起他的出走韩国，据说是因为在父亲叶启德死后被叶淑娴侵吞了大部分家产，因而愤然离开的。我追着问，那是不是意味着姐弟俩有仇，荣俊赫却摇头说不敢肯定。”

众人面面相觑，脸上露出兴奋的神采。

“很好小刘。这条线索不能忽视，应该继续查下去。有必要的话，我从爆炸案那边再把大龙调过来，去一趟首尔，在韩国警方的协助下调查一下这个叶丰盛。现在，我们就嫌疑人统一一下意见吧。老安，还是你来说吧。”

安力为说道：“第一嫌疑人——李妍或她的小白脸。动机可能是报复，或是从荣家谋取利益。

“第二嫌疑人——华鼎坤。动机可能是报复，以及击败荣家。

“第三，叶丰盛。动机可能是复仇或夺回家产。

“第四，李星茂。动机可能是纠纷或掩盖黑幕。

“第五，缪东野。动机可能是纠纷。”

夏军笑道：“老安。刚听到叶丰盛的情况，就把他排到第三了呀？不过，我也是这样想。大家觉得呢？”

大家纷纷点头，一致同意。

“不过……”一个弱弱的声音在一角响起。

众人回头一看，原来是千行。

贺科笑道：“千行，不必有顾忌，直接说出来。畅所欲言。”

千行还是保持了他弱弱的声音风格：“还有一个人，权且可以放在未来的嫌疑人行列。虽然到目前为止这只是我的直觉，但策划一切的人……倘若真的是他的话，一切谜团都可以解开。”

“哦？是谁？”听到“一切谜团都可以解开”，安力为和大伙一样眼睛瞪得溜圆。他隐隐预感到，这小子今晚又要语出惊人了。

千行的发言果然不出他的意料。

“荣应泰。”

第二节 “孟尝君”荣俊赫

听到这三个字，众人猛然炸了营。安力为捧腹大笑，夏军和杨坚一起摇头，王亮和刘晓伟使劲搔着头。

只有贺科依然不动声色，稳坐泰山。

“说说，为什么？”贺科仿佛感到什么，对千行的提议产生了浓厚的兴趣。他冥冥中觉得这似乎……但一时间又不知该如何进行思考。此刻，他迫切地想知道答案，找出在自己的潜意识里和千行相通的那些意念。

千行若有所思地说道：“我知道这样说，看来有点不合情理。只是……为什么没有人敢于把荣应泰当成嫌疑人呢？根据已经发生的四个事件所需要具备的条件来分析，条件最为充足的，恰恰是荣应泰自己。”

贺科皱起眉头道：“可是……”

“是的。虽然从动机上看可能性不大，但是不是有什么我们无法获知的原因呢？当然，这只是设想。”千行答道。

安力为和夏军迅速对视了一眼。这两个经验丰富的老干警还是敏锐地捕捉到了千行新设想的破案价值。

“说下去。”贺科深吸了一口气。

“四个事件当中，对皇冠大厦和荣府两个作案场所的环境，荣应泰可谓了若指掌。而电视台属于公众场所，荣应泰想要熟悉那里的环境也可谓轻而易举。至于时间上，只有叶淑娴蒸发和被害事件，荣应泰在哪里尚未了解，其他的两个时间他都在家中。”

安力为打断千行：“不，不对。灵异事件出现的时候，荣应泰就在我的身边，根本没有离开过。怎么可能……”

“在你的身边，就不能操控事件的进行了吗？真的是这样吗？”

千行的一句话，令所有在场的人顿时哑口无言。

确实，在推理小说和现实中的案件里，能够在警探的眼皮子底下，照样利用障眼法偷天换日、控制全局的高手比比皆是。安力为也意识到，完全没有理由否定千行提出的可能性。

“但是，他为什么要这么做呢？”虽然理屈，安力为还是不服气。

“那就是其复杂的动机了，我们要努力去找到的东西。”千行不紧不慢地回答。

夏军开口了：“没错。我认为千行说得对。不能因为我们不了解，就产生思维的盲点。老安，你和荣应泰是多年的朋友，尤其要注意这一点。”

“嗯。看来，我得和荣应泰深入细致地谈谈了。”安力为道。

“不妥。不可打草惊蛇。如果荣应泰是凶手，那么他在事前一定进行过周密的计划，警方的每一步都在他的掌握之中。现在就直接和荣应泰摊牌，反而会陷入被动。”千行反对。

“那……”安力为看着千行。他理解千行的顾虑是对的。

“最好先接近荣应泰的家人。安叔你们按照警方的惯例出牌，而我可以打入荣家的内部。荣应泰不是说欢迎我随时去玩吗？这句话正好用上。对于我这样一个小孩，他难免大意。”

“不错。那么，我们该从谁开始呢？你有没有打算？”夏军问。

“有。荣应泰的大公子，被外人称作荣家‘孟尝君’的荣俊赫。这是前儿在现场勘查时，我从保镖周焘的嘴里套出来的。看得出，周焘对于大少爷几乎到了崇拜的地步。这个荣俊赫为人豁达，乐于助人，富有远见，又不像他父亲荣应泰那么霸道，很有亲和力，在商界的口碑很好，是一个如春秋时期孟尝君一样海纳贤士的少主，几乎毫无争议地被外界看作荣氏企业第一接班人。我建议安叔可以从这里开始调查，相信他一定会直言不讳的。对了，那条鬼魂像外公的线索就是他提供的。至于我嘛，最好和晓伟叔叔走进荣家，去旁敲侧击地接触那些难以打交道的人，等一有线索，再由安叔正式介入调查。”

众人感觉顿时如云开雾散般清明。“好。就这么办。”

听完讨论，贺科做了总结性发言：“鉴于两宗杀人事件和两宗离奇事件，都与荣家存在紧密联系，经上级领导研究，决定并案侦查。接下来，我会再调派一些人手，来充实你们的办案力量。至于专案组的名字嘛……我看可以定为荣家杀人事件专案组。有不同意见吗？”

千行举手道：“在已经发生的一系列事件中，出现了一个最为难解的神秘因素——π，也就是圆周率的无理数列。在数学范畴中，它象征着无限不循环的发展。直觉告诉我，事情还远远没有结束，将一直延续下去，而这个神秘的π，也将伴随着事态的发展，直到真相大白。如果我们提前解开了这个 π 之谜，或许就能解开所有谜团的谜底。因此我建议，将此番事件定名为—— π 杀人事件。”

说干就干，安力为当晚就拨通了荣俊赫的手机。两人约定第二天下午一点于湖心亭的茶室面谈。

那里四面环水，一览无余，有利于杜绝外界干扰，确保谈话的私密性。可以这么说，这里就是一个私谈的密室，一个由视觉形成的密室，因为两人的视线完全封锁了整个湖面，不留一个死角。

安力为还特意叮嘱荣俊赫，此次密谈关系重大，任何人都不能透露，就连他的父亲也不例外。没想到荣俊赫竟爽快地答应了，看来千行所说的“孟尝君”并非浪得虚名。

出于礼貌，第二天下午安力为和王亮有意提前了十五分钟到达湖心亭。

他们特别挑了一个视野开阔，能看得见整个湖面的位置，没想到刚坐下就听见一阵快艇的轰鸣声。一袭米黄色笔挺风衣的荣俊赫，随即出现在茶室门口。安力为下意识地看了一下手表，正好十二点五十。

原来，荣俊赫是和安警官出于一样的考量而提前到达的。多年来，他已经习惯了比约定的时间早到十分钟。这也是他总能给客人们留下良好第一印象的原因之一。

这是安力为与荣俊赫的第三次正式会面。以往进出荣府，荣俊赫只是趁安力为等候父亲的间歇随意闲聊而已，一直到事发之后，才有了两次正式的集体会面。只有今天，才是和这位为人称道的大公子进行两个人的正式对话。

安力为对此君的印象是，端庄俊秀，风度翩翩，笑容可掬，富有亲和力。

“怪不得所有人都喜欢他。果然是有如孟尝君的一番气度与风范。”安力为心中暗自点赞。

不仅仅是注重礼节，待人和蔼这些表面功夫，据千行所听到的消息，荣俊赫之所以能获得一致认可的口碑，其中有着深层次的原因。

虽然年纪轻轻，其实在业界已经流传着不少有关荣俊赫独特经营模式的传说。

他所经营的企业，刚开始虽也是由老爹的资金来完成最初的基础构建，但很快就以小博大，迅速崛起，着眼于网络交易平台、网络电商销售和新媒体开发等新型商业机构，如今已完全脱离地产、建筑等传统的应泰系企业模式。可以这么说，荣俊赫几乎已经去掉了父亲笼罩在自己头上的光环，正在建立属于自己的崭新王国。倘若用商业上的专业术语来形容荣俊赫的开拓思想，应该称为“去应泰系化”。

虽然目前为止，俊赫创立的几家公司尚不足以和父亲那庞大的航空母舰战斗群媲美，但毫无疑问，未来的前景是远大的。

另外，与父亲靠强悍能力和铁腕统治来经营与扩张企业的理念截然不同的是，荣俊赫靠的是礼贤下士，唯才是举。

在荣俊赫的新公司，职员之间的等级观念并不是用来维持公司结构体系的关键秩序。他们完成业务指标，更多的是靠员工的自觉和自爱。这使得每个员工都得到了其他公司缺乏的、多层次的成就感，也就造就了每个人前进的原动力，和对公司有如家庭的归属感。这是在如今的现代企业中极为罕见的。有经济专家将这一现象称为“难以实现的理想工作关系”。

当然，公司做到这种程度，除了荣俊赫对未来商业格局的变化，具有特殊的敏锐感和大胆的实践之外，也跟他的个人魅力是密不可分的。

多年来，他的旗下会集了一批富有活力和奇特想象力的年轻人才，而更多的人才，仍在源源不断地慕名而来。

与崇尚所谓精英的大多数企业家不同，荣俊赫团队中的成员起初在外人看来良莠不齐，像极了孟尝君三千门客中的“鸡鸣狗盗”之士。可奇怪的是，这些“鸡鸣狗盗”之士，其他企业中的废柴，在荣俊赫的领导下，却无一例外发挥出了超常的特质与能力。业界流传着荣俊赫常挂在嘴上的一句话：没有一颗钉子是真正的废料，只有不会物尽其用的无能师傅。

这，或许就是他会被称为“孟尝君”的原因吧。

第三节　密室中的交谈

在服务员泡上茶叶之后，安力为吩咐她不必再来服务，以免打扰他们，然后开始了询问。坐在一旁的王亮则拿出工作本进行记录。考虑到今天的问题可能涉及个人隐私，安力为事先嘱咐王亮只管记录，不得插话，以免冒犯了荣家的尊严。

首先，安力为询问了比较外围的华鼎坤、缪东野和李星茂三人的情况，遗憾的是荣俊赫对他们并不了解，只确定连父亲荣应泰也不知道缪东野失踪后的下落。自庭湖案发之后，此君就真正从人间蒸发了。

这都在安力为的意料之中。他明白荣俊赫对这三个人所知甚少。不过，这也不是他想问的重点。他想问的重点，是荣家的内部以及李妍的情况。

对于李妍，荣俊赫知道得也不多。

两人根本没有说过话，只是在荣府遇见过两次，也都是擦肩而过。而且对父亲的情妇，荣俊赫既没有好感，也谈不上讨厌，持完全无视的态度。

他所知道的，只不过是从母亲那里听到的抱怨，以及家人和仆人谈起过的话题。

“她和令堂有过正面冲突。这事确定是发生过的吧？”安力为问道。

“嗯。这是荣家人都知道的。”

“那么，你对李妍这人怎么看？就你看来，李妍杀害你母亲和光复叔的可能性有多大？”

荣俊赫微微皱起眉头想了一下道：“安警官这个问题有点勉为其难了。我和李妍根本不熟悉。不过……只说自己主观的感觉哦。我觉得可能性挺大的。毕竟母亲视她为眼中钉，还扬言要杀了她。如果只出于自身安全的考虑，一般人都会选择要一笔钱，然后离开吧。不过，如果是为了独占父亲的爱，那就另当别论了。她或许会选择铤而走险，杀掉对手。至少我知道父亲确实很爱她。怎么，安警官认为李妍就是凶手？”

“嗯。目前她是第一嫌疑人。”

荣俊赫平静地说道：“是吗？好。我会尽全力协助警方调查的。如果凶手真是李妍，我一定不会放过她。不过……有一点我不明白，她为什么要杀害和自己没有什么关系的光复叔呢？”

“这点有待警方进一步调查。不过，她和光复叔之间……真的没有关系吗？”安力为揪住话题，反问道。

“据我所知，两人应该是不存在交点的。李妍每次进府，都是父亲直接从后院开的门，根本不让光复叔和母亲知道。有一点情况您可能不了解。光复叔是外公的旧部，所以自然和母亲更为亲近。以往父母之间有了矛盾，无论大小，光复叔总是站在母亲这一边的，所以李妍进府，必定会有意避开母亲和光复叔。”

“那么有没有可能，光复叔是因为掌握了什么证据或者秘密，所以才被灭口了呢？”

“嗯。有道理。我倒没想过这点。”

“李妍可能有荣府内部的钥匙吗？”

“我想不会。可能是因为占地面积太大，房间又太多的缘故，父亲对家中的安全极为重视。即使我们做子女的，哦，也包括他自己，都只是拥有各自必要的钥匙而已，任何人不得私藏不必要的钥匙。全府上下，唯一拥有全部钥匙的，恐怕只有光复叔一个人了。”

“在吕光复被害案中，凶手最可能进入的，是后花园的东北小门和你们住处三进院的东小门。你认为李妍当晚有条件进入这两个门吗？”安力为不死心，仍然试图问出些许遗漏的蛛丝马迹。

荣俊赫努力思索着：“后花园的东北小门，应该就是李妍偷偷进府与父亲幽会的常用门，不过我想父亲是不会把钥匙交给她的。钥匙一旦流了出去，就有被再配的可能，父亲的心思极为缜密，一定不会疏忽的。况且，如果要从那里进入，就必须穿过偌大的后花园进入前院，然后绕一大圈，再进入四合院区第一重院子的仆人居住区，最后才能到达第二重，也就是我、俊旭和光复叔住的院子。这种可能性太小了。怎么说呢？对于凶手来说，这太危险了吧？随时都可能被发现。至于东小门，那只是个应急通道门，我都根本没见到它开过。而且，想要从外部进入这扇门，还得有人在内部放下吊桥才行，放下不常用的吊桥的话，我想还会发出很大的声音。那声音，在安静的夜里，应该会很响的吧？所以……"

"嗯。看来凶手如何进入之谜，暂时还不能解开呀！对了，你有个叔叔叫荣启泰，在海南是吧？"安力为见此路不通，便及时转向下一个话题。

"是的。他比父亲小两岁，不过很少有机会见到他。他不常来我家。"

"是不是因为他们兄弟间的感情比较淡薄，或者说有矛盾呢？"

"那倒不是。叔叔是在父亲的照料下长大的。父亲很小就开始工作挣钱，一直供叔叔读完大学。他俩的感情很深，或许只是各自的生意都那么忙，所以很少见面吧。不过，他们每次通电话时，听起来总是很关心对方的样子。"

"对了，我从没听你父亲谈起过你奶奶，难道她老人家已经……"

荣俊赫笑了："您想错了，奶奶还健在。您一定是奇怪，父亲那么有钱，为什么没有让奶奶在家里颐养天年，以尽孝道，是吧？"

安力为也笑了："是呀。这个……"

"因为奶奶已经进山修行，不问世事二十多年了。而且，她不允许我们去看她。也许修行之人，就应该跳出三界之外，斩断一切尘缘吧。记得读大学的时候，我对奶奶的去处非常好奇，就和俊旭一起前往探望，当时父亲也是很高兴地支持我们的，还派光复叔陪同我们一起前往。可是你猜怎么着。奶奶根本不见我们。结果我们就被两个小尼姑挡在山门外哭了一阵子回来了。”

“这也算是奇闻了。除了叔叔，你还有个舅舅叫叶丰盛，是吧？”

“那也是奇闻一桩。俊旭和小海都没有见过这个舅舅。母亲说，他一直在韩国的首尔，几十年也没有回过国。多年来他们姐弟之间曾有过书信的来往。几年前，母亲曾远赴韩国探望，但回来的时候好像并不高兴，也不和我们说发生了什么事。”

“那些信件可以找得到吗？”

“如果母亲没有扔掉的话，我想应该找得到。”

“很好。对于你母亲和舅舅之间的矛盾，你知道些什么吗？”

“是刘警官告诉您的吧？确实，母亲和舅舅之间有矛盾。这是在我快从大学毕业的时候，听光复叔谈起的。外公是突然间病发去世的，此前还没来得及留下遗嘱。他去世之后，母亲几乎继承了原来叶氏企业的一大半，不过由于她不懂经营，很快就交给父亲接管了，而留给舅舅的只是少数几个濒临倒闭的破公司。按照常理，舅舅才是叶氏的长子，理应成为第一继承人。所以，他应该是怀着一颗受伤的心远走他乡的。也因此，他再也没有回来。哀莫过于心死，恐怕用这句话来形容舅舅的境遇，应该很贴切吧！”

听到这里，安力为下意识地看了一眼王亮。王亮丝毫不落，认真地做着记录。

安力为继续问道：“舅舅恨你母亲吗？毕竟身为姐姐，这样做太绝情了。”

“没办法，母亲确实是那么跋扈的人。不过要说恨意的话，当年可能会有，可随着时光的逐渐流逝，那种恨意也会慢慢消减的吧？！毕竟是同胞姐弟，血液总是相通的，况且他们后来还在不定期地通信，我想舅舅应该不至于仍旧耿耿于怀，更不至于那么多年后再来杀害自己的姐姐吧！安警官也在怀疑舅舅的杀人嫌疑对吧？”

忽然被人看穿心理，安力为显得有些尴尬，赶忙岔开话题：“那……那倒不是。我只是不愿意漏掉任何一条线索。哦，谈谈你的家人吧，说个大致就成。从你大姐开始。是叫……荣熙真吧？”

“对。除了父亲之外，大姐就是家中公认的总管了。你别看她外表纤弱的样子，其实，她也是个非常能干的奇女子。家里的用度和人员、事务管理，都是她一人计划的。哦，顺便提一句，我母亲是不管事的，她嫌家务事太烦琐，而且即使管了，恐怕也只会更乱吧。大姐就不同了。她同时兼备了薛宝钗的亲和力以及王熙凤的管理能力。”

“是吗？我本来以为荣府是光复叔在进行管理。”

“光复叔虽然是管家，不过更多的，是执行大姐的计划罢了。大姐通常并不是在命令光复叔，而是以一种商量的口吻，来提出一个毫无争议的首选方案。每次都是那么妥帖，从来没有出过纰漏。”

“这倒真是没想到。她看上去更像林妹妹，呵呵。”

“要说像林妹妹的，是我二姐惠娜。她呀……可以称得上是世界上最幸福的人了吧！”

“最幸福？怎么讲？”

“二姐是个生活在韩剧和童话里的人。”

“韩剧和……童话？”安力为听得一头雾水。

“是啊！二姐从幼时开始就憧憬着童话般的梦境，到现在都没有梦醒，因为……我们都努力呵护着她，不会让她的梦出现丝毫的裂痕。她简直就是童话里的白雪公主、玻璃美人，最终嫁给了英俊帅气又矢志不渝的王子，还拥有只在韩剧中才会出现的最豪华奢侈的婚礼，以及世外桃源的美满生活。她眼中的世界没有纷争，没有险恶，永远是那么的美好，那么的梦幻。”

“真是另类呀！当今社会里，竟然还有这样的公主存在。”

荣俊赫微笑着：“这是用金钱和家人的爱营造出来的世界，只有荣家才做得到。”

“是啊！”

“三弟俊旭呀，是个坏小子。不过请别误会，我这样称呼他，并不是说他天生品行低下。三弟只是顽劣和叛逆罢了，其实我读书时也这副德行。除了大姐，谁说的话他都不会听的。母亲一直很娇惯溺爱他，所以他才养成了这么个脾气。”

“你父亲好像不太喜欢他。”

“其实，哪里真有父母不喜欢的孩子。不过是恨铁不成钢罢了。小弟俊海呢就是个孩子，又可爱又聪明，富有想象力，这点是其他孩子很少具备的。不过，我想您对小海应该没什么兴趣吧？”

安力为笑了：“是挺可爱的。郑浩和你二姐看上去很般配。感情一定很好吧？”

“是的。他们可说是天生的金童玉女了，一个‘高富帅’，一个‘白富美’。他俩是英国剑桥大学的同学，在学校时他们就是令人艳羡的情侣。婚后的几年中大家都看得出来，郑浩确实很爱二姐，含在嘴里怕化了，捧在手里怕掉了。二姐只有嫁了他，才能一直活在她的童话世界里。”

“真是个幸福的人呢。”

“还有林念祖，是我父亲的义子。他是我父亲属下企业的一名员工，可能是因为工作勤奋和特别能干吧，多年前父亲认他为义子。现在他几乎是父亲管理那些臃肿企业离不开的左膀右臂了。不过他进府比较少，自己在外面有房子，所以我们的接触并不多。我觉得他人不错，确实是块好料。我父亲用人眼光独到，凡是他看中的人，无一例外，现在都是荣氏旗下各大企业老总级别的风云人物了。”

“可以谈谈令堂和吕光复吗？”

“母亲生来就是个‘白富美’，出身豪门的大小姐，所以脾气确实比较坏，在外人面前架子很大，也不太讲理。夸她好的只有一类人，就是想从她口袋里把钱掏出来的人。不过，要说她有什么仇家的话，我还真是想不起来。母亲的本性其实并不坏，也从来不害人，因为她根本用不着害人。她的那个公司，说白了也就是靠父亲资金的不断注入，来养着让她玩的。恐怕是满足一下她的管理欲望吧。如果真的要把一个像样的公司交给她来管理，不倒闭才怪，因为她几乎没有什么经商头脑。至于光复叔嘛，没啥说的，人好，头脑又灵活。我们荣家的子女并不把他当作下人来看，而是有如对待长辈一样尊敬。”

“光复叔有仇家吗，或是结怨的人？”

“光复叔做管家几十年了，与外界打交道的机会不多，所以我想他不会有仇家的。”

“那么，在家里他跟谁有过矛盾吗？哪怕很小的，也请不要忽略。”

“我可以肯定地回答您，没有。光复叔为人很热情，对每个人，包括下人都很好，处理起家中日常的小矛盾来也很公允和妥帖，所以没有什么人会跟他产生矛盾的。他是个非常称职的管家。”

“他原是你外公的属下？”

“嗯，是原来叶氏企业的行政助理。外公去世之后，光复叔就进荣府做了管家，一直到现在遇害。”

“关于你母亲和光复叔的被害，你有什么怀疑的地方吗？”

荣俊赫摇头道：“我还……真是不明白为什么会有人要杀害母亲和光复叔。”

“你知道那个恐怖童谣的事情吗？”

“是的。家里恐怕除了二姐和小海，都是知道这件事的吧！虽然父亲下了封口令，但这样的邪乎事总是瞒不住的，况且此前那个‘鬼’还真的出现在我们的面前。安警官也不会忘记那晚的一幕吧？我想任何人经历了这些，都不能轻易地忘记。虽然理智上总觉得那一定是什么人，为了某种目的而装扮的，但它实在……实在是太像了……要知道我外公已经去世二十年了！或许真是我们荣家做了什么遭天谴的事情，这就是上天惩罚我们的预兆。”说到这里，荣俊赫的脸上露出恐惧的神色，仿佛那个“鬼”再次出现在眼前，此刻就坐在安力为和王亮的身边。

安力为似乎受到了感染，呼吸也变得急促起来：“是啊！恐怖……它……就在我的面前……像空气一般地……消失了……”

他继续举起纸片写呀写，
没发现已经走到了悬崖边，
粉身碎骨。

他继续在教学模型上搭呀搭，

忘记了那把刀还放在上面，

身首异处……

几乎是用一种带着哭腔的声音，荣俊赫悠悠地念起了这两段童谣。

“安警官，难道你不认为，这就是母亲和光复叔遇害情景的真实写照吗？可是……童谣的出现……是在事发前一个月……”

“这个恐怖童谣，想必就是凶手的杀人预告。”安力为渐渐平静下来，恢复了常态。

“你知道这首童谣的来历吗？”

“知道。那是关于阿基米德的传说。”

“对。那是一个有关古希腊数学家阿基米德的传说。阿基米德发现了浮力定律、杠杆原理，也是数学史上明确指出误差限度 π 值的第一人。罗马大将军马塞拉斯苦笑着承认‘这是一场罗马舰队与阿基米德一人的战争’，并扬言破城之后必然将他斩首雪耻。据说在罗马军队城破之前，他已经预测到了自己的死亡。”

“比我想象的还要邪乎！”安力为叹道。

“不单单是童谣，还有出现在现场的，那个充满邪恶力量的 π……”

“π？你怎么知道那是 π？”安力为几乎是喊的。

“父亲曾经让我一个人看过那第一张。那是 π 的开头部分。”

“你认为，这和你外公有关吗？”

“是的，我也这么认为。他是个奥数天才。”

“你的外公确实已经去世了吗？会不会因为某种原因，他其实还活在这个世上呢？”

荣俊赫用异样的眼神看着安力为："你怎么会有那么奇怪的想法呢？外公去世的时候，我已经虚岁五岁了。虽然小，但还是有印象的。外公活着的时候很疼我，所以当时我很难过。不会记错的。"

"有没有可能，当时躺在病床上的人，并不是你外公，其实是别人替代的呢？"

这个问题，听得王亮也云里雾里的，停下了手中的笔。

"怎么可能？外公住院前，脸上就有几十块老年斑。我那时候很爱摸外公的脸，几乎每天都这样做，外公也很乐意让我摸，所以对他的脸，我非常熟悉。如果换成是别人的话，哪怕化装得再像，我也一眼就能认出来。你知道，一个孩子对事物的判断，是完全依靠天性来感知的，所以绝对没有错。"

"嗯。你说得有道理。这只是我脑子里的一种设想，一种可能性罢了。请不要介意。"

"外公在二十年前已经病逝，这是千真万确的事情。安警官不必为此事纠结。"

安力为紧盯着俊赫的双眼，突然问道："这样问可能有点冒犯。可是……为什么你在谈到母亲的时候，并不显得悲伤，就好像在谈论一个与自己关系不大的普通亲戚，按理说，母亲被害，应该是痛心疾首的事。在谈到'母亲'或'凶手'等字眼的时候，应该有很强烈的反应才正常吧？可以你却很平静……"

荣俊赫的回答很干脆："因为叶淑娴不是我的生母……"

安力为和王亮面面相觑。

第四节　血缘的亲疏

“我的生母叫段小琴，曾是江南一带颇具人望的越剧名伶，听父亲说是因为生我时失血过多而故去的。”

“抱歉，勾起了令人伤心的往事。”安力为收回了锐利的目光。

“可能是由于血缘的关系，比起叶淑娴来，潜意识里总觉得生母才是真正的母亲。我想大姐和二姐都是这么认为的吧！她们和我是同母所生。不过在家里，我们还是把叶淑娴当作母亲来对待，一来毕竟有养育之恩，二来这也是荣家的家法和礼数。”

“看来血液的联系，还真的是任何别的东西不能取代的。”安力为叹道。

“不过……别看俊旭表面上还保持着他那副桀骜不驯的样子，我估计他心里，其实也是很难受的吧！毕竟后母生前很疼小海和俊旭的。”

“那么林念祖和郑浩呢？”

“林念祖对后母基本没有什么感情，本来就极少见面的，根本谈不上。至于郑浩嘛，倒是很悲伤，但为了避免感染二姐的情绪，他还得装出正常的样子。”

经过深思熟虑之后，安力为终于问出了那个问题：“最后问一个兴许不该问的问题。”

“没关系，请问吧。只要我知道。”

“荣总本人……有没有可能……和妻子存在什么矛盾呢？”安力为问得很谨慎。

一直低着头记录的王亮，此时也抬起头来，望着荣俊赫的脸。

显然，这个问题出乎荣俊赫的意料。他瞪着惊讶的双眼看着安力为，良久才开了口。

他歪着脑袋："您是……在怀疑父亲吗？您已经认识我父亲很多年了。怎么……可能有呢？虽然平时父母能够在一起吃饭和聊天的时间也确实不多，不过……要说矛盾的话，我这个做儿子的，还真是说不上来。"

"说不上来，究竟是……不想说？不能说？说不好？还是根本没有矛盾的意思呢？"安力为咬定青山不放松。

"夫妻之间，小矛盾、小口角总是有的。可是……父亲怎么可能是杀害后母的凶手呢？安警官这样怀疑，我怎么也不会相信的。"

"好的。我没有冒犯的意思，只是例行公事。警官的工作，就是怀疑一切。所有的人都问了，只剩下荣总没问罢了。"

"哦。"

不知什么时候，几缕阳光已经越过了茶室的窗棂，斜洒在面前温润的紫砂壶上，透出富有灵气的光晕。

荣俊赫塌下身子，靠在椅背上，抬头望向窗外。从下午的谈话开始，他一直保持着正襟危坐的姿势。

此时，湖面上已是一片嫣红，波光粼粼，令人心旷神怡。火焰般的斜阳挂在远处的群山上空，正在缓缓落下。

安力为举手看了一下表，这才发现他们居然谈了整整一下午。指针指向十七点。

"不好意思，耽误了你一下午。"安力为微笑道。

"是哦，公司是去不成了。不过没关系，但凡我帮得上忙的，请安警官不必客气，随时可以给我打电话。"

荣俊赫与安力为、王亮一一握手之后，起身下楼，登上事先开来的快艇离岛而去。

目送荣俊赫远去之后，安力为转过身，冲着身后一块接地的蓝印花棉布帘子大声喊道："出来吧。"

门帘一掀，千行从茶室的另一间走出来，脸上神采飞扬。原来，整个下午，千行一直在这里。

安力为与荣俊赫之间的谈话，他全部听得真真切切。

三人说着话，一同登上湖心亭的专用快艇，向着湖畔的停车场驶去。

回到办公室，安力为走到厕所，打开水龙头将手当作毛巾洗了把脸。下午的谈话虽然看似品茶般轻松，但对于询问的思路，分寸的拿捏，安力为的神经其实一直是紧绷着的。

洗完后，他只用手胡乱抹了一把脸，也不擦干，有意让水分留在脸上，肆意享受着水分挥发所带来的清凉。

"小心感冒。这小子，真是的。"一个洪亮的声音响起在不远处。

安力为举目一看，原来是从他身旁走过的科长黄建国。安力为忙点头致敬。

望着黄科高大的背影与三个跟随警员匆匆的脚步，安力为意识到那个连环爆炸案正弄得他们焦头烂额，应接不暇。若在平时，黄科一定会狠狠捶一下他的肩膀，然后跟他聊上一阵子。看起来这段时间，侦查一科的人过得都不轻松。

一阵紧急的手机铃声，将安力为从思绪中拉回现实。他忙用衣角擦干湿漉漉的双手，接听了手机。

“喂……哦，是俊赫，怎么……你说什么？你再说一遍！……好，什么都别碰，保护好现场，我马上赶到。”

令人惊讶而感到恐怖的事情，再次发生了。

荣应泰死了。

第十一章　玲珑密室杀人事件

先入为主，是推理的大敌。倘若你不能舍弃有色眼镜，那么你只能看到色片之下的世界；倘若你不能跳出井沿，那么你只能坐井观天。

——千行（中）

第一节　蒙娜丽莎的微笑

安力为怎么也无法相信自己的耳朵。

可这个电话是荣俊赫打的，不会有错。通过刚才的谈话，安力为对他坦荡的为人已然彻底信任了。就连不少涉及家中隐私的部分，荣俊赫都没有避讳，而是知无不言，有问必答。

然而，荣应泰是自己相处十年的老朋友，之前一起谈话的时候还好好的，怎么可能……

不妙！是"谋杀"。

这个单词，迅雷般闪过这位警长的大脑……

十五分钟后，安力为带着千行、王亮、刘晓伟，以及大批警员赶到了现场。

凶案现场在荣府后花园里的玲珑屋。

安力为第一次看到这么整齐的凶案现场。与其说是现场，不如说和平日里几乎一样。

家具、桌椅、摆设、茶具等都在本来的位置上。

栗木色的地板上一尘不染，屋内优雅的光线令人心情愉快，毫无凌乱的迹象，就连男主人也像往日一样坐在他书桌前的明代黄花梨圈椅上，保持着一种轻松自在的神态，脸上还带着微微的笑意。

与前日暗黑邪恶的气氛截然不同，今天走进这间屋子，安力为反而感到了一种宁静和安详。

安力为的记忆力不错，所以对屋里的陈设并不陌生。与上回看到的只有两点不同，屋里唯一的门被人撞破了，而男主人荣应泰一动不动，并没有向他打招呼。

因为他确实已经死了。

刚才法医当场证实了这一点。今天到达现场的法医，是亲自出马的老孟。尸体周围的空气中散发着淡淡的苦杏仁味道，老孟判断这是氰化物。

那幅写了恐怖童谣的书法作品依然挂在墙上，这恐怕是屋里唯一与整体气氛产生不和谐音符的元素了。然而不知为何，与上次看到它时内心产生惊惧的冲击力截然不同。今天它看上去是那么普通，仿佛突然间失却了强大魔力的法器，还原成一件平常的道具。如果不是那些邪恶文字依然故我，简直会令人忽略它的存在。

心里产生如此大的落差，使得安力为显得有些心神不宁。但他明白应该集中精力，对付眼前的侦查工作。

千行捏着下巴，神情专注地站在书法前端详着。比起荣应泰的尸体来，他显然对这幅字更感兴趣，连安力为叫他都没有听见。

“又开始摆酷和Sile了。”王亮小声嘟哝了一句。

二十多名警务人员正在来回穿梭，忙着取证、拍照，寻找细节和发现。

看了许久，千行才从恐怖童谣的书法收回了视线，开始环顾四周。他小心地避让着忙碌的警务人员，慢慢走到窗边。

玲珑屋是一座正方形的中式建筑，按照东西南北四个方位来建造的，除了正南方向是一扇双开木门之外，共有十四扇齐腰的木框格嵌玻璃的大窗户。

窗户是通过老式的木插销来上锁的，每个插销还有传统的保险装置，一旦上锁，在外部的人是根本无法打开的，无论他使用在推理小说中常见的所谓细线、铅丝、铁片或针头，都无济于事。千行与警务人员一样戴上白手套，仔细检查了每个窗户的插销，皆完好无损。

千行从口袋的皮夹中取出一张信用卡和一张纸片，试图插入窗户与窗棂之间的缝隙。但是十四扇窗户与窗棂之间，无一例外都严丝合缝，就是想穿过一张薄薄的纸片，都是比较勉强的。

再来看被撞开的门。门闩仍然保持着插紧的状态，只是中间被拦腰撞断。细看之下，在门闩的末端，也有一个卡槽中的方形木块保险，而此时保险也是呈现关闭的状态。

除了被撞断之外，没有发现用针刺做出机关而留下的针眼，也没有细线划过所留下的痕迹。千行又用信用卡和纸片试验了门与门框之间，显示同样的情况。

可以显见，凶手想用卡片或绳索在这里做出机关的可能性，几乎为零。

“看来，传统的插销并不比现代的锁具差。这样的插销，我认为才是最难打开的。”千行的身后，响起了安力为低沉的声音，“我刚才看过了，门也是插上并落了保险的。刚才已经问了荣俊赫，门是他和周焘一起合力撞开的。也就是说，整间屋子是个……”

“密室。”千行抬起头悠然道。

“不错。”

“看来，凶手想让我们相信这是自杀。”

“想到一起去了。那么，是什么让你也认为这不是自杀呢？”

“那个杀人的童谣。”

“童谣？”

“对。第三段。‘他闭起眼睛推呀推，一直将公式推算到梦里，再也没能醒来。’”千行回过头，远远望着那幅字。

“没错，完全一致。这果然是杀人预告。可是……”

“安叔要说什么？”

“今天看它的感觉，没有了上回的恐惧感。不知道为什么！真是奇怪。难道它真的有魔力？”

“我也感觉到了。这间屋子，根本不像杀人现场。安叔注意到荣应泰的表情了吗？”

二人一齐走到书桌前。

荣应泰身穿笔挺的灰色西服，头发纹丝不乱，右手扶着椅子扶手，左手的肘部搁在扶手上，手腕自然下垂，就那样泰然自若地坐在自己心爱的椅子上，栩栩如生，仿佛正要开口说话。以往每次与安力为在这间屋子里会面，荣应泰总是心情舒畅，大体就是这种神色。因此，刚进屋时安力为甚至产生了片刻的错觉，仿佛来此只是为了一场老友间的畅谈。

但是现在，越是反复端详荣应泰这张宁静微笑的脸，安力为却越是感到毛骨悚然。这种感觉说不太清楚，如同一阵绿森森的不祥鬼气慢慢爬上后背。刚进屋时感受到的宁静与平常，陡然间消失了。

如果说那天的不安是恐怖童谣所带来的，那么今天造成这种扭曲感觉的，就完全是面前这具尸体的——神秘的微笑。

这令安力为不由得想起年少时在美术馆看到的达·芬奇名画复

制品——《蒙娜丽莎的微笑》。那时的他也是说不清为什么。明明是让全世界美术爱好者痴迷、倾倒的神秘微笑，在他看来，却是那么的恐怖与邪恶。安力为隐隐觉得千行也是这种感觉，但他知道，在凶案现场谈这个并不合适。

安力为眉头紧锁。“是的。很奇怪。他看上去心情很好，完全没有通常被害者特有的痛苦和不甘。”

“确实很诡异。一切迹象，都表明是自杀啊！我想没有哪个高明的凶手可以做到，在杀人之后还能让死者保持一个轻松而愉快的表情。即便他尽力去做了，那表情也会显得很生硬。同时，也没有哪个被害者会心甘情愿地被人毒杀。你看，荣应泰的表情很自然，他的笑容有如高僧的涅槃。”一旁的法医老孟插话。

“可是，千行，你打心眼里还是觉得这是谋杀。对吧？”

千行点头道：“没错。安叔也是一样的想法吧！”

“现场没有发现遗书吧？”安力为问老孟。

“没有。死亡的时间在一点半到三点之间，经过尸检后，可以将时间范围缩小到半小时以内。死亡原因——氰化物中毒，很可能就是这个杯子里的液体。”法医老孟用镊子夹着一个紫砂杯的残片。

这是在书桌旁摔碎的杯子，根据其坠落的物理轨迹判断，是从荣应泰左手滑落的。荣应泰在喝下氰化物后毒发身亡，杯子便呈自由落体的状态从左手落下摔碎。当时的情况基本应该是这样。

紫砂杯底部还比较结实，所以并未完全粉碎，仍残留着一些液体，而这就是导致荣应泰死亡的物质。

“发现盛放氰化物的瓶子了吗？”安力为大声问道。

“没有。”物证鉴定中心的女技术员何心怡回答，“不过……在桌子旁有两摊液体痕迹，一摊在左边，另一摊在右边。这是取样。”

何心怡又举起两个透明证物袋。

安力为和千行仔细查看地下。

在桌子后面，椅子两旁，这位女技术员已经用红圈做出了明显的标记。可以看出，这是两摊液体挥发后的印记，呈现相同的白色，可能是氰化物挥发后留下的微量粉末。

“杯子是从左手落下的对吧？”千行开口问道。

“是的。”何心怡不假思索地肯定。

“那么杯中的液体，有可能会溅落在椅子的右边吗？”

“这个说不好，不能说完全不可能。不过毕竟是远了一点，中间还隔着一个人。那一摊看上去，更像是另一次液体的溅落，兴许只是此前倒翻了某种饮品的残留物，根本就是不同的物质吧。”

千行饶有兴趣地看了一眼安力为。

“等鉴定结果出来了再说吧。表面看上去，他说得没错。我知道荣应泰是个左撇子，在右边的那一摊一定是另一次倒翻杯子所留下的水渍吧？”安力为说道。

“头儿，有发现。”王亮蹲在屋子一角的茶台旁喊道。

安力为忙赶过去定睛一看，茶台下掉落了一张白色的纸条。他从蹲在王亮旁边的另一名物证中心的中年警员手中接过镊子，小心翼翼地将纸条放入证物袋。

“又是同样的纸条。”安力为自言自语道。

“是的。和上几回的纸条完全一致。”王亮显得很兴奋。

“是 π！”千行几乎脱口而出，“846264。没错。这是前几次数列的延续。”

“那双神秘的黑手果然又出现了！”安力为咬着牙。

“这个诡异的数列究竟意味着什么呢？”王亮瞪着一双迷茫的大眼。

安力为、千行和王亮三人面面相觑，脸上笼罩了一层神秘的灰雾。

千行幽幽道：“这几桩案子，都是以一种匪夷所思的状态展现在我们面前。或许，这就是凶手对我们的挑战。”

“嗯。这些命案的背后，究竟还埋藏着多少难以解开的谜团呢？”

“我们拭目以待。”千行神情凝重，眼光又望向墙上那幅充满邪恶的书法。

第二节　双重密室的杀人

“等等。这间屋子，真的是密室吗？”千行用质疑的目光环顾四周。

千行开始从屋子的这边走到那边，从屋顶看到地面，细心地进行排查。

由于是荣应泰最喜欢独处的地方，这所建筑当初的搭建尤为精细。梁、柱子以及门窗，都采用了传统的卯榫结构，用钉极为经济。而建筑中的卯榫制作，最讲究木料与木料之间的严丝合缝。严格来说，所有木料在使用前，都必须经过风吹、日晒、雨淋，从而确保榫头的部分不会因为各木料膨胀系数的不同而随着湿度、温度的变化产生裂缝。

千行伸出右手，对他感到有可能出现裂缝的地方一一摸查，还时不时侧过耳朵，敲击一下墙面和窗框，然后蹲下身子，像主妇擦地一般严密检查着脚下的每一寸地板。

“密室，是推理领域中最为闪亮的一门学科，因为在密室中完成的都是不可能完成的任务。凶手通过各种高招，在杀人后成功逃离，留下一个密封的空间。”一边注视着千行小心翼翼的动作，安力为一边向王亮介绍道，“不过，所谓密室的形成，并不意味着那是玻璃瓶一样滴水不漏的建筑，而是指所有的漏洞、风孔都不能用来进出，以及用来控制门锁。如果有人做到，便形成了完美犯罪。”

“真有完美犯罪存在吗？”

“有的。道高一尺魔高一丈。”

这时，千行拍拍手上的灰尘，转过身来，却依然耷拉着脑袋。

“怎么样？”安力为走过去问道。

千行摇头道：“太完美了。简直不可思议。”

“怎么？这间屋子难道会没有一个漏洞吗？”

“这所房屋的建筑本身，简直就称得上是一件工艺品。竟没有一个真正能称为漏洞和裂缝的部位，就连个老鼠洞都找不到。”千行指向四周。

“嗯。也没有地下室，地板下除了用细木条来做地龙之外，下面就是水泥地，根本没有可能被利用过……密室，显然是无疑的了。”安力为也很挠头。

“不但是密室，而且应该是个双重密室。”千行举起两个手指说道。

“啊？双重密室？‘双重’怎么讲？”安力为张大了嘴。

“刚才我问了那个勘查物证的警官。这个玲珑屋所处后花园的东北小门是从内部上了挂锁的状态。”

“东北的小门？”

"对。除了玲珑屋形成的密室之外，还有一个外围的密室，是由后花园形成的。整个后花园有北门、通往前院的大门和东北小门这三个门。北门几乎是不用的，先来的警官们刚才查过了挂锁，都已经生了锈。通往前院的大门口总有仆人不断走动，而且案发当时那个小男孩荣俊海就在那里玩。这样，就形成了视觉上的交叉封锁。风险实在太大，而且凶手不可能从那自由通过。离玲珑屋最近，出入又最为自由的，就是东北小门。我想，荣应泰和李妍如果是在玲珑屋私下幽会的话，常用门应该就是这个东北小门。"

"是吗？那么，这个门也是从里面上了锁吗？"

"是的，而且是挂锁，用力摁下才能上锁的那种，在门外是不能操作的。可以确定，挂锁是从东北小门内上锁的。"

"嗯，这三个出入口中，北门几年都没开过，没有可能被利用。剩下的两个，你更怀疑东北小门？为什么不是通往前院的大门呢？小男孩荣俊海的视线封锁可靠吗？"

"当然。小孩子不会撒谎。当时，他恰巧在门口玩，除了给荣应泰送饭的女仆小梅，没有看见其他人走过去。小梅也证实孩子整个中午都在那里玩。"

"没错。这确实形成了另一个密室。还真的是双重密室呢！"安力为使劲捏着下巴。

"这一切，都太过完美了！"千行又重复了一遍，"不过，现在我还不想下结论。明天白天，我想再复查一遍，尤其是屋里。"

"有什么不一样吗？"王亮问道。

"你不知道白天和晚上的区别吗，亏你做警察多年了。"千行毫不客气地说。

王亮一时语塞，有点丈二和尚摸不着头脑。

安力为忍俊不禁，笑道："没错。白天光线由外而内，夜晚光线由内而外。只是大多数警员往往都在扔掉书本后，忽略了这一点，觉得这根本不重要。虽然由于光线不同而造成线索遗漏，这种情况极少发生，但极少发生并不代表不会发生。千行的谨慎是对的。"

"头儿，我已经和荣熙真商量好了，将图书馆作为临时的询问场所。荣家的人也都已经在大厅候命了。"刘晓伟从外面走进来报告。

"走。"

"等等，"那个物证中心的中年警员叫住了安力为，"安头，在这个柜子里发现了一个保险柜，但是上了密码锁。"

安力为走过去看了一眼。

"好。先别动，问问有没有人知道保险柜的密码。你先采集柜子上的指纹吧。"

说完，安力为带着众人走出了玲珑屋。

开始谈话之前安力为吩咐刘晓伟，尽快向众人问出保险柜的密码。

谈话由他为主，王亮进行记录和录音，千行则坐在一旁的椅子上低头装作看书，以免让证人觉得好奇而分散了注意力。

第一个被带到图书馆的是女仆小梅。

她是荣府中负责照料荣应泰饮食最多的仆人。只要是荣应泰在玲珑屋独处，按点送饭就是她的常规任务。同时，她也是此次事件的第一发现者。

面对警察，她显得有点害怕。

“别紧张，把你知道的，想到的，都说出来就行。就从……发现开始吧。你是怎么发现荣总不对的？先把过程讲一讲。”

“我给老爷送晚饭去，走到屋子外，看见门关着。哦，老爷平时有时关着门，有时开着门。于是我就敲门，敲了三下，没反应，又敲三下，还是没反应。我推了一下，门从里面被闩上了。老爷平时一般就是关着门，但不闩上的。我想老爷可能是看书看累了就睡着了，就用力地敲了一阵子，里面却一点声响都没有。我想老爷会不会是出去了，就走到窗户边去看。没想到老爷好好地坐在椅子上，闭着眼笑呢，也不像是睡着了的样子。我也搞不懂老爷这是什么状况，他从来不听耳机的，我那么大声音敲门，他怎么会听不见呢？我没办法，只好回到前面去找大小姐了。这时候大少爷也回来了，就和大小姐他们一起来看是怎么回事。大少爷也敲了一阵子门，还大声叫了一阵子，可老爷一动不动。大少爷说老爷的样子很奇怪，于是就叫来了小周，两个人一起撞开了房门。大家走进去一看，老爷已经断气了，可还是保持着笑的样子。那个样子真的好可怕哦！我吓得魂儿都没了……”

安力为打断她：“你送饭的时候，是几点？要准确的时间。”

“平时是傍晚五点半。今天我一直在听我的随身听，晚了三分钟。”小梅红着脸低下头。

“那就是五点三十三分是吧？”

“对。”

“你肯定门是闩上的？”

“肯定。我使劲推的，从里面闩死了。我其实力气不小的。”

“老爷常锁门吗？”

“晚上有时候会锁，可下午却从来没有锁过。一般只是关着，或者虚掩着，也有时候是大开着的。”

“这样的情况，你是第一次遇到吗？”

“什么？哦，对。从来都是我敲三下门，老爷说‘进’，我就推开门进了。”

“除了老爷，去过玲珑屋最多的人是谁？”

“是我。那屋子是老爷通常独自待着的地方，连少爷小姐们都很少去的，外人更是根本没有了。”

“我就进去过。”

“您恐怕是第一个进过玲珑屋的外人了吧！”

“不会吧？李妍呢？去过吗？”

小梅一时愣在那里，想了很久才回答：“这个，我真的不知道。我从来没有看见过。”

“你每天送饭，从来没有见过李妍在屋里吗？”

“从来没有。不过，我也不是每顿饭都送。老爷有时候交代了不吃饭，那我就不送饭。家里凡是老爷的决定，我一般是不能多问的，按照命令做就可以了，别人也一样。”

这时，刘晓伟走进来，在安力为耳边悄悄说道：“问过了，没有人知道保险柜的密码。估计只有荣应泰自己知道。同时我们也检查了各个抽屉，没有发现密码的记录。”

安力为想了片刻道：“试一下那个神秘纸条上的数字。如果不是，就通知技术部门的人，强行打开。”

“明白了。”刘晓伟说完轻轻带上门。

“当时进入屋子的，一共有几个人。”安力为继续问道。

“撞门的时候，有我、大少爷和周焘，还有大小姐、根叔。后来我们发现老爷死了，我吓得大叫起来，叫声惊动了大家，所以二小姐、郑先生、二少爷他们都赶来了。大小姐还给林少爷打了电话。大概十五分钟之后，林少爷也来了。他们商量了一阵，就报警了，然后你们就来了。”

“我复述一遍，你听听对不对。你和荣俊赫、荣熙真、周焘还有周水根先进的玲珑屋，这是第一拨人。荣俊旭、荣惠娜、郑浩是第二拨到达的。荣熙真给林念祖打了电话，林念祖是第三拨进入的。没错吧？”

“没错。哦不，其实二小姐并没有进屋，而是让姑爷拉回房了。二小姐和小海一样受不了刺激的，这个我们都知道。”

“三拨人进入玲珑屋的时间，你回忆一下。”

“我们应该是傍晚五点四十进屋的，门挺结实，大少爷和周焘撞开它用了三四分钟。二少爷他们听到我的叫声三四分钟就赶到了，也就是五点四十四分。林少爷到得晚，应该是六点。”

“第二拨人是听到你的叫声而来的，也就是说，在他们到达之前，你们都没有离开过。”

“对。我和大少爷、大小姐、周焘、根叔，从头到尾都没有离开过玲珑屋，一直等到你们警察来。”

安力为侧过脸。王亮仔细地做着笔录。

坐在一边的千行则用右手掌根撑起下巴，食指和中指夹住鼻子，整个手掌几乎遮住大半个脸，一直保持着这个奇怪的姿势，一声不吭。

“是这样啊！”安力为点头道，“那么，这段时间之内，你们在做什么呢？”

“我当时吓傻了，坐在地上哭，什么也做不了。他们都在一起检查各个地方，二少爷、林念祖来了之后都大致检查了一遍，然后他们就一起商量怎么办，主要是要不要立即报警的事。”

“有人反对马上报警？”

“嗯，主要是大小姐。她担心突然间爆出老爷死的消息，可能会对荣家不好。不过，究竟为什么不好，我也听不懂。”

“别的人都是支持报警的态度么？”

“二少爷始终没说话。大少爷和林少爷都说必须立即报警，并且保护好现场，以免破坏了什么东西。”

“是谁……确定荣总已经死亡的？”安力为点上一支烟，目光却始终没有离开小梅的眼睛。

“是大少爷和大小姐一起试脉搏、呼吸和心跳的，二少爷后来也试了。林少爷以前是学医的。他到了之后，还翻开老爷的眼皮看，确定已经没救了。然后大家才开始商量怎么办。”

“荣俊赫和周焘一起撞门的时候，你一直看着吗？视线没有离开过？”

“我们都一起看着的——我、大小姐和根叔。”

“撞开后，有人检查过门闩吗？”

“林少爷检查过。林少爷不仅检查了门闩，还把屋子里检查了一遍，还有屋外的石板路、四周的草地上、迷宫的树丛等。”

“是他一个人检查的，还是大家一起跟着看的呢？”

“玲珑屋的门闩是大家一起看的。外面的石板路、草地和迷宫主要是林少爷一个人检查的。”

“那个……东北小门的挂锁呢？”

“是大家一起看的。大少爷和大小姐在林少爷来之前就仔细检查过，是锁着的。后来林少爷也去检查过，确实是锁着的没错。”

“是你们先检查，林念祖后检查的，对吧？”

“是的。”

“连接前后院的门口，小海一直在那里玩，对吧？”

“是的。午饭前他就在那儿玩了。因为二小姐给他买了几辆遥控汽车，门口的地面又比较平坦，所以他一下午都在那里玩，一直没有走开过。我发现老爷出事后，他还在的。后来，是大小姐吩咐小兰把他带回房间隔离的。”

“是这样。哦对了，中午送饭，是什么时间？”

“平常是十二点。不过，今天早上老爷嘱咐过要一点半送饭，所以中午送饭，我是准时送达的。”

“那就是说，下午一点半的时候，荣总还活着？”

“是的。老爷和我说过话的，他说不吃饭了，把饭端回厨房。”

“在你看来，荣总的神情正常吗？有没有什么让你觉得异样的地方呢？我是指……”

“很正常啊！根本不像是要自杀的感觉，跟平时没有什么两样。”

第三节　密室的门

第二个被带到图书馆接受询问的，是荣俊赫。

林念祖由于是在公司董事会上接到电话就急忙赶来了，当时大伙正为了新年度发展的计划而争论不休，现在一干高层人等仍在等他到场决定，因此必须立即赶回公司。他答应，只与董事们简单地说明情况，就马上返回荣府。

坐在桌前，荣俊赫双眼红肿，一脸憔悴，肘部撑着桌子的边缘，失去了下午谈话时的英气与神采。

“真是想不到。我们刚刚分手不久，就发生了这样的事。请节哀顺变。你认为……荣总有自杀的倾向吗？”

“不，那根本不可能，父亲是个极其坚强的人。”

“嗯，那么，俊赫，你觉得这更像是外面的仇家呢，还是内贼干的？”

“请原谅。我现在脑子比较乱，还无法控制自己的情绪。”

“嗯。毕竟是受到那么大的打击，谁也无法保持一个清醒的头脑。就说说发现的经过吧。如果觉得心里太难受，那我们就改天再谈。”

“没关系。我撑得住。”荣俊赫脸色煞白，撑着桌脚说道。

荣俊赫描述的过程与小梅完全一致，在时间上也没有差别。基本可以认定，这就是发现尸体的真实情况了。

“你检查过门和窗户，确定都是锁上的吗？”安力为开始询问细节。

“确定。我检查得很仔细，应该不会有纰漏。当然，我并不敢用手去触碰，以免破坏现场。”

“嗯。这些插销锁得很明显，只需目测判断就可以确定了。对了，发现尸体后你们一起商量过要不要报警，对吧？你大姐是反对的吗？”

“是的。不过那也不是什么奇怪的事。毕竟在那样的情况下，每个人都难免慌乱。我想她只是需要冷静下来之后再做出正确的决定吧。后来见我和林念祖都坚持报警，大姐就默许了。”

“嗯。在整个过程中，有什么让你觉得奇怪的事情吗？无论什么都行。”

荣俊赫努力回忆着：“每个人……倒是都没有什么反常的地方。

要说奇怪，那恐怕就是父亲的微笑了。父亲平时也很少有笑容。这样慈祥和欣慰的笑容，我印象中能想得起来的，也只有小时候才见过。可是……你知道，死后保持这样一种笑容，让我们都觉得很奇怪。似乎……有着……一种神秘的蛊惑力。”

“‘蒙娜丽莎的微笑’吗？”

他忽然睁大双眼：“没错。‘蒙娜丽莎的微笑’！可是……父亲临死的时候，究竟在想什么呢？这样的笑容，难道……意味着是他自己选择的死亡吗？”

“自杀？你认为父亲是自杀的？”安力为眯起眼。

“不，不，我不是这个意思。从主观上来说，我和大姐都觉得他是被谋杀的。可就是这个笑容，让我产生了一点动摇。”

“对了，刚才听小梅说，林念祖是学医的。是吗？”

“是的。他是在日本东京第一医科大学毕业的，学的是临床外科。”

“当时在现场，确定你父亲已经去世的权威，应该是他吧？”

“是的。他做出的判断，相当于医生。”

“他……有没有……做过什么不同寻常的举动呢？”

“没有。我们都很紧张，一直盯着他的每一个细微的动作。”

“对了，顺便问一下。关于李妍这个女人，你觉得她有没有杀死你父亲的动机？”

荣俊赫想了一下说：“不能说完全没有。可是，我觉得……她只是个父亲的情妇而已，杀了如同衣食父母一样的父亲，不就等于断了自己的财路吗？”

“这么说起来，也对……那么，在近一段时间之内，荣氏企业的资金有没有什么比较可疑的变动呢？”

荣俊赫眼睛一亮。“说起资金流的变动，确实有一点可疑之处。”

“哦？”

“听林念祖说起过，前一阵子，公司里好像有一部分款项被转移了。当然，并不是很大的数目。他曾经问过父亲，但父亲回答说不必过问了，是他下令抽调的，有重大用途。”

“具体的数目，知道吗？”

“这个就不太清楚了。”

安力为猛然想起什么，问道：“哦，对了，荣家的律师是谁？”

“刘正隆。这是他的电话和手机号码。”

接下去接受询问的有荣熙真、荣俊旭和周焘。他们陈述的事实也和前两者说的基本吻合。安力为向周焘和荣熙真着重询问了破门而入时的各个细节，没有发现可疑之处。

哑仆周水根沟通不便，暂时就由儿子周焘代替了。

晚上八点，林念祖再次从公司开着他的黑色迈巴赫 62 返回荣府，接受了安力为的询问。

他换了一副银丝边的半框眼镜，依旧是笔挺的深色正装，头发梳得一丝不苟，正襟危坐，看上去稳重得体。只是，今晚他神色忧伤，略微显得疲惫，或许是荣应泰的暴亡对他也产生了很大的打击，也可能是公司的会议和来回奔波令他劳累过度。

“听俊赫说，你是从东京第一医科大学毕业的，学的是临床外科。是吗？”安力为问道。

“是的。本来是准备做个医生，没想到最终还是做了我最讨厌的商人。”

“可以说说你确定荣总死亡的经过吗？”

“当时我刚到公司开会，他们正吵得不可开交呢。我的手机震动响了。我一看，是大姐打来的。她只告诉我说家里出了大事。我知道这一定是极其重要的事情，就立即赶回来了。没想到……”

说着，林念祖潸然泪下。安力为从上衣口袋里取出了纸巾，递给林念祖。

“谢谢。这一切来得太突然。在现场只有我是学医的。根据我的经验，父亲已经逝去至少几个小时了，不可能再救治……”

林念祖再度哽咽，泪水洒在桌子的边沿。

“人死不能复生，请不要过于悲伤。”安力为关切地看着他。

“对不起，在公司的董事面前，我不能让自己的情绪失控，所以现在……对不起，对不起。”

安力为没有说话，只是看着他。或许此时，再多的语言，也不如关切的眼神来得更有力量。

“父亲坐在那里的样子，就和往常一样。他平时闭着眼睛想事情的样子，就是这样。所以，即使到了现在，我还是不能接受这个现实。”

林念祖擦干了眼泪，情绪逐渐稳定下来。

“你知道他的死因吧？”

“是的。我一接近他的身体，就闻到了淡淡的苦杏仁味道。我知道那是氰化物。”

“你还检查过被撞破的门，是吧？”

“是的。好像是俊赫撞的。我仔细检查了门闩，虽然从中部折断，但两头还是保持着锁住的状态。而且，我还检查了所有的窗户，也是闩着的。”

“你是荣总的……义子？”

“对。毕业后，我先是在一家大医院临床实习，因为偶然的机会知道了一些有关医院高层与药商之间的黑幕，而我又不愿意和那些披着天使外衣的社会渣滓同流合污，所以就被赶了出来。然后我就索性离开了医界，进入了应泰钢构。在我还是个小工的时候，就得到了义父的特别照顾。十年前，义父收我为养子，后来还将整个应泰建设交给我来打理。义父对我，可谓恩重如山。”

“原来如此。你觉得……荣总的死，更像是商界对手干的，还是别的什么人呢？”

“要说仇家的话，我所知道的，主要是华郧集团背后的华鼎坤。多年来，他和我们荣氏企业一直在对着干。可是，我并不认为是他所为。毕竟，杀人是一种很下流的行为，在商业世界里使用这种低级手段的人，只有两种，一是因为他地位底下，不择手段；二是因为他没有选择，又毫无顾忌。杀人，不是华鼎坤击败义父所必须动用的手段。毕竟，他也是手眼通天的人物。”

“嗯，有道理。你的判断很有见地。对了，听说应泰钢构前些日子被抽调了一部分资金，有这回事吧？关于数目具体是……”

“有。不过数目不多，也就是三百万左右吧。对于应泰钢构这样的集团来说，不过是九牛一毛。”

“荣总没说是什么用途就抽调了吗？”

“是的。而且嘱咐我不必过问此事，把账目做好就成。不过……”

“什么？”

“不仅仅是应泰钢构，还有应泰建设和我们别的几个集团公司。听说也有这样的现象发生，父亲也没有说明资金的用途。总是父亲有用吧！”

“这样的情况，以前经常发生吗？”

“从来没有。父亲平素严谨公正，在公司运营方面也是个制定了规则就严格执行的人，从不会以个人理由从公司支取用度的。这是第一次。”

“嗯。这确实很奇怪呀……对于那个恐怖的杀人童谣，你也是知情的吧？”

“是的。写这幅字的人确实居心叵测，那语句简直令人控制不住地感到害怕。起初我和父亲一样只是觉得恐惧，但并不相信，觉得这一定是什么人的恶作剧。毕竟我和父亲一样，是无神论者。可后来叶总失踪了，然后又从高楼上摔下来，再后来光复叔又被人以那样的方式斩杀，我就明白了，那童谣并不是玩笑，而是预言，或许就是凶手的杀人预告。”

“你觉得那是预告？”

“是的，这个狂妄的凶手，一定是在动手前先把杀人的手法公之于众，用这个方法来慢慢地折磨大家，然后再一一下手。”

“谢谢。哦对了，顺便问一下，您今天都在公司里开会吗？”

“不，”林念祖想了一下：“从早上九点开始，我就一直在工厂里。这几天因为新型生产线刚刚安装，仍有不少问题尚待解决，所以我一直在工厂里和技术专家进行商榷和探讨。一直到下午五点半我才离开工厂，去总公司开会。对不起，我问一下，您想知道的，是我的不在场证明吗？”

安力为点头道：“可以这么说。”

“哦。那样的话，我想除了上洗手间的两分钟之外，在工厂里我一直和五位专家在一起，连中午吃饭都没离开过。实在是因为要解决的问题太多，时间又太紧，所以他们一直在抓紧时间告诉我各种问题。另外，今天的大多数时间是在车间里，有很多工人和我们在一起的，请您随时调查一下就成。”

“非常感谢。”

此时，一个年轻警员前来报告，说保险柜已由技术人员破坏了机关，强行打开了。

安力为尽快结束了谈话，带着众人回到了玲珑屋。

第四节 嫌疑人——X

“头儿，有新发现。除了一些有价证券和文件之外，还发现了这个。”刘晓伟举着放了一个黑色 U 盘的证物袋。

“是吗？”安力为也显得很兴奋，伸手接过证物袋。

“是在保险柜里发现的，放在一个用挂锁锁住的檀木盒子里。我让技术人员砸坏挂锁打开了。不过，刚才已经插上手提电脑试过，U 盘被设了密码，无法马上打开。”

“好，立即送技术部门破解。也许这里面藏着破案的关键线索。”

“是。”将 U 盘交给技术人员后，刘晓伟指着放在桌上的东西说，“还有这些。”

桌上排列着七张照片。

照片中的人物被突出，但后景是虚的，一看就知道是用长焦镜头偷拍的。

七张照片，分别是在两个不同的场景。

其中五张是夜间的咖啡馆，拍摄者可能是利用对面二楼的楼道窗户，进行蹲点拍摄的。

画面中的两个人，面对面坐着在交谈。其中一人长发披肩，身穿淡紫色套裙，面对咖啡馆的窗户坐着，而另一人则是短发，身穿一套很商务的黑色西服，背对着窗户，所以只能看到后脑勺。

五张照片的拍摄角度一致，只是两个人的动作稍有变化，看上去很是亲昵、暧昧，但基本没有太大的区别。由于是夜间拍摄，存在像素颗粒，即使是那个正面的女子，面部也只能看到轮廓，细部特征仍不太清楚。

另一张是白天拍的，画面中二者在停车场见面后分手，呈现背靠背的状态。拍摄的角度是两人的侧面，可能是在一辆车内偷拍的，同样用的是长焦镜头。根据体貌特征来判断，与刚才的五张照片中是同样的两个人。那个长发的人身穿鹅黄色的长裙，这次面部被拍得很清晰。而那个短发人由于正在走向一辆大货车的背后，导致只能看得清穿着灰色西服的全身，脸被大货车的后视镜挡住了。

最后一张是从一个高位置向下俯拍，估计是从停车场、大楼二层或是天桥上拍下去的，拍的是那个穿西服的，一个人在开车。但由于阳光在车窗上发生了反射，脸部的位置一片耀斑。

后两张可能是拍摄者临时起意进行抢拍，所以没有别的备份。

“这个女的好像是……”安力为觉得这张脸特别熟悉。

“是大姐荣熙真。你刚刚盘问过她。”千行说得很肯定。

“是哦。真的是荣熙真。看，这张拍得很清楚。可这个男的脸看不清，都被挡住了，”刘晓伟指着停车场那张，“这组照片，拍的是同样的两个人。一看就明白他们是情侣关系。可是……不对，荣熙真没有男朋友呀？”

“你怎么知道？”安力为问道。

“肯定没有。我听扫地的冬姐说的。她说大小姐老大不小的了也没找个男朋友。我觉得好奇，就问了女仆小竹。小竹说，大小姐是没有男朋友，恐怕要做单身贵族呢。不会错的。”

“可能明的没有，暗地里却有呢。或许是有什么原因，不愿意对大家宣布吧。”千行猜道。

安力为点头，表示赞同：“也许吧。不过我想这个不重要。”

“不重要吗？”千行歪着头看看安力为。

“关键是，到底是什么人在偷拍荣熙真，又为什么要跟踪他们呢，首先要搞清楚这个。”安力为有意强调。

刘晓伟忽然想起什么：“哦对了。头儿，你看。”

他抬手将那张一个人在车内的照片翻过来，上面赫然用蓝黑墨水的钢笔写着一个大大的“X”，还在旁边画了个小一号的“？”。

“咦？”千行紧盯着“X”，上牙紧紧咬着下嘴唇。

“这是荣应泰的字体。他写字的习惯就是喜欢那么倾斜，最后还带个钩的。小刘，屋里还有他亲笔写过的文件吧？”

“有。”

“送笔迹鉴定部门，进行比对。”

“好。”

“安叔你确定这是荣应泰的笔迹？”

“很肯定。笔迹鉴定不过是为了证实一下。”

“那就是说，作为父亲，他正在雇用侦探，调查女儿的男朋友是谁。”千行说道。

安力为微微一皱眉：“不过，这看起来也没什么。即使是父亲调查女儿的男友，也可能是出于关心。”

“是这样吗？”千行的眼中散发着光彩，“在这个危难时刻？”

“危难时刻？怎么讲？”

“看看照片上的时间显示，就明白了。”

安力为和刘晓伟仔细一看，七张照片分别是七月八日、九月十五日和十一月十三日。刘晓伟歪着脑袋，不明白千行是什么意思。

“等等。十一月十三日？”安力为恍然大悟，“这是在叶淑娴死亡之后拍摄的。也就是说，在妻子死亡那么大的事情发生之后，荣总并没有停止对女儿的跟踪和调查。”

“原来如此。难道，这意味着……女儿的神秘男友——X，和他妻子的死有什么关联吗？”刘晓伟极力发挥着自己的想象力。

“还有，九月十五日。”千行伸手一指。

“九月十五日？”

“荣家第一次出现亡灵事件之后。”千行说道。

“嗯。有意思了。即使在叶淑娴还没死的时候，亡灵事件对于荣家来说也是令人震惊的大事件。而两次事件，荣应泰都没有停止调查。也就是说，这个神秘的男子，是嫌疑人——X？！”安力为和大家一样，陷入了沉思。

“谁？”刘晓伟失声惊呼。

他的声音犹如枯竹被劈裂般令人目瞪口呆。

可是，在这个满是警察的大屋子里，还能有谁呢？

所有的干警都停下了手中的活，呆滞地看着这个因恐惧而失声的人。

刘晓伟面如白纸，像是身处一个截然不同的异度空间。

众人放眼四顾，屋内还是刚才的摆设，什么都没有被动过。他们已经连老鼠洞都检查过了，不可能有人藏身的地方。

“你也看见了？”安力为小心翼翼地问道。

“眼睛……一双眼睛……背后的眼睛……就刚才。可是现在……没了！”刘晓伟惊魂未定。

“这间屋子，恐怕并不像我们所看到的那么简单。那双眼睛我也见过。我想……它来自另一个世界。”安力为低声道。

“可怕的诅咒吗？！安叔，荣应泰一死，你知道意味着什么？”千行幽幽道。

“对，我知道。情况完全变了。我们原来设想的，也许全是错的。就在今天，我还在怀疑他是杀害自己妻子的凶手。”

“亡灵再现……不可能的消失……南辕北辙的坠亡……一击必杀的斩首……密室杀人……恐怖的童谣预告……诡异的无限不循环小数……神秘的地下恋人 X……这一切意味着什么呢？”千行的眼中透露出空虚。

“是啊！在那首童谣之中，还有五名被害者……或许这场血腥的连环杀戮，才刚刚开始……”

第十二章　迷雾中的光

往往一个优秀的罪犯本身就是一名小说家。

——明智小五郎（日）

第一节　重新洗牌

“看来事态已经发展到了必须重新洗牌的时候。”千行几乎是从牙缝里挤出了这句话。

“重新洗牌？”安力为深吸了一口气。

“对。荣应泰一死，我们之前所推理的嫌疑人与其作案动机很可能已经发生了改变，因此侦破方向应该及时改变。我想警方高层的领导今晚就会连夜商讨，重新调整方向和部署。”

“没错，几个小时之后就会有分晓的。不过……在新的嫌疑对象出现之前，我还是坚持李妍是第一嫌疑人的看法。”

“安叔，你太执着于对李妍的怀疑了。虽然我不能立即推翻你的想法，但是，通过与李妍的近距离接触，我认为，无论从为人处事还是案发后的应对态度来看，她的可疑之处其实并不多。当然，这也只是我的直觉。”

这番话显然引起了安力为的不满。他不清不楚地低声嘟哝了一句，大概意思是“你的直觉？你又有多少经验”，然后自顾自地点燃一支烟，使劲嘬着，索性不说话了。

“在我看来，李妍很可能只是一个误区。为什么你会形成这个误区呢？因为叶淑娴案是第一桩命案，而李妍不但具备与叶淑娴结仇的心理基础，而且已经存在了事实上的肢体冲突。对吧？”

安力为还是低头用力嘬着烟卷。

“但你想过没有，李妍可能存在除掉叶淑娴的动机，注意，这只是可能，但是，她可能存在杀害荣应泰的动机吗？要知道，即使除掉了叶淑娴，李妍最终得利的源头仍在于荣应泰。离开了荣应泰的庇护，她就彻底成了断线的风筝。无论从法律还是道德上说，荣家没有一个人会继续供养和帮助她。换句话说，李妍根本没有可能再从荣家得到一分钱。毕竟，她和荣家没有任何血缘和亲缘关系。综上所述，李妍杀害傍家荣应泰，无异于自掘坟墓。”

安力为狠狠掐灭烟卷，依旧不吭声。

“再来说荣应泰。他一死，首先为自己剔除了嫌疑，我原来的设想落空了。另外，荣应泰的死，还产生了一个更大的可能性。”

安力为抬起头，看着千行。他似乎意识到千行接下来要说什么，浓眉变成了十点十分。

“王位的继承。无论哪个朝代，国王的死，总会成为兄弟间争权夺利的导火索。咱们绝不能忽略这一点。虽然，现在还很难确定，凶手的动机究竟是嫉妒、复仇还是夺权，但我敢肯定，这三种动机的分析方向，至少在分量上已经对等了。”

安力为眼睛转转，终于点头表示赞同：“这倒是没错。我刚才问俊赫律师的电话，也是出于这一点的考量。小刘已经给律师刘正隆打过电话，明晚的守灵夜，他会前来祭奠，到时候我们再确定调查的时间。”

“嗯。这个刘律师，可能是个关键人物。”

王亮插话道：“方才物证中心的何心怡还说了一个比较重要的线索。在荣应泰的手机里发现了疑点，他的通讯记录居然被人完全删除了，一条不剩，可以断定是全部删除的。”

安力为与千行对视一眼，面露喜色：“也就是说。事发前他和什么人通过电话。哼哼！没关系，即使被删除了也不要紧，让通信技术科去移动公司调一张通话记录单出来就行了。凶手这样做，不过是多此一举。”

“删除通讯记录，确实可疑，”千行分析道，“不过，也不能完全排除这个可能性，荣应泰时常同李妍私会与联络，回家后有可能删除通讯记录，多年来他或许保持了这个习惯。要想证实这一点不太容易，不过只要排除了这个可能，那么，删除记录就只能是凶手所必须做出的，消除证据的本能反应了。”

当天晚上，刘晓伟、王亮和其他五位警员都留守在了荣府。安力为对七名警员的蹲守位置、轮值规律和任务分配都进行了周密的部署。

安力为自己则带着千行立即返回了省厅，向领导汇报情况，接受上级指示。千行本想和小刘他们一起留下，但被安力为拒绝了。毕竟荣府已经成了两桩命案的现场，危险系数太大，安力为不能在千行的安全问题上产生任何疏忽。

这一点，他是向贺科做过保证的。

果然不出所料，由于荣应泰之死事关重大，分管政法的副省长林盛和市长韩继庆等省市多位高层领导极为重视，已经将荣家血案定为重大级别，并亲自参与了对本案的督办与协办。

当然，他们也懂得临阵易帅是大忌，因此专案组的人事组织结构维持原样不变，但从连环爆炸案和其他部门抽调了不少精英警力，以增强专案组的办案力量。

经政府高层领导和省厅专案组的连夜研究，大体上制订了破案的方针，决定将本案的重点放在荣氏企业的内部，尤其是荣府的内部人员上。

夏军小组对荣家竞争对手华鼎坤的调查维持不变；对李妍的跟踪与调查，以及对荣氏企业相关公司的调查，由市局新来的同志配合完成；倪大龙小组则尽快赶赴首尔和海南，负责调查叶丰盛和荣启泰的情况。这样，安力为便可以集中本组的力量，将调查与盯防的重点放在荣府。

第二天一早，倪大龙负责的三人小组就踏上了远赴韩国的征程。登机前，安力为特意对他进行了一番嘱咐。

“对于叶丰盛，一定要请韩国警方全力协助，进行全面系统的了解。关于他的历史、身体状态、公司运营、资产情况，以及他与荣氏夫妇、与荣氏企业、与荣氏家族其他成员之间的关系，一点都不能落下。”

“放心吧老安。对荣启泰，我也不会放松的。我你还不了解？天生打破砂锅问到底的脾气，不问到底不算完。”倪大龙伸手拍拍安力为的肩膀，笑道。

“拜托了大龙。”

四只有力的大手紧紧握在一起。

他们都知道，这趟韩国与海南之旅，很可能对整个案情调查的突破产生重大影响。

可是，真的会从叶丰盛和荣启泰的口中找到突破口吗？

安力为也不能确定。

他钻进自己的破车里，关上车门，开始整理脑海中的线索。

这些线索和事件的接连发生一样，来得太急、太快，令人喘不过气来，以至于每个警员都应接不暇，疲于应对，逐渐处于一种精神崩溃的边缘，仿佛一股黑暗的强大力量，正在推着他们前进，一步一步，被迫走向悬崖的边缘。

那是一双手，一双制造罪恶和恐惧的，躲在黑暗中的无形的手。

案情的发展，确实已经超越了所有干警以往所经历过的一切，超越了他们的办案经验和想象力。

初冬的疾风卷起满地的碎片，在空中无序地飘扬、旋转。虽然坐在全封闭的车里，安力为仍然感到自己的身上不由自主地起了一层厚厚的鸡皮疙瘩。

他想起玲珑屋中，那幅用苍劲有力的行书记录着恐怖童谣的卷轴。

那一刻，他也感到了同样的寒冷。

不，还有——

还有一样东西，也曾令他感到过一层冷冷的杀意。

是亡灵降临之夜，鬼魂空洞的眼睛吗？

不，不是。

安力为很快否定了自己的想法。

即使面对令世人皆失魂落魄的亡灵，他也不曾退缩过，而是当机立断，勇敢地冲上前去。

不是眼前的亡灵吗？！

对了，是背后，是在背后出现过的什么东西。

它就在你的身后。可当你回头看时，却发现什么也没有。

对。

但是，那……究竟……是什么呢？

伴随着强力引擎的轰响，庞大的空客 A380 承载着全体干警的期待，从远处的地平线上徐徐起飞，划过安力为的车窗前。

安力为摇下车窗，点燃了一支烟，遥望着飞机从车顶上掠过。

这次调查，一定是值得的。

多年来，他和大龙等战友之间，已经形成了一种超越亲人的信任与默契。

就算面前是毫无方向、密布坎坷的莽原，弥漫着重重的迷雾，真相也终将大白于天下。

这就是警察的使命。

安力为坚信这一点。

他掐灭烟头，发动引擎，离开了机场停车场。

第二节　洞

就在安力为整理着思绪的同时，千行也在重新审视着眼前的一切。

从发现荣应泰死亡的那一刻起，千行脖子上这台如同超级电脑般精准的思考机器，已被主人摁下了“RESET”键。

这意味着，所有已掌握的线索将被重新归类存档，并按照新的秩序进行排列组合。而一连串谜案的最终答案，将从这个崭新的思维序列中产生。

一大清早，千行就跟着干警们一道，来到了荣府的玲珑屋。今天，他要重新检查玲珑屋的一瓦一木，向这个令人匪夷所思的杀人密室发起挑战。

从门开始，千行再度开始了漫长而烦琐的现场勘查。

昨天是案发当日。因此勘查的顺序，是从尸体开始，到尸体周围的桌椅、摆设，再以尸体作为中心点进行范围的扩大，最后到墙体和门窗。也就是，以人为基点。

千行将今天勘查的重点进行了调整。他打算以玲珑屋这所建筑作为基点，从建筑本身的角度出发，去找出他所需要的线索和值得注意的疑点。

首先从门开始。

一幢建筑最常用的出入口，就是它的门。在推理小说中，最常见的密室制造手法，也是在门上来做手脚。

比如，对锁孔或钥匙做手脚来进行自由的打开和关闭，通过两把钥匙相似的特征来进行偷梁换柱，通过控制极细的丝线来移动门闩或铰链，利用弹性、惯性、重力、磁性等物理力来控制上锁，利用某种特殊门锁不为常人所熟悉的特点在门外上锁，用钥匙在门外上锁后再通过某种方法将钥匙放回室内等等。

但这些在千行所熟知的推理小说中经常出现的经典诡计，在这对玲珑屋唯一的双开门前，却看似失效了。

千行执着地再次检查了门闩。

门闩由上下两根方形截面的粗长樱木条组成，用来卡死双开门的中央区域，门的两边则被八套合页牢牢固定在门框的两边。

上门闩的一端被铜钉钉在左侧门背后，另一端可自由活动，用时从上至下，落入右侧门上的卡槽，并封闭保险木。

下门闩则是插入式的，插入右侧门的终端卡槽后，再将左侧门的起点卡槽封闭保险木。木条左侧由一根绳索联系，开门时将其从卡槽中抽出，自由悬垂于左侧门的下面。

安装双门闩，并且采用了落闩与插闩这两种不同的上闩原理，与两侧的八套合页（一半的双门是采用四套合页）一样，显然是出于双重保险的考量。

虽然两侧门的上部与下部，还装有四套铜插销，但很显然这是多余的。因为两扇门与门框之间惊人地严丝合缝，这四套上下的铜插销几乎没有用武之地。当然，如果将这些插销全部锁死的话，仅凭周泰和荣俊赫两个人的力量，是无论如何也撞不开门的，恐怕必须动用工具或机械，方能将其破坏。

毫无疑问，双开门是由于遭受极大外力的冲击，被生生撞断了门闩而打开的，门闩的两头还完好地处于卡槽与保险木的内部。

可见，现场目击者所言非虚。门在被撞开前确实是处在严密锁闭状态，也就是两根门闩所造成的双重保险状态。

不仅门闩毫无疑点，经千行的仔细检查试验，门与门框之间，以及门框与墙体周围也不存在一点点的漏洞。

根据千行的仔细检验，从两根门闩、卡槽，以及保险木的表面来看，根本没有类似大头针等尖细锐器造成的针眼痕迹。这就意味着，根本没有任何迹象表明，曾有丝线等其他物质与门闩的关键部位进行过物理连接。而根据千行前次的当场试验，所有的窗户几乎与门、地板一样，没有哪怕一丝丝的缝隙存在。甭说信用卡，就连一张薄纸都不能通过。

那么，丝线从何而来？

由此，千行的心里形成了牢固的想法。想从门、窗户与墙体找出一丝漏洞来，穿过某种控制门闩的工具，达到开门和锁门的目的，是根本不可能的。任何试图从门找到密室制造方法的突破口的想法，无疑都是徒劳的。

检查完门之后，千行开始检查屋中的八扇窗。

刘晓伟一直站在门口，一方面协助他的勘查工作，一方面也保护着他的安全。按照安力为的事先吩咐，只要他有事离开，千行的安全就由小刘来负责。

小刘不敢轻易打扰千行的思绪，因此只是站在门口，望着千行不厌其烦地将窗户一扇一扇打开、检查、关上，再打开、检查。

他略微感到有些无聊。小刘不知道像这样枯燥的、周而复始的工作，对于破案有什么实在的意义。

但他没有表现出自己的烦躁，只是默默地等待着千行的吩咐。他知道，千行所特有的天才思维，并不是他所能理解的。而这就是千行能够得到头儿和贺科尊重的理由。

“咦?！”

在检查到第八扇窗的时候，千行的喉头发出了一个轻微的声音。

刘晓伟没有忽略这个细微的声音。经验告诉他，千行或许有所发现。但他并没有立即上前，而是伸长了脖子，注视着千行的一举一动。

千行果然回过身，本来像用PS蒙了一层灰色蒙版的脸上，散发出明亮的光彩。他的嘴角露出俏皮的笑意，招手示意小刘过来。

“看。”千行抬起右手一指。

顺着手指，小刘走到近前，朝着窗棂的下缘部分看去。在窗棂下缘的中间，接近窗子插销卡槽的地方，出现了一个一寸见方的方形印迹。

“你认为那是什么?”千行饶有兴致地问道。

“看起来，像是被擦过。不过具体的我也……”

“窗棂的下缘布满了一层薄薄的灰尘，是吧？”

“是的。那么……”

“别的窗户，窗棂下缘也同样有一层这样的灰尘。”

“是吗？那么别的窗户有这样的擦痕吗？”

“没有。别的七扇窗，灰尘都保持了均匀分布的状态。再仔细看，这不是擦痕。”

“是呀！如果有人擦拭窗棂上的灰尘的话，应该不会只擦这一点点地方嘛。”

“你来看。”

千行走到房屋中间，从书桌上找出一张薄纸片，将它从中对折，再对折，一直折到纸片形成了一个一寸见方大小的折纸团。

小刘看着千行的动作，不明白他究竟要干什么。

千行拉着小刘，走到第一扇窗前，伸手拔出插销，打开窗户。

“看。这里的灰尘是没有人动过的，对吧？”

“没错。”小刘低下头，仔细地检查。

“好。再看这个。”

千行将右手食指与拇指之间捏着的折纸团举到小刘眼前一亮，然后将折纸团轻轻放在窗棂下缘的中间，最后关上窗户。

“哦，我明白了。有人故意打开插销，却让窗户看上去像是关闭的状态。”小刘恍然大悟。

“没错。这样做，是防止风把窗户吹开。凶手需要那扇窗户保持一种紧闭的状态。或者说，他需要让人相信，那扇窗户一直是被锁住的。”

“如果这真的是凶手所为，那么第一层密室将不攻自破。”

“是这样。但我想也没那么容易。下面，我们就来排除其他的可能性。玲珑屋门窗的日常维护，是什么人的工作？”

“应该是根叔的工作。整个后花园的日常维护，都是根叔负责的。除非一个人难以完成，他才会叫上儿子周焘或别的人。”

“好。那么我想应该先问问根叔，最近有没有动过这扇窗户。比如更换损坏的插销、合页、玻璃什么的。如果这个痕迹只是无意间造成的，那就推翻了我们现在的怀疑。”

“好。我这就去问。”

小刘满怀干劲地去了。

千行不慌不忙，背着手来回踱步。

他不再拘泥于门窗的局部细节，而是将目光四下移动，对房屋结构产生了浓厚的兴趣。

玲珑屋呈正方形，是一座传统的纯木建筑，无论从形态还是意蕴上，都体现了中国古代建筑工艺的精巧与完美。

若是从外部望去，玲珑屋恰似一座千年古寺的大雄宝殿，古朴而庄严。

环绕玲珑屋四周的灌木丛，远远瞧上去就像是寺院外栽满灌木的篱笆墙，可走近一看人们才会恍然大悟，原来，这竟是西洋宫廷式的绿植迷宫哩。迷宫不深，也不复杂，完全不必担心会迷路，走入其中的人都会深深地感到，这样的安排别有一番趣味与惊喜。

远近的感受不同，或许就是玲珑屋外貌的最大特点了。这样的反差与和谐集于一身，不免令人想起因中西合璧而闻名遐迩的世界之园——圆明园。

进入室内，有如走进了博物馆的巨大展厅。

不过，细心的人向上观察的话就会发现，玲珑屋的顶部并没有沿用纷繁复杂的歇山顶或庑殿顶结构，而是改用了更为简洁实用的民居斜梁结构。

这种设计可谓庄严与亲民的结合。

古代的权贵出于用复杂、奢侈的建筑结构来彰显其与众不同的尊贵身份的考量，多采用歇山顶和庑殿顶结构。在歇山顶建筑中，必须在堂间保留柱子。像玲珑屋这样四方形建筑的话，柱子至少得有四根，如果加有外檐，就得分外檐柱四根和内檐柱四根，外檐柱可与墙面融为一体，内檐柱则需按照四向方位在堂间分布，这样才能均匀而合理地分配对整体建筑的力学支撑。

而传统民居里常用的斜梁结构，则是将支撑力直接转化到横梁和墙面，省去了对柱子的依赖，使得屋内不再被分割，因而空间更大，也更加完整和统一。

在玲珑屋的设计中，简单的斜梁结构不但没有使建筑风格趋于简陋，相反地，使得空间扩展而营造出一种大气磅礴的风范来。

除了斜梁之外，玲珑屋的其他设计也秉承了传统的建筑理念。木与木之间以传统的榫卯结构相接，环环相扣，错落有致，呈现出一种优美和谐的结合关系。

在室外光照充足的晴天，人们身临其间，浮躁的心刹那间会变得平静，蔓生出心旷神怡、舒畅达观的奇特感受来。

室内的家具、摆设和陈列品，无一不体现出主人浓厚的中国传统审美意趣。

中央悬垂的巨型水晶灯倒是西洋风格的，灯分七层，由形色各异的菱形水晶体组成，灯泡包于水晶之中，可按用户的需求逐级打开。所有灯泡打开后，通体晶莹剔透，令人赏心悦目。

在这个中式建筑之中，西洋水晶灯并无突兀之感，而是与其他装饰融为一体，相得益彰，体现出设计师将中西方文化进行结合的美学表现倾向。

整座玲珑屋的主光源便是这盏水晶灯了，全开后不但使屋内无死角，而且能将房屋的顶部结构也全部照亮。人进屋时，便可看到整体建筑结构的全貌，产生一种特殊的视觉感受。

千行将水晶灯全部开启，歪着脑袋，不时抚摸着下巴，表现出对西式水晶灯和中式斜梁结构完美联姻的浓厚兴趣。

小刘很快就哭丧着脸回来了。根叔曾在一月前修理过那扇窗户的合页，他记得当时是用小纸片来进行固定的。

设想又落空了。

不过，千行并没有表现出过多的失望。

“咱看看上面如何？”

千行话题一转，突然地往上一指。

顺着手指的方向看去，上面是结构复杂的顶梁。

小刘的脸变得更难看了。

这小子可真是没事找事。小刘的心里嘟哝着，可实际说的却是：“屋梁吗？没……我想没问题。只是要检查上面，就我俩的话，怕人手不够吧？我再去叫两个干警一起检查吧？”

“不。就咱俩。”千行回答得很干脆。

半个小时以后，玲珑屋里已经架起了五架高矮不同的人字梯。小刘向荣府借来了可供使用的所有梯子。

千行站在其中一个梯子的顶端，眯起眼睛，向上张望。

“现在，我要把水晶灯先关掉。”

“那太危险了。”

“看，我抓住了梁。一分钟就成，然后马上就打开。”

“那好吧。我去门口关，你别动啊！千万别动。”

“不用。遥控器就在我的手里。”

“遥控器？”

“对。荣应泰的书桌上就有水晶灯的遥控器。”

“怪不得！我说呢那是什么遥控器！看了半天也没看明白。”

啪——千行摁下了水晶灯的遥控器。

随着灯光的关闭，整个顶部一片黑暗。

小刘的心仿佛跳到了嗓子眼。此刻他最担心的，就是千行由于过度地关注某处细节，忘却了自身的安全而失去平衡。倘若千行现在从梯子上掉下来的话，他只能用自己的身体来减缓千行下坠的冲击力。因此，小刘瞪圆了眼睛，一动不动地看着千行的一举一动。

“咦？”上面的千行发出了一点轻微的声响。

“怎么了？”

“有意思。刘叔，请再搬一个梯子过来，你也到我这个位置来。”

“我也……那谁来扶梯子？”

“别磨叽了，这梯子很稳。快。”

小刘搬来了另一架人字梯，凑上前来。

“你看，那是什么？”千行一指不远处。

大约东面的屋顶斜坡一处，在黑暗中出现了一个有如针眼大小的椭圆形亮点。

"'洞'? 就是你说的'洞'?"小刘兴奋起来。

"现在大概上午九点，这个洞只剩下一半了。据我的估计，半小时前，这个洞是正圆形的，而再过半个小时，从这个角度将看不见这个洞，因为太阳向南移动了。"

"太好了。密室终于被我们发现了'洞'，真可谓迷雾中的光啊！如果我们不是在大白天关了灯观察的话，还真的无法发现。即使处于现在的位置上，能看到这个'洞'的时间，或许也只在一小时之内。"

刘晓伟一高兴，身体微微失去了平衡，幸好千行眼疾手快，一把拉住了他，另一只手仍牢牢地扶在梁上。

"谢谢。"小刘看了一眼地面，心有余悸。

"让我们去外面再确认一下，这个'洞'到底是什么。"

两人迅速将梯子搬到了屋外，玲珑屋东面的斜坡顶附近。

千行和小刘爬上梯子查看，这才注意到，原来，整座玲珑屋的屋顶，全部铺满了太阳能光伏板。

千行小心地控制身体的平衡，挪动着梯子。按照相应的位置，他找到了那个"洞"。

"真是想不到，荣应泰这样的富豪也会注意绿色环保，家里用的电居然是取自太阳能的。"小刘也架起梯子爬了上来。

千行用手一指，刘晓伟看到了那个"洞"。顺着千行手指方向一变，刘晓伟又看到了用来将光伏板的钢管支架固定在屋顶上的一颗颗细小的螺丝钉。

刘晓伟取出裤兜里的瑞士军刀，小心翼翼地拆下了光伏板钢管固定支架上的一颗螺丝钉，又试着将它楔入那个"洞"，证明两者的大小完全相符。

原来这个“洞”，不过是个螺丝眼。

“嗯，应该是工人在安装钢管支架时，不小心钻偏了位置而造成的废眼，可明明这个眼就在排水凹槽的附近，为什么下雨的时候不会漏水呢？”小刘自言自语道，“哦……我明白了，光伏板成了这个洞眼的风雨遮挡物，即使仍有雨水落到光伏板下面，也会顺着凹槽流下去。哪怕有一点点的水还会钻进这个小眼，也只能引起微不足道的渗漏，根本不会形成水滴，来引起主人的注意。”

千行没搭腔，只是自顾自地盯着一个地方仔细端详。小刘也跟着凑上脑袋去。

四周光伏板的钢管支撑架上都布满了灰尘，但位于屋顶斜坡排水凹槽上方的一根钢管上却出现了一个两厘米长的“干净”区域，好像曾经放过什么东西。

“你觉得，这像是什么？”千行问道。

“像是……安装的工人曾在这里放过毛巾，或是工具包什么的。”小刘答道。

“玲珑屋从建成到现在有几年了呢？”

“三年多了。我问过荣家的人。”

“那么，这些太阳能光伏板，是建屋初期就装上的呢，还是最近才装上的？”

“这个我也知道。它们是在房屋建成时安装上去的。”

“这就奇怪了，难道……”

“这与凶手进出玲珑屋密室又有什么关系呢？这个小小的螺丝眼，一只苍蝇都飞不进去，就连雨水都灌不进去，更别说凶手是个大活人了。另外，它距离门闩和离这最近的窗栓，直线距离都超过了十五米，千行，你真的认为有使用丝线操控门锁的可能吗？”

“什么可能性都不能放过。多找些干警来，对屋顶的内部梁上区域和外部太阳能光伏板下的区域做一次地毯式搜查。”

“好，我马上去叫人。”

第三节　瑜和亮

刘晓伟打电话汇报的时候，安力为的车已经驶进了荣府。

在了解情况之后，安力为很高兴，立即向贺科要来了七八个警员和梯子等工具，按照千行的吩咐，对顶梁部分展开了细致的排查。

眼看着警员们如火如荼地工作起来，安力为的心里忽然涌起一股热流。

案情发展到现在，他一直觉得自己像是正在落入深渊，毫无着力之处，而今天，他终于第一次有了向上升腾的感觉。他的血液开始沸腾，胸中充满了由地心深处冒出的无尽热力。就是这股源源不断的热力，将支持着他和他的战友，将真相从邪恶的黑色魔盒中释放出来。

千行离开了小刘和大家，独自一个人走在窄窄的石径上。

现在，他需要冷静。

只有绝对的冷静，才能使得一个推理师判断出，出现在眼前的点，究竟意味着什么。

这些点，将不断增多，并连成一条线，而线与线之间，又将以经纬相连的方式，最终织成一块布。那便是案情的全貌，一块足以描绘出事实真相的画布。

透过松柏的枝丫，初冬的暖阳均匀地照在千行白净的脸颊上，迷得人睁不开眼。

千行眯起眼，抬头望向树枝的末端。

一只歇脚的云雀，突然展开翅膀，飞掠而去。

温暖的阳光形成了七色的光环，旋转灵动，令人感到大自然无穷的生命力。

在如此和谐安宁、生意盎然的空间里，居然暗含着对生命的漠视与无情杀戮，隐藏了人性的丑恶与扭曲。

千行索性闭上眼，因为只有闭上眼，才可以最本能地去感受到那束光的力量。

千行的心中，始终有一束光。

这就是邪不能胜正的原因。

这束光，就是引领千行去破除一切阻碍的剑。

“嘿——”

耳边传来嘶吼之声。

剑？千行睁开眼，心中念道。

他不由得迈开步，向着声音传来之处走去。

夹杂着人的低沉嘶吼与步伐移动之声，千行还听到了轻微的锐物劈空之声。

根据经验，他认定了自己的判断。

不知不觉之间，千行已走到了体育馆的后门。

他无意打扰，便踮起脚步，悄悄地溜了进去。

西边剑道馆里，人影晃动，杀气升腾。

道馆的西北角上有一个与人齐高的大穿衣镜。透过那里，足以看清那凌厉的剑锋。

来回游走的步伐，有如行云流水般娴熟的招式。

千行明白，这是个高手。

千行看在眼里，心中暗自赞叹。

他小心翼翼地向前挪动脚步，从拐角处露出半只眼睛。

舞剑者，是荣俊赫。

不知是不是捕捉到了千行脚下发出的摩挲声响，或是他微弱的鼻息，俊赫的剑猛然间收住。

剑与目光一起，在刹那间便稳稳停住，有如一尊战国时代的武将雕塑，伫立在空旷的剑道馆中央。

杀气腾腾，寒意逼人。即使在没有阳光直射的室内，那把剑，依然散发着深蓝色的冷光。

这是一把真剑。

千行的双眼，已被这把真剑深深地吸引住。

“好剑法。”他不由赞出了声。

荣俊赫缓缓地回过头去，冷冷的眼神转向千行。在认出了千行之后，他的眼神逐渐恢复了常态，流露出柔和的善意。

“原来是你。”荣俊赫露出一丝微笑。

“我在院子里听到了这里的声音。”千行摸摸头。毕竟是打扰了主人的练习，他觉得有些不好意思。

“没关系。你也……懂剑道？”俊赫的眼中没有责怪，反而露出了同道特有的亲近。

“三段而已。只是在学校的剑道会里练习，还没机会见识真正的比赛，所以今天有机会见到大少爷的高水准练习，真是打心眼里感到佩服。”

“你这样的年纪，三段就已经很了不起了呀。”俊赫面露惊奇之色。

“看大少爷的手法，至少已是六段的练士了吧？”

“惭愧。不过，你不必叫我大少爷，叫我俊赫就成。你叫千行？就是那个警察的高参？很高兴认识你。”

俊赫将剑还匣，友好地伸出右手。

把握之间，千行便感受到俊赫的指掌不但苍劲有力，而且坚韧有度，不愧为一个训练有素的剑士。

“可以……讨教一下吗？”千行突然问道，口吻带着谦逊。

俊赫一愣。他没有想到这个看似纤弱的少年竟敢向他提出这样的要求，随即发出爽朗的笑声。

“好啊！不过……只能用竹剑哦！”

“当然。如果用真剑的话……恐怕我……”千行略带自嘲地说道，“不过……你平时都是用真剑来练习吗？”

“是的。真剑的修炼和竹剑的练习完全不是一码事。竹剑的练习是为了参加比赛而准备的，只有真剑才是为了磨炼心性，达到剑道的终极目的——人格的修为而生的。”

“你说的……是古剑术吧？这就是所谓kendou（剑道）和kenjutsu（剑术）的区别吧？”

“啊？！连这个都懂呀？没想到三段的你，对剑道的理解已经远远超越一般的练士呀！”俊赫笑道，“那就……请。”

俊赫伸出右手，做了一个“请”的姿势，中指指向放置在场边的两套黑色剑道护具。

俊赫与千行分别穿好垂、胴，戴上面，最后穿上甲手，从架子上各自选取自己中意的竹剑，插在腰带左边，步入场的中央。

两人面对面，行跪礼之后，直起身，各自拔出腰间的竹剑，以剑尖部分相触，同时保持挺直的上身姿势，缓缓立起。

两个人，两把竹剑一动不动，就像凝固了一般。

千行感到一种无形的压力，包在甲手里的手心微微沁出汗水。

突然，两人几乎同时向后跳退一步，剑尖直指对方的鼻尖，再次保持了凝固的姿势，蓄势待发。

“喝！”俊赫的口中发出一声低吼。

俊赫的剑尖微颤，似有向前攻击之势，身子却丝毫未动。

是一记虚晃。

“嘿！”

随着另一声怒吼，千行的身形已随声而出，向前迅速推进，剑身高高抬起并迅速向前落下，做出了一记伸击面（Nobi–Men），剑尖直指俊赫的面部。

俊赫向右侧后退小半步，用剑尖挑开了千行的剑身。几乎与此同时，他放低剑身，迅速向前突进，直刺千行的前胸。

千行意识到不妙，连忙收住前进的脚步，用自己剑身兜住俊赫的剑尖，顺着剑身划下，用剑身相抵的手法，顶住了俊赫的凌厉攻势。

双剑相抵。俊赫稳步前进。一步，两步，三步。千行保持住姿势，逐步后退。

第一个回合，千行便看出了开局的高下。现在，他只是用巧妙的方法来缓解俊赫的步步进逼，试图采取黏着法，消磨对方第一波攻击的意志。

这的确是个聪明的方法。在双剑黏着的时候，本来具有优势的人一般会因为无法短时间取胜而消磨了意志，因此与其陷入僵局，不如暂时主动撤出黏着态势。即使是高手企图主动撤离，也难免不会留下片刻的破绽。而就是这一丁点的破绽，就可能令弱势者反败为胜。

千行的步伐停了下来，顶住了俊赫向前推挤的力量。

两人各不相让，双方保持这种姿势。

俊赫将剑身微微挪动，似乎想迫使对方以为自己已经露出破绽，但千行始终不为所动，保持着以静制动的姿态。

突然，俊赫的身子向下一沉，剑身转到了千行的剑下面。

千行心中暗叫“不好”，连忙向后一跃。

俊赫以蹲身迅速突进，以逆风之型，向千行的腰部袭来。

千行连连后退数步，调整自己的身形。

没等他站稳脚跟，俊赫的身体已经腾空一跃而起，剑身转为袈裟斩，向着千行的右面劈空而来，剑尖稳稳地落在千行的面甲前方一寸之处。

仅两个回合。胜负已分。

千行无奈地后退一步，垂下了手中的剑。

俊赫也将剑缓缓收回，交到左手，握于腰间。

千行向俊赫深鞠一躬。俊赫也向对手还礼。

比赛以俊赫的胜出而结束。

“承让。你今天心事重重，所以不能专心致志，让我得了便宜。”俊赫一边将竹剑放在架子上，一边说道。

“技不如人而已，哥哥客气了。不过，今天确实有点收获。”

“是……发现什么线索了吗？”

“要说是线索……恐怕现在还无法确定。不过确实有了点思路。”

“哦？”

“俊赫，你知道密室杀人吗？”

“略知一二。在推理小说中，密室杀人是完美犯罪的一种类型，也是很高级的表现形式。”

“是啊！”千行叹道，“玲珑屋一案，凶手就体现了密室杀人的特殊形式呀！”

“我也注意到了这个问题。凶手为什么要如此麻烦地制造密室呢？这一点，值得我们去思考。说到制造密室的动机，我觉得无非是三类。其一是凶手必须制造密室，只有这样才可以令警方的侦破陷入僵局，最终不了了之；其二，彰显自我，凶手并没有密室杀人的必要，但存在展现其智商或是别的心理需求；其三，转移视线，凶手可以用别的形式杀人，但为了逃避罪责，隐藏自己，栽赃别人，他需要偷换概念，转移警方的视线。在我看来，动机就只有这三点。即使在汗牛充栋的推理小说之中，密室的形式千变万化，最终也逃不出这三种动机的类型。”俊赫若有所思但又坚定地说。

聆听着俊赫的言论，千行不由得鼓起掌来。

“看来，俊赫君对完美犯罪很有研究啊！”千行赞道。

“承蒙夸奖！多年来，品读推理小说成为我业余生活的一个爱好。不过……对于完美犯罪的存在，我一直保持质疑的态度。不知千行你是怎么看的？”

“所有推理小说中的完美犯罪，都不能被真正意义上称为完美犯罪。”

“哦，”俊赫颇感兴趣，“怎么讲？”

“所谓完美犯罪，从概念上讲，就是完全不能破解的犯罪。而所有的推理小说，原则上都必须破案，否则不能满足推理小说针对读者的基本需求。因此，完美犯罪不断出现于推理小说之中，这种现象本身，就是一种悖论。”

“嗯。千行的……‘悖论说’很有见地。说下去。”

“推理小说中之所以频频使用‘完美犯罪’，那是作者普遍采取的一种夸张手法，目的是最大限度地吸引读者的眼球。用得多了，便在作家和读者之间形成了一种约定俗成的默契。实际上，这类所谓完美犯罪，应该被称作‘准完美犯罪’。它可以无限接近纯粹的完美犯罪，但不可能与之完全等同。这有点类似于数学中的‘≈’。”

“那么，在千行看来，在现实生活中，完美犯罪是不存在的喽？”俊赫的脸上分明写着“好奇”二字。

“存在的。”千行很确定地说。

“存在？听起来貌似有些矛盾哦。那么，你认为怎样的犯罪能被称作真正的完美犯罪呢？”

“真正的完美犯罪有三种。第一种情况，这是根本没有被人发现的犯罪。这是绝对情形，也是极致状态，是最为成功的完美犯罪形式，但很遗憾，这根本不能够出现在推理小说之中，因为它没被发现，就构不成必要的情节表现。”

“有道理。原来，我从前的理解都错了啊！第二……”

“第二种情况，犯罪行为被人发现了，但由于对手的狡猾布局和特殊的情况造成，侦探无法找到凶手，更无法破解他的诡计。有一种存在于推理小说中的，最被读者津津乐道的范例就属于这类。由于凶手的思维方式或智商比侦探或警察高出一截，形成了落差，或者，凶手对侦探进行成功的误导，令侦探进入无法自拔的误区。多年后，侦探终于克服了自己的思维盲点，认定了凶手，但该案已经拖过了法律追诉期，使得他望洋兴叹，只能任由凶手扬扬得意。”

“没错，这恐怕是推理小说中读者最热衷的情节了。”

“第三，即使我们确定了凶手，破解了他的诡计，还明白了他的动机，但无法得到将他定罪的足够证据，形成只能任其逍遥法外的无奈局面。”

“这也是读者迷恋的情节。”

“读者最迷恋的后两种情节，小说中最常用的情节，在现实中并不是最成功的。只有不被发现的犯罪，在现实中才是最为成功的。这桩犯罪，就像空气一样，从这个世界上消失了。注意，这种凶手的作案手法有时并不高明，甚至很低俗。”

“是啊！这……恐怕也是一种悖论吧？！”俊赫叹道。

“是的，推理小说与现实案件之间的相悖。这是个哲学命题。所有完美犯罪，都只能在现实生活中出现，推理小说中的完美犯罪，都是假命题。”

“不愧是少年推理师呀！”俊赫也鼓起掌来，“听君一席话，真是受益匪浅。”

“彼此彼此。俊赫……知道我和警方的关系？”

“哦！听周焘和安叔说的。”

“原来是这样。”

“父亲死后，我也一直在寻找案情的线索和突破点。千行，相信有了你的帮助，真相一定会浮出水面。杀死父亲的凶手，终将难逃法律的制裁。”

“那就让我们一起努力吧。”

“谢谢。”

四只手紧紧握在一起。

“对了，当年负责设计、建筑和装潢玲珑屋的人，分别是谁？”千行突然问道。

“玲珑屋的设计者是父亲和林念祖，建筑和装潢都是林念祖负责的，大概在三年前吧。怎么了？”

“没什么，只是随便问问，”千行转而指向远处的窗口，“那个……恐怖的亡灵，就是出现在那里吗？”

“是的。”俊赫用手指点窗外，“当时，我就站在窗户外花坛的那个位置，安叔和父亲就站在我的身边。鬼魂出现的第一个位置在窗户边的这一点，第二个位置在那面健美室的窗户边。”

“两点之间的挪移，只用了一秒钟？”

“是啊！无论如何也不能想象，它究竟是怎样穿越我们三个人的视线。毕竟我们都站在大门的前面，睁大了眼睛看着前方。当时，前门和后门都开着，我可以清楚地看见后门外的月光……”

说着，俊赫的脸上逐渐地爬上了淡淡的铁灰似的暗色。如同一种病菌，沿着他的躯干蔓延，扩张……顷刻间布满了他的全身。

千行感到了背后的寒冷。

他知道，那是恐惧，和死亡之色。

从俊赫的眼神中，千行深深地感受到了那一夜的恐怖。

“带……带我从头到尾看一遍，可以吗？”千行试图打破这种令人窒息的气氛。

“好。没问题。那么，从我们赶来的方向开始吧。”

俊赫恢复了常态，在剑道馆西北角的穿衣镜前脱下道服，换上便装，带着千行走出体育馆。

第四节　守灵之夜

荣应泰夫妇的灵堂搭建在南大门附近的空地上。

荣府最不缺的就是空地，因此巨大的灵堂看上去颇有大宅门的尊贵气势。

前来祭奠的人员除了亲眷、外戚和友人，商界的各位大佬都趋之若鹜，悉数到场，同样包括政界的要人。当然，也不乏与荣家毫无关系的三教九流、闲杂人等混杂其间，许是为了借用荣家的平台各自寻找商机吧。因此，没到中午，灵堂的两旁已经挂满了花圈、挽联以及亲朋赠送的祭幛，新来的人只能将花圈等物交与周焘指挥的下人，直接摆放在灵堂外的空地上了。

守灵的家主，是荣家的长男荣俊赫。

面色疲惫、披麻戴孝的俊赫，从早上开始就在父母的遗像下保持着跪姿，一刻也没有离开过。他的双眼布满血丝，却已无泪水滑落。先前的泪痕布满了耳际腮边，可见他昨夜伤心到了极点，泪水已经哭干。

不施粉黛、头扎麻巾的大姐荣熙真是灵堂的主持，带领荣府人不断地重复着相同的动作，应对着前来祭奠的一拨拨友人。

灵堂一侧点着高高的长明灯，据说有七七四十九层，经久不灭。长明灯旁，法喜寺的一干大德高僧身穿层层叠叠的袈裟，手执法器，正在高声诵经，为逝去的人们超度亡魂。

安力为和千行一起，坐在灵堂一角的客席上。

他有意选了一个离主人比较近的位置，因为他认为前来祭拜的人群中，或许会有凶手出现，必须仔细观察。

按照常例，很多凶手都喜欢在杀人后返回现场。

动机不外乎三种：一是想确认受害者已经死亡，有些凶手会因为当时极度恐惧，以致急于逃离杀人现场而忘了当场确认；二是想知道侦破的情况，通过对现场的实地感受，来打探警方关注的程度与负责警察侦破能力的深浅；三是比较另类的，就是从目睹受害者家属和警方的忙乱中，来得到一种特有的满足感，兼具某种挑战和揶揄的意味。

对于每一个悼客的一举一动，安力为始终目不转睛，不肯放过一点蛛丝马迹。只有在两拨悼客来去之间的空当，他才长吁一口气，活动活动因为注意力高度集中而麻木了的筋骨。

他一回头，看到千行正死死盯着前方的一点，表情甚为奇怪。

顺着千行的眼光看去，那是端放在灵堂最醒目位置的，荣应泰的遗像。

安力为不禁激灵灵打了个冷战。

一直只顾着审查悼客，他竟没发现，这原来是一张令人心头猛然一惊的黑白大脸。

安力为回想起，刚才来的好几位悼客惊慌失措的样子。

怪不得他们表情怪异！原来是因为这幅遗像。

这幅遗像到底有什么特别的呢？

安力为很熟悉逝去的荣应泰，一时却也说不出原因来。

相片里的荣应泰，就如同往日给人留下的印象一样，眼神如鹫，浓浓的剑眉，脸上布满了岁月留下的木刻般的沟壑。黑白的影调，更增添了一份沧桑感……

但是……往日……不就是这个样子吗？今天来看的话，究竟有什么不同呢？

安力为看了许久，也没能得出一个答案来。

“微笑。”千行没有回头，但确实是在与安力为说话。

“微笑？”安力为皱起眉头。

细细看来，确实如此。荣应泰的嘴角右边微微上翘，似乎露出了一丝不易察觉的笑。不仔细瞧的话，还真是没能察觉。

“蒙娜丽莎的微笑。”千行还是没有回头，依然紧紧盯着那张遗像。

安力为倒吸了一口冷气。

他想起了在现场看见的，荣应泰死后的表情。没错。简直如出一辙。

那笑容里，是一种看破红尘的释然？一种掌控全局、目空一切的得意？是对十方世界里世人皆醉的轻蔑？还是……

他苦思冥想，依然没有得出想要的答案。

夜幕降临，灵堂外点起了一排排的御灵灯。

“今天晚上，该不会再次上演亡灵现身的一幕吧？”

看着御灵灯闪烁的微弱光芒，安力为又想起了那个令身经百战的自己都恐惧的夜晚。

他深深感到，在这个看似热闹、人声嘈杂的灵堂内外，隐隐暗含着一股不怀好意的气息，从某个不为人知的角落里散发出来的，冷冷的杀意。

猛然间他意识到，正有人在盯着自己，目光直射心魄。

定睛一看，原来是千行。他正用一种颇含深意的复杂眼神看着自己。

安力为张开嘴巴想问，但又不知该问什么。

“凶手……就在这里。”千行幽幽地说道。

“什么？你说什么？”安力为觉得自己一定是听错了。

“我会抓到他的。”

千行的这句话，是对他自己说的。

忽听门外一阵骚动，将安力为拉回到现实中来。

有周焘和几个仆人的高声呵斥，还有一个女人，似乎在苦苦恳求。听起来，有点像是李妍的声音。

安力为和千行一齐望向不远的门口。

安力为刚要准备起身前去查看个究竟，只见周焘大步流星走了进来，径直走到了荣熙真的面前。他俯下身，向熙真低声耳语了几句。

熙真听完，略微沉思了片刻，抬起头来。

“让她进来吧。”

“是。”

周焘领命，匆匆走出门外。

不一会儿，他带着一个女人走了进来。

安力为眯起眼望过去。果然是李妍。

不过，今天的李妍和往日里风格迥异。

平常的她，衣着时尚，鹤立鸡群，无论在什么场合都保持着一股潮Style。天生拥有一双能勾人魂魄的眼睛，目光流转之间，便能令周遭的男人们想入非非，倾倒执迷。她总会看似不经意，却在一举一动之间，适可而止地裸露身体某些部分，每每还都显得那样自然，绝不夸张做作，因此总能得到人们一种不忍释卷的特殊视觉关注。

只用“尤物”来形容的话，恐怕已经过时了。

刘晓伟曾用一个极具诱惑力的新潮词汇，给了李妍一个终极评价——童颜巨乳。天使般稚嫩的容颜与魔鬼般曼妙的身材，这几乎是每个正常的男人，尤其是宅男梦寐以求的女神形象。

安力为同样是个男人，对于李妍，自然也不可能毫无生理反应。只不过他身为刑警，又是属下的师范，懂得如何克制自己的原欲，抵抗外来的诱惑罢了。

而今天的李妍，与之前判若两人。

一件长及脚踝的黑色呢风衣，紧紧裹住了女神的婀娜曲线。高高的立领，完全遮住了她光滑如玉的脸颊。

她简直像个装在套子里的人。

从那团深黑色的人形之中，安力为隐约捕捉到了，一种近乎绝望的忧伤眼神。这眼神令他愈发觉得寒冷。

那仿佛不是这个世上应有的人，而是来自中世纪哪部文学作品中的，一个独自矗立在海边，暗自垂泪的黑寡妇。

这个形象牢牢地揪住了安力为的心。在这一刻，他甚至忘记了自己的警察身份，突然从心底涌起一阵莫名的痛楚……

全场噤若寒蝉。没人再发出一点声音。

众人憋住气，齐刷刷地望着这个黑色的女人一步步走向供桌。他们同时感到，一股沉重的压力正向灵堂中央袭来。

李妍举起右手的花束，用双手捧着，面向荣熙真鞠躬。

熙真没有说话，而是用一种奇异的眼神死死盯着李妍，身体微微一欠，算是还礼了。

跟随在李妍身边的周焘没有立即伸手去接花，而是看了一眼大姐，请示主人，这束花到底该不该接。

一角的安力为突然注意到，荣熙真并没有马上示意周焘，而是转过头，与身旁的林念祖对视了一下，似乎在交流着什么。林念祖没有说话，但大姐似乎立即明白了他的意思。

荣熙真冲周焘微微点头。

周焘双手接过了花束，将它放在供桌前。

李妍旁若无人，向着遗像双手合十，默默说着什么。摇曳的烛光之下，一串晶莹的泪珠洒在地上。

祷告结束后，李妍依然向熙真礼貌地深鞠一躬，擦干眼泪，默默走出灵堂。

林念祖跟随着李妍走了出去。

由林念祖来负责送客，恐怕在荣府也算是极高的礼节了。

今晚过后，李妍怕是再也不能踏入荣府一步了。

看着李妍远去的背影，安力为暗自想到。

御灵灯下，那黑影显得那么纤细，简直称得上弱不禁风。

黑色高跟鞋踏过灵堂外的地面，发出清脆而凄凉的声响，有如鬼魅。

安力为与众人一样，一直凝望着李妍的背影走出南大门。那扣人心弦的脚步声，消失在了茫茫的黑夜之中。

“把那花扔了。”

一个淡淡的声音，打破了凝结的寂静。

是荣熙真。

她面无表情，冷若冰霜，眼看着周焘将那束花取下供桌，扔到了南大门外。

安力为和千行相视一愣，不由得对面前的这个女子肃然起敬。

不愧是荣氏长女，竟有如此大家风范。

简简单单的几句话，竟将小三哭丧这样棘手的事情，处理得大方得体，滴水不漏。

第二天，荣应泰夫妇正式下葬。

第五节　奇怪的"遗言"

入夜，精疲力竭的安力为开着他的破车，准备回家看看。专案组成立以来，在他的印象中，只回过一次家。每天的工作早已分不清白天和黑夜，困了，就在车座上对付一下，累了，他就索性在办公室的沙发上窝一宿。

儿子熟悉的面孔，最近在安警官的脑海里总是变得很模糊。

以前可不是这样。每当他陷入僵局，无法突出重围的时候，儿子的笑脸，总能给他鼓起一股莫名的力量。可最近……这是怎么了？有过那么几次，在难得闲暇下来的那几分钟里，当他点起烟，努力想着儿子的笑脸，可怎么也不能看清，就好像镜头被故意调到了虚焦的位置。

这一点令他多少有些苦恼。如果在未来的某一天，他这个当爹的忘记了儿子的容貌，那该算是大公无私，还是无情无义呢？无疑，领导们和组织上一定会表扬自己是工作敬业，为大家舍小家……但亲友们又会怎么看呢……

想到这里，安力为露出了一丝苦涩的笑。

车窗外如此安静，连鼓噪不停的虫子都选择集体闭口，除了自己车子的引擎，几乎听不见一点别的声音。白天的喧嚣已经退去，那些刚才还在为了被称作“浮云”的东西而四处奔忙的神马，现在一个也看不见，都不知躲到哪里去了。马路上空荡荡的，只有十字路口的红绿灯，还在和他一样工作。

他摇下车窗，呼吸着冰冷而令人清醒的空气。

原来，时日已经接近深冬。

手机铃声突然响起，划破了夜的寂静。

是老夏。

“老安，在回家路上？别回去了，免得挨媳妇儿骂。鼓楼拐角，王大妈爆肚。就我一人，快来吧。想跟你聊聊。等你啊！”

也没等安力为说话，夏军就顾自挂了电话。

安力为苦笑地摇了摇头，打转方向盘，冲着鼓楼方向驶去。

俗话说，君子之交淡如水。老战友之间，没那么多废话。安力为知道夏军想跟他倾诉一下。听话音就明白了，他心情不好。

其实自己还不是一样。自打专案组成立以来，自己的心情就没好过。

这是一家恰如其分的小店。就一间门脸，本来应该是自己家的客厅。在南方很少有做京味爆肚的饭馆，南方人吃不惯。可从北京调来的夏军偏就好这口。老板王老太也是北京人，跟随丈夫南下来到这里的，一住下就再也没离开过。丈夫死后，她便开了这个小店，一来满足自己的口福，二来也为像夏军这样的老乡服务，彼此找回一点童年印象中家乡的气氛。

安力为进来时，夏军已经喝了半斤二锅头。

夏军一边晃着脑袋，一边替安力为倒上酒："知道干吗那么晚把你拖过来吗？"

"华鼎坤那条线……查不下去了？"

"嘿！你小子神了。唉！你怎么知道的？"

"看你喝的这德行，还能有别的事吗？"

"哼哼。"

"说说，怎么了？怎么就查不下去了？"

"先不说那帮当官的做了什么，先就咱自己直觉上分析分析……你真觉得荣应泰的死，会和华鼎坤有关吗？"

"到底怎么了嘛？华鼎坤这条线是你提出来的，我也觉得可能性不小呀。怎么了？你动摇了？"

"不……怕你笑话。我动摇了。"

"啊……"

"起初，我觉得华鼎坤的嫌疑最大，因为他和荣应泰之间几乎是不共戴天。可是……调查越深入，我就越……觉得这不像是华鼎坤干的。"

"怎么个不像法呢，接着说。"

"你想，华鼎坤和荣应泰一样，在商界都是大佬级的人物了。你听说过两个已经功成名就的江湖大佬，会为了彼此的仇怨，像俩街头小混混那样玩命，非得搞死一个才算完吗？"夏军一饮而尽。

"嗯！这倒是……有点道理，"安力为点头道，"只有在小说、电影里才会那样。在现实生活中，是不至于的。虽然他俩都恨不能'弄死'对方，但只会在商界的游戏规则里去'弄死'，而不是横尸街头。”

“今儿案局没错怪我。我口口声声说会从华鼎坤那里找到突破口，但其实……自己一心想的，却是依靠这个案子，一并铲除商界的恶势力。唉！老安，是我目的偏离了轨道，没怀一颗中正之心呀！”

夏军说着，又要拿起酒瓶子，被安力为一把夺下。

“老夏，你也别这么说。咱也是人，在破案的时候出现了一点点偏离，没有那么严重。你不准再喝了啊！”

“我心里不痛快。我夏军不是这样的人，咱俩共事那么多年了，这你应该知道。可这次偏偏……你让我喝！”

夏军伸手又来夺酒瓶子，被安力为狠狠一记打回。

“不许喝了。你夏军是什么样的人，我心里清楚得很。即使存在铲除恶势力之心，又怎么了？别一点小事就哭丧个脸，跟个娘们儿似的。多大个事。来，吃爆肚。”

安力为往夏军碗里夹了一堆爆肚，夏军知道他诚心，转忧为笑。

“唉！我郁闷的时候呀，只有你才能懂我。”

“我还郁闷呢！谁懂我？”

“你郁闷啥？”

“嗐！别提了。我一直认为李妍的嫌疑最大，可贺科现在坚决支持千行的说法……”

“千行怎么看？”

“他认为凶手在荣家内部，和李妍没什么关系。”

“内部？嗯……没错。荣应泰一死，可能我们前面设想的很多问题都是错误的推断！有意思。我怎么没有想到……”

“我说老夏，你到底帮谁说话。落井下石哪？”

“我谁也不帮。我只是觉得千行的想法是对的。”

“你也觉得李妍不像是凶手？”

“嗯。刚才听你那么一说，我也觉得李妍不像。”

“真没立场。”

“理由很简单。李妍杀了荣应泰，能得到什么好处呢？”

“那……她那个小白脸呢？难说……”

“小白脸在哪儿呢？”

“这……”安力为一时语塞。

“老安哪，本以为这次我也能协助你破了这个大案，没想到一开始就使错了劲。不过……你现在的军师比我强百倍。看来，我是时候退出了。”

“退出？”安力为吃了一惊。

“是啊！窦局要求我暂时撤出专案组，增援黄科和滕战他们的连环爆炸案。不过你放心，他说了，只是先抽调我去应急，只要时机合适，就会立即把我再调回来。”

“也只有服从了。”

安力为的手机铃声像催命似的又响起来。

“都半夜了，谁呀……哦，是刘律师啊？遗嘱？什么？不是遗嘱？怎么回事？你们……怎么能这么干？不是你？我看……是大姐荣熙真的意思吧？我马上赶过去，你们谁都别睡觉，必须等我。好。”

“怎么了老安？”

“暴风雨还要接着来呀！好吧，那就来吧。”安力为慢慢放下手机，“大姐，哦，就是那个荣熙真，自作主张决定瞒着我们，私下聚拢荣家的子弟，请刘律师宣读了荣应泰的遗嘱。真是小看她了，这个女人真是不简单！”

“遗嘱？千行果然没有算错。要不要我一起去？”

“不用了。咱们改天聊。我先走了。”

安力为迅速站起身。

就在起身的片刻之间，安力为忽然又一次想起了自己那可怜的儿子。

“唉！”

安力为轻轻叹了口气，再次抖擞起精神，向门外走去。

赶到荣府，客厅的座钟刚好敲响十二点的钟声。

荣俊赫忙站起身来，替大姐解围：“安叔，真是抱歉。这不是大姐一个人的意思，而是我们荣家子女集体的决定。本以为可以避免麻烦，迅速让荣家安定下来，没想到……真是对不住。”

听到俊赫的劝解，安力为的心情逐渐平静下来。

“安警官，事情不是你想象的那样。我宣读的并不是‘遗嘱’，而是‘遗言’。这是荣总生前的意愿。”刘正隆接着说道。

“遗言？荣总临死前还有……”

“是的。不过，并不是荣总临死前几天留下的，而是半个月前。”

“半个月前？”

“是的。五号的上午，荣总约我出来，交给我两个密封的信封，一个白色，一个红色。”

“咦？”

“当时我也觉得奇怪，可荣总让我不要问原因，只需严格执行就可以了。他了解我这个人对他的绝对忠诚，只要是荣总下的命令，我会像瑞士钟表一样精准无误地执行，绝对不会出现哪怕毫厘的偏差。”

“那么，荣总是要……”

“他要我安排某个人，将红色的信封以最高机密的程度，秘密隐藏起来，密码只能由这个人记在心里，谁也不能告知，即使荣总自己和他的子女也无权知晓。而这个白色的信封，他请我妥善保管。他嘱咐我，倘若在不久的将来，他遇到任何不可抗拒的重大事件，比如生命受到威胁，就在事件发生后当着荣家子女的面打开，还特别提醒，是荣家子女全体到场的情况下。”

安力为听得一头雾水。

“那么……我可以看看……信件的内容吗？”

“当然可以。这就是我无论多晚也必须立即给您打电话的原因。”

刘正隆将一张信笺双手递给安力为。

安力为注意到，桌子上，放着一个白色的空白信封，上面没有一个字。

信的内容是这样的：

荣家子女们：

当你们看到这封信，我已经遇害了。

不必奇怪，为父早已知道自己陷入死局。

这只是我的临终遗言，真正的遗嘱已经命人妥善保管，儿女们不必担心，为父自有安排。

下面的内容，请荣家所有子女务必严格执行，不得擅作主张。如果有人试图违背为父的临终意愿，将会受到严厉的惩罚。

一、在为父遇害之日起的一个月后，刘正隆律师将找到那个负责保管我遗嘱的人，并在荣家子女全体到场，以及安力为警官也到场的情况下，当着所有人的面，宣布遗嘱的内容。如荣家子女中有人因故暂时不能到场，则宣布遗嘱之日顺延，如果安力为警官不能到场，则由刘律师自主决定。

二、在这之前，任何人不得向刘律师询问那个人的身份，以及遗嘱的去向，必须一直耐心等待一个月期满。

三、对于遗嘱的内容，荣家子女们必须严格执行，不得心存二心。遗嘱的解释权，完全在于刘律师遵照有关法律做出的判断，任何人不得提出异议。

四、林念祖虽与为父并无血缘关系，但必须被视为兄弟，拥有与荣家子女同等的地位。因此，以上所称的荣家子女中，包括林念祖。

五、荣启泰与叶丰盛及他们的子女亲人，因其独立门户已久，经济上并无瓜葛，所以不应被视为我所称谓荣家子女的范畴。遗产的分配，也与他们无关。

六、为父死后，荣家子女务必保持团结安定，维护荣家尊严，不得互相排挤，互相猜忌。遗嘱中，将做出遗产的分配，并宣布荣家的第一掌管人。荣家的权杖将由刘律师亲手交与他。此人确定后，任何人不得私自反对，自立门户，必须悉心辅佐，保持荣氏一族血脉和家业的统一。

父　荣应泰　绝笔

2012 年 11 月 5 日

对于荣应泰的笔迹，安力为是很熟悉的。毫无疑问，这是他使用钢笔和碳素墨水书写的亲笔信。

可惜这封信过于简短，确实算不上“遗书”或“遗嘱”，刘律师只称它为“遗言”是准确的。这上面所要传达的内容也很少。

要求平等对待林念祖，旁系不得染指荣氏遗产的分配，这两点很容易理解。可单单是信中最重要的一点，实在令人难以捉摸。

为什么荣应泰会要求刘律师必须一个月后才能公布遗嘱，而不能立即执行呢？这其中隐藏着什么秘密或苦衷？有谁知道这个秘密？这一个月，对于荣氏遗族来说，又意味着什么呢？

在荣家血案之中，已经出现的诸多谜团，至今还一个都未告破，如今又多了这一个更加令人费解的谜团。

安力为的心中暗自叹气。

怎么连这个相识多年的老朋友也来给自己添乱呢？立即将遗嘱公布，合理地分配好遗产，不是维持荣氏安定团结的捷径和最佳选择吗？为什么人死了还出这么个幺蛾子，算什么意思呢？

他百思不得其解。

不过，毕竟是见多识广的老刑警了，他表面上并没有流露出疑惑和懊恼，照样镇定自若，举重若轻。因为他知道，自己现在的一举一动，都将严重地影响荣氏一族成员每一根脆弱的神经。

在征求了荣熙真和刘律师的同意之后，安力为掏出手机，将白皮遗言的内容拍成照片存储下来。

然后他询问大家，是否有人事先知道这封信的存在，或是察觉到与之有关的荣应泰的异样表现。在得到了异口同声的否定回答之后，安力为请所有人先回房休息，只留下刘律师一个人问话，因为他还有一些问题。

为了防止有人偷听，安力为选了客厅一角的一间小休息室，关上门方才开了口。

“不介意我录音吧？”

“不介意。”刘正隆答道。

安力为将手机放在两人中间，打开了录音功能键。

“这两封信，荣总是哪天交给你的？”

“十一月五日上午。”

“十一月五日？也就是……府内又一次发生亡灵事件之后的第三天……同时也是叶夫人从电视台失踪前的四天。对于这两个事件，你都清楚吧？”

“都知道，但具体细节不太清楚。我很少过问荣府内部的事情。干我这一行的，得明白一个道理——‘不该问的，不问’。”

“好。当时他的情绪如何？”

“他当时眼窝深陷，印堂发黑，眼袋松弛，好像很累的样子。荣总以往在外一向给人以凌厉的感觉。见过他的人总是说，他的身上具有一股强大的气场，每每会压得人透不过气来。我也是这样的感觉，所以一直唯他马首是瞻。不过，那天……怎么形容呢？有点像老人。别的，就没什么了。总之，他还是很平静。”

“是这样啊！那么，荣总将两封信交给你的时候，是否已经当面交代你，该什么时候公布遗嘱？有过亲口交代的话，内容和信上所写的符合吗？”

“没有，”刘正隆摇头道，“我想他已经确信自己安排妥当，有了这封遗言，就不必再向我重复交代了。荣总是这样的人，从不多说一句废话。”

“嗯。这点我知道。关于……那个保管遗嘱的人，他的身份，可以告诉警方吗？”

“这个嘛……我不能这样做。我不能做荣总没有交代过的事情。”

“咦？”安力为略略皱了一下眉头：“我以为荣总会交代过你，不能马上告诉警方，没想到你这样回答……哦，我明白了。看来，荣总真的对你的秉性非常了解。换了别人，完全可以将荣总的嘱咐视为可以告知警方，也可以不告知警方，这样两可的态度。”

“但我不同，我比较保守。通常在不确定是否存在不利因素的时候，我都会视为不利。所以……荣总确实对我了如指掌，同时他也对我完全信任。”

“可以理解。他是不是曾经向你提起过，林念祖在荣家的平等地位呢？”

“没有。但这一点，恐怕任何一家荣氏旗下企业最底层的员工都知道。”

“你知道这是为什么吗？为什么……林念祖可以得到这样的地位与尊重呢？”

“这个嘛，我说不好，但林念祖的才华和出色的能力是有目共睹的。荣总自从有了他的辅佐，可谓如虎添翼。他们之间，我想可能是伯乐与千里马的关系吧！”

“我明白了。那封信中提到，不服安排的人，将受到惩罚。这个所谓严厉惩罚，是什么呢？这个可以透露吗？”

“实在抱歉。这个我真的不知道，荣总没有向我提起过。我想，这些内容，应该在真正的遗嘱中会有安排的吧！”

“冒昧问一句，你没有看过真遗嘱，也就是那封红皮信的内容吗？”

“那是当然。我连这封短信的内容，事先也没有看过的。这是作为律师的职业操守。如果您刚才仔细观察的话，会注意到刚才那封白皮信的封口处，是用红蜡做过封印的。”

“是的，我注意到了。不好意思，我问得太唐突了。对了，遗言中提及，届时你在宣读遗嘱时，我必须在场。知道这其中的原因吗？”安力为继续问。

“呃……这是我个人的猜测。一般人家公布遗嘱的话，律师在场已经很慎重了。但荣家不是寻常人家，行大事需要格外审慎。您既是警方代表，又是荣总多年的好友，有您在场的话，即使子女们因分配不公而出现误会或纠纷的情况，也算有个把舵的，至少是证明人了吧！”

“可以这样理解。从这封信看来，荣总对自己的死早有预见。”

“是的。我也这样认为。不过……”

“不过什么？”

“我看荣总并不害怕。”

“哦。那么对于他的遇害，您又知道些什么呢？能想起什么都行。”

“您这样问的话……我一时还真的什么都想不出来。和荣总的遇害有关的事情，好像还真的没有。”

“最后一个问题，信中提到的权杖是什么？是象征呢，还是荣家真有那么个东西？”

“真有。荣总喜欢收藏各国的奇珍异宝，这是其中之一。”

“那是什么样的东西呢？埃及法老的权杖吗？”安力为很好奇。

“不，是二战期间第三帝国陆军元帅冯·博克的备用权杖。当时处于战争状态，为防止丢失或遭到损坏，所以授予元帅的权杖，其实都至少制造一个备份。这柄权杖，与德国博物馆里收藏的那一柄，是一模一样的。冯·博克，是曾经指挥大军突袭波兰、占领荷兰、大败法国的常胜将军，也是进攻苏联的中央集团军群最高指挥官，后来因为跟希特勒在战略上意见不合而被免职，在行军途中被盟军飞机炸死。在整个二战中，他是唯一一位战死疆场的德国元帅。”刘律师说道。

“刘律师懂得很多呀！”

“都是荣总生前告诉我的。得到了那样的珍宝，谁也免不了会偶尔炫耀一下。”

“荣总从哪里得到这样的东西呢？这应该相当于德国的国宝了吧！您看过吗？”

“我怎么可能见过，我只是个律师。说是国宝的话可能还算不上，但它的历史价值确实很高。由于是纯金打造的，本身也是价值连城的珍宝。具体是哪儿弄来的，我确实不知道，荣总不可能告诉我。我想应该不会是正规渠道。但只要花得起巨资，欧洲也有唯利是图的人。”

“我听懂了，”安力为点头道，“荣总是将这柄权杖当成了传家之宝，继承家督位置的象征物。谁拥有了这柄权杖，谁就有权力控制荣家的一切。”

“您猜得不错。这件事荣家的子女都知道。它原来的主人是统领千军万马，所向披靡的冯·博克元帅，因此其自身具有的华丽象征和十足霸气，确实远非一般俗物可比，作为荣氏一族家督的权力象征物再合适不过了。”

“荣家的子女之中有谁见过权杖，这个……您恐怕也不知道吧？”

“当然。”

“可是，玲珑屋和荣总的卧室里我们都搜查遍了，没有发现。难道是秘密藏在了什么地方？”

“那是自然的，荣总做事极为谨慎，这样重要的物品，一定会保管得很严密。如果我没有猜错的话……封印后嘱托我保管的新遗嘱里应该有信中信，而地址和密码应该在指定我交给第一掌管人的那一个信封里吧。”

第十三章　两种毒物，一个名字

一切皆有意义。

——千行（中）

第一节　两种毒物

在荣氏夫妇的坟墓里，迄今为止其实还只有叶淑娴一个人的骨灰。

为了配合警方调查，荣应泰的尸体还静静地躺在省公安厅刑侦总队法医鉴定中心法医病理检验室的检验台上，因此葬礼当天，在荣应泰的棺材里，其实只有他的衣物而已。

之所以急于下葬，是荣家为了避免社会上流言蜚语的考量。荣氏夫妇的出殡日不能耽搁延迟。

叶淑娴和吕光复的尸体检验很容易得出结论，检验完毕就归还了荣家。

根据吕光复的尸检报告，死亡时间为十一月十四日凌晨一点四十五至两点，与荣俊旭的目击陈述存在近一个小时的偏差。

叶淑娴的尸检死亡时间为十一月十一日四点五十至五点零五，与几名现场目击证人的综合叙述情况相符。因此，在实际死亡时间的确定上，应以证人所说的五点至五点零一分为准。

二十二日，荣应泰的法医验尸结果也出来了。

尸检病理报告书

鉴定事由：荣应泰死亡原因

解剖日期：2012 年 11 月 17 日

报告日期：2012 年 11 月 22 日

工作人员：孟凡树、孟建新

一、案由：疑似中毒死亡

二、病理学检查：

(一)、尸表检查：

男性尸体一具，尸长 178cm，发育无异常，营养良好。全身出现鲜红色尸斑。角膜混浊，双侧瞳孔等大，直径 0.8cm，巩膜无黄染。口唇紫绀，口鼻腔及双侧外耳道均出现异常分泌物。气管居中，胸廓对称，腹壁无异常。四肢无畸形，指、趾甲紫绀显著。

(二)、内部与组织学检查：

胃内及体腔内有明显苦杏仁味。

消化道各段均可见充血、水肿，胃及十二指肠黏膜充血、糜烂、坏死。

神经细胞变性坏死，胶质细胞增生，心、肝、肾实质细胞浊肿，中枢性呼吸衰竭。

（三）、尸检病理学诊断：
1．死亡。
2．其他各方面无异常。

三、结论：
死亡原因：系大量服用氰化钠导致急性中毒死亡。
死亡时间：为 2012 年 11 月 17 日 13：30 － 14：00 之间。

尸检病理检验报告人：孟凡树
2012 年 11 月 22 日

除了刑侦总队老孟的报告之外，为了慎重起见，接下来由省内两大医科大学的法医司法鉴定所和上海医科大学法医鉴定中心的重复鉴定，得出的结论也是一样的。

在尸检结果有了定论的同时，总队法医鉴定中心毒品毒物检验室的郭小美提交了另一份检验报告。在玲珑屋现场桌椅的两旁地上发现的白色粉末，检验结果分别为氰化钠和氰化钾。与物证鉴定中心女技术员何心怡的判断综合起来分析，确定在椅子左边，与玻璃杯碎片在一起的是氰化钠，而在椅子右边单独出现的，是氰化钾。

这就很奇怪了。在杀人现场，如此相近的距离出现两种不同的毒物，这种情况还从来没有发生过。

有人会为了投毒杀人，而同时使用两种不同的毒物吗？氰化钾和氰化钠都是瞬间致命的顶级毒物，根本没有必要重复使用。再说，这两种毒物都是受到有关部门严格管控的，其用途也不尽相同，除了实验室，又很少会出现在同一处，凶手要想搞一点都不那么容易，更何况是两种。凶手有必要冒着双重的暴露危险，来弄到两种毒物吗？

“现场出现两种毒物，是怎么回事？”安力为有点沉不住气了。

千行道：“不必纠结于每一个细节，我们现在需要拥有全局观，并且整理出自己的推理思路来。虽然多了一些新麻烦，但现在至少我们可以确定三点。”

“三点？”

“第一，荣应泰是被杀的；第二，荣应泰的致死原因是氰化钠中毒；第三，死亡时间为十一月十七日下午一点半至两点之间。”

“废话。”

“废话？难道安叔不明白吗？推理路径已经产生。”

“路径？已经产生？”

“推理路径，用你们警察的话来说，就是破案方向。在我说这个之前，需要和你在一个问题上统一思路。”

“说。”

“你还认为李妍和华鼎坤有嫌疑吗？”

“这个嘛！现在看起来，似乎……”

“好。在我看来，凶手就在荣家内部，包括林念祖。”

“嗯嗯。”

“安叔你哼哼啥？这很重要。我们必须统一意见，才能正确调查方向。”

“你说得对。”安力为很不情愿地从牙缝里挤出四个字来。

“范围确定了，推理路径也就产生了。一是调查毒物的来源，二是调查荣家所有人十一月十七日的行为时间，反复审核他们的不在场证明……”

“嗯。听你这么一说，我心里敞亮多了。这就像在拳台上打拳击比赛，对手一个右直拳轰过来，我并不一定必须格挡或者招架，而是用我的右勾拳直接抡过去，因为抡过去的同时，我已经做出了躲闪的动作，避开了他的左直拳。”

“没错，是这意思。不能被对手打乱了阵脚，而要让对手适应我们的节奏。这就是任何一项体育运动的选手想获得金牌的秘诀。”千行微微一笑。

“你刚才的意思是，对荣熙真的调查不必过于紧张吗？我可不这么想。这个女人可不简单！”

“是的，这个大姐……的确不是等闲之辈，我想那天晚上我们都看出来了。我只是说在调查毒物来源这个问题上，她直接弄到毒物的可能性较小，但并不代表她不会通过别人来得到，比如说蒙骗。荣惠娜也是同理。而对于不在场证明的调查，荣家的六个人应该同样重视。关于推理路径，我还有一条没说呢。”

“哦？”

“第三条路径，也是最重要的路径——分析凶手的作案动机。”

“嗯，这个最重要。”安力为点头。

“到目前为止，我们基本已经可以达成共识了。凶手的作案动机，可能不是仇杀，不是报复，而是和荣家的遗产有关。”

“嗯，我也是这么想的。从这个角度上考虑的话，荣俊赫的嫌疑最小，因为他最有可能成为荣家的第一继承人。这一点几乎是业界公认的，不存在什么异议。”

“没错，可以暂时这么认为。那么，就目前看来，对荣俊赫的第一继承人位置可能形成威胁的，就是四个人。”

“荣俊旭、林念祖、荣惠娜的丈夫郑浩和荣熙真。”

“对。我们先来看荣俊旭。他是荣应泰与现任妻子叶淑娴所生的，可能由于父母的偏爱，而取代父亲与前妻所生的哥哥荣俊赫。荣俊海还小，不足以挑起大梁。即使设立摄政王来辅佐幼子皇帝的话，也过于刻意，很难服众。”

“嗯。”

“再来看林念祖。他是唯一与荣家没有血缘关系的人，但荣应泰却对他倾注了那么多的心血。这是为什么呢？很值得我们去了解。如今林念祖在荣氏企业的威望和控制力，实际上已经远远超越了荣俊赫，因为荣俊赫所经营的企业其实并不属于传统荣氏企业，而是另立门户了。虽然在商界的口碑与人气上，荣俊赫要超过林念祖，但在荣氏企业内部，林念祖的根系显然更加稳固。也就是说，他是荣俊赫的头号竞争对手。”

“不错，从竞争实力这一点上来说，谁也无法与他相比。”

“荣俊赫的二号竞争对手，是在荣氏企业也颇有控制力的荣惠娜的丈夫——郑浩。他出自名门，父亲也是很有影响力的企业家，当年很有可能是出于强强联合这样的考量，荣应泰才极力促成了这一桩联姻。婚后他们夫妇的感情又是有口皆碑的，因此荣应泰也像重用林念祖一样，在荣氏企业中重用了郑浩。只是……他始终存在一项劣势。”

“什么？”

“法统。从中国人最重视的法统上来说，他属于外戚。在荣氏嫡系子女都健在的情况下，他的外戚身份，明显竞争力不足。一般来说，如果他想获得荣家最高权力的话，必须动用武力去‘夺取’。当然，很难说这是否已经发生了，因为荣应泰的遇害，也可能就是‘夺取’行动的一部分。”

“为了荣家的权杖，什么都可能发生啊！”

“最后就是荣熙真了。虽然她没有进入荣氏企业的核心管理层，但别忘了，她是荣府实际的管理者。”

“没错。负责管理大观园的，正是这个王熙凤。”安力为的眼里闪烁着星星点点的光芒。

“这样的人物，如果有心夺得最高权力的话，也是很有实力的。好，推理的路径说完了，下面我们就荣熙真这个人来分析一下吧。安叔你是很想谈这个吧，那天晚上发生的事？”

“是的是的，你怎么知道？呵呵。”安力为搔头憨笑道，“你注意到荣熙真和林念祖之间的眼神吗？很诡异哩！看上去颇有默契的样子。”

“安叔，你是在暗示我，荣熙真的秘密情人，那个神秘的X，很可能就是林念祖。对不？”

“又被你猜中了。”

“不是我在猜。你现在的身体上下，哪个细胞不是在表达这个意思，谁都能知道你心里想的。换了王亮和刘晓伟，也会马上明白你的意思。”

“有吗？有那么明显吗？先别说我。你怎么看的？你觉得林念祖是不是X？”

“安叔，先入为主，是推理的大敌。不过……”说到这里，千行眯起了眼睛。

“不过什么？”

“倘若林念祖一个人与荣俊赫抗衡，仍是略显力量不足的，但与荣熙真联合起来的话，那就另当别论了，很可能会轻松地击败对手。”

“就是嘛！”

“可这都是些臆测，我们不能用这些猜想的幻象，迷惑了自己的双眼。我们可以在自己的大脑中保存这些暂时还上不了台面的想法，但千万不要盲目地跟着它走。一个侦探，学会控制自己的想法，是很重要的。”

“那就……不管它？”

“不是不管它，而是留存而不动。就像一个 Word 文档，被保存在电脑里，而不要任性地轻易修改它。有时候随着案情的发展，这个文档会发挥出意想不到的效果来，但如果已经被任意涂抹，就会失去它真正的价值。”

“可是……可是……你难道真的不认为他们之间的眼神很亲密吗？那里面，或许包含了爱意。”

“亲密和爱意，我是没看出来，但是要说默契的话，我想是有的。”

“你看，还是有的吧！千行，你还小，还没谈女朋友，有些事你不明白。男人和女人之间，要是没有点什么，是不会有那种默契的眼神的。”

千行直盯着安力为，没有接话。

“那你到底是怎么看的？那样的一个眼神，互相之间也没有说话，林念祖就明白了他的意思，立马主动送李妍出去了。你觉得意味着什么呢？”

“荣熙真当时的眼神，就是一个意思，请林念祖送客，并转告李妍‘请不要再踏进荣家，你和荣家已经没有关系了’。”

“就是……这样吗？”

“就是这样。虽然我也觉得林念祖有点……不，咱先不说林念祖。如果荣熙真真的暗含其他意思的话，也不是外人一眼就能看准的。我们最好不要乱猜度，而先‘保存’下来，等待时机，这个烂想法也许在将来的某一天会发出新芽来，转变成一个好想法。”

“嗯……这我……不敢苟同，那眼神，谁看了都会觉得……哎对了，你对荣应泰的那封白皮遗言怎么看？”

“这封信……的确很奇怪！”千行不由得皱起了眉头。

“一般来说，像荣应泰这样的企业家，或许是会为自己的身后之事提前准备好遗书的。可这封信，不是遗书。有什么必要这么干呢？”

“嗯。这封短信看上去，似乎只是想在遗嘱正式公布前吹吹风。跟公安局及其他政府部门的常用做法有点类似，每逢重大政策和改革方针被正式公布之前，一般先会有个吹风会，为的是让大家有个心理准备，预留出调整心态的缓冲期，不至于措手不及，心生抵触情绪。”

“哎呀，我就心说跟什么东西那么像呢！挺熟悉的……就那么像……就在嘴边，还就说不出来。让你给说出来了。”

“可是，荣家又不是政府机关，为什么要来吹个风呢？”

“谁说不是呢。”安力为双手叉在一起，使劲琢磨，“世间哪有这种咄咄怪事？老爹死了留个遗书，还像拉羊屎蛋子似的，先拉一小坨，等吊足了胃口之后，才正式公布。”

“一切皆有意义。只是我们还不知道罢了。”

“真是伤脑筋啊！”

“安叔？”千行一脸严肃地叫道。

“嗯？”

“鼻毛出来了。”千行又唔噜了一句宇宙语。

“什么？你说什么？”安力为回过神来。

“我说啊……”千行铿锵有力地说道，“你、鼻、毛、出、来、啦。”

“真的啊？”

安力为尴尬地转过头去，用手指去捅捅鼻子，又觉得不妥，从口袋里掏出一张小纸片，蒙上食指尖，努力弄着他认为很不听话的鼻子。

千行突然放声大笑：“哈哈哈。安叔，这你也信？”

“你个小崽子，竟敢拿你叔开涮……”

安力为立即知道自己上当了，顿时怒不可遏。

“不过……如果像安叔这样一直紧绷着神经，迟早是会崩溃的。”

千行捧腹大笑。

“再笑！我让你……”

安力为的脸臊得变成了猪肝色，将手高高举起。

“别动。”千行猛然间面色大变。

“别动？现在……你知道后悔了？我才不会再上你的当呢！”

“别动，”千行伸出右手一指，“你看，这……是什么？”

“这不就是……咦？原来这不是餐巾纸呀？这是……”

定睛一看，这下连安力为也大惊失色了。

第二节　隐形人

安力为擦鼻子的这张纸，不是随意放在口袋里的餐巾纸，而是一张写着文字的小纸片。

有人曾准备修改荣总的遗嘱。

小纸片上，写着十二个字。字体歪歪斜斜，一看就知道，是使用碳素墨水书写的。

“没有落款人和日期，写完这句话后，这个人连个句号都忘了标上，可见是在仓促的情况下完成的。”千行仔细端详着。

“是啊！字体也不太工整。”

“这是谁给你的，安叔？”

“就是不知道啊！”安力为搔头道，“我也觉得纳闷呢！没有人给过我这个呀！”

“那就是有人偷偷塞到了你的口袋里。”

“那恐怕不太容易。毕竟我是个刑警，对于别人贴近我身体的细小动作，还是很有警觉的。这是职业习惯。如果有人真能偷偷将东西塞进我的口袋里，那么他想从我口袋里偷走什么的话，也一定易如反掌。”

“有这个可能。还有一个可能，这个人是被你完全忽略了的人。”

“忽略？”

“对。读过切斯特顿的《隐身人》吗？别墅由所有居民的视线构成严密的封锁网，形成了一个视觉上的密室。在这个密室之中，凶手却自由在其间穿梭行走，而且雪地上留有他的足迹。所有的居民都声称没有见过这个凶手。”

“咦？奇怪？真的有隐形人吗？”

“不。那是假命题。所有人其实都看见了这个凶手。”千行看上去故弄玄虚，“他，是个邮递员。”

“看见了为什么要说谎呢？难道大家商量好了做伪证？”

“NO。所有居民天天都看见这个邮递员，但他又不是他们的亲人、朋友，只是一个为了便民服务而出现的‘工具’。能理解吗？对于居民来说，他不是一个‘人’，而是一个像邮筒一样的工具。这是一个人为造成的隐身人。”

“很有意思。我们的日常生活当中，这样的人还不少呢？”安力为一拍脑袋。

“除了邮递员，还有送报员、送奶工、扫地工等。他们定期地出现在同一个地方，周而复始，每次的行为都没有变化，没有人会关心他们的出现和消失。换句话说，完全被无视。”

“原来如此，都是职业上比较卑微的人嘛！”

“不对。不是卑微的人。如果一个拾荒者，或者送广告单页的，出现在你家的楼下，你就会立即仔细观察，警觉他是不是前来踩点的小偷。”

“我明白了。关键在于你是否‘关心’他。反之，就是‘无视’他。”

“对了。习惯，造成了视觉和思维上的盲点。就是这样一个人，曾经接近过你。你想想，他是谁？时间嘛，就在昨天晚上。如果我没记错的话，昨天白天，你穿的是黑西装，昨晚才换的这身夹克。”

“观察得挺仔细，呵呵。没错，我昨天夜里去见夏军的时候才在办公室里换的这身，后来……就去了荣府。”安力为开始搜肠刮肚，“吃饭的时候，除了夏军没有别人接近过我……而这个人，不会是夏军。那么……这个人一定在荣府。”

“嗯。”

“在荣府的……又是会被我们无视的人，那就应该是……那些仆人了……”

“好。接着想。”

“可是，荣府有那么多仆人呢！”

“昨晚出现过的很多吗？”

“那倒是不多。有……周泰，有根叔，还有小梅……”

“谁带你进门的？”

“根叔。”

“BINGO——”千行右手做出了一个打枪的动作，“就是根叔。”

“咦？”

“从纸张的大小来看，和挂在墙上的小日历相仿。但这张纸片材质与薄薄的日历纸明显不同。这不是日历纸。如果我没猜错的话，它应该是日历本后面的底版纸。”

“没错。肯定是的。”

“谁会经常在口袋里装着一些用过的日历纸、烟盒纸，类似这种废物利用的小纸片呢？”

“老人。”安力为一拍桌子，大呼道。

“对。我爷爷就这样。又有谁必须用纸条来传递信息，而不能趁着进门之前的间歇，悄悄地和你耳语几句呢？”

“根叔。”

“恐怕你从来都没拿正眼瞧过他。”

“略微夸张了一点，但基本是这样。原来他就是这个‘隐形人’呀？！要说想接近我的话，那一定是他带我进门的时候了。不过……说实话，我一点感觉都没有。”

“一点都不奇怪。别以为你武艺高强，就没人能接近你。你对根叔完全‘无视’了。这就是你的盲点。”

“有人曾经准备修改荣总的遗嘱，”安力为又念了一遍，说道，“按照字面意思，他是要表达，这是某人早已存在的打算了，对吧？”

“是的。肯定在荣应泰遇害之前，也很可能在叶淑娴和吕光复遇害之前，甚至是在荣府第一次出现怪事之前。‘准备修改’，是一种意愿，而不是指已经实施了的行为。也就是说，根叔认为，这个某人准备修改遗嘱，却没能得逞，或许他仍然试图这样做。”

“也可能他打算这样做，但一直因为时机不成熟还没下手，将来还要下手。”

“是……不对，有一个概念上的疑点出现了。”

“什么？”

“我隐隐觉得，根叔所说的，那人要准备修改的遗嘱，和那天刘律师所说的红色信封，会不会……根本不是同一个文件？”千行的大脑瞬间处于高速运转之中。

“咦？这是什么意思？”

“你看，这个人修改遗嘱的想法，极有可能在荣府第一桩怪事之前就有，并且让根叔知道了。你同意我这个想法吗？”

“同意。我也是这么看的。”

“那么。他想要修改的这份遗嘱，就不是红色信封里的遗嘱了。换句话说，那是旧遗嘱，而红色信封里秘密保藏起来的，是新遗嘱。”

“有可能。”

“很可能正是为了废除这份已经被人盯上了的旧遗嘱，荣应泰才煞费苦心炮制了一份严密保管起来的新遗嘱。又或许，那个某人想修改遗嘱的阴谋，正是荣家产生一系列血案的源头呢……”

“这个设想很有技术含量。说下去。”

“这样来想的话，兴许也就解释了，为什么荣应泰在新的正式的遗嘱公布之前，需要先放出一个简单的吹风遗言。”

“引蛇出洞？让这个害群之马自己跳出来，是这意思不？”

“如果这个人始终潜伏于家族内部，迟早将成为心腹大患，或许会令荣氏一族面临灭顶之灾。”

“嗯，真是可怕呀！”安力为又感到了寒意，“还有一点，看起来，荣应泰无法与这个人抗衡。他的死，就是斗争失败的结果。而荣应泰临死前应该很清楚这一点，所以才会安排两个‘锦囊’下来。他需要借助警方的力量，来将这个人揪出来，并希望在正式的遗嘱公布之前做到……”

“而且，他很有信心可以做得到。有意思，明牌之下，还有暗牌呀！”千行显得有些兴奋。

“这恐怕也算是老江湖的临死一搏了吧！你注意到那封白皮书信的落款日期了吗？”

“是的。十一月五日，荣府又一次发生叶启德亡灵再现事件后的第三天，也就是一连串怪异事件起源之后的第三天。又过了四天，叶淑娴就失踪了。”

“你不觉得这更证明了我们刚才的设想吗？”

“不一定。可以权当参考，但并不能作为证明。”

“为什么？”

“落款的日期虽然与交给刘律师的日子一致，但并不一定就是实际写信的当天。信，可能是在更早的时候提前写好的。”

“怎么可能？为什么？没有这个必要啊！是……有意混淆日期？

还是……实在想不出理由。”

“安叔，不必为此纠结。我说的，也只是一种可能性。我们把它当作参考就可以了。”

“嗯……那好吧。我在想……根叔现在跳出来，很可能意味着案情就此找到了突破口。”说到这里，安力为显得格外亢奋。

“嗯。在接触根叔的时候，我们还要注意严格保密。毕竟他天天都处于凶手的身边，很容易被发现而灭口。”

“对他得要格外保护，还不能让人看出来。”

“当然。另外，对于根叔的底细，我们也要开始着手调查。是敌是友，现在还很难甄别。”

“没错。是什么因素逼得他跳出来？为什么在这个节骨眼上跳出来，而不是更早的时候？他想指认谁？他到底是想给我们提供情报呢，还是有意搅乱我们的视线？”

“思路很活跃嘛安叔！还有，他到底知道多少？又会告诉我们多少？是有所保留，还是和盘托出？他这个时候站出来，希望达到什么目的？他的儿子周焘了解父亲所知道的内幕吗？他俩是站在一个壕沟里的父子兵，还是各怀鬼胎？这些都是我们应该注意的。算上周焘，我们的调查名单上现在又多了两个人。对了，还有一个要重点搜查的地方。”

“哦？”

“就是关于那个‘洞’。”千行的目光虚空，盯着远处一个不存在的点。

“我会派人仔细搜查的。不过说句实话，起初知道你发现了‘洞’，我也很是兴奋了一阵，可后来仔细想想，又觉得……千行，你觉得这个‘洞’，对于我们破案来讲，含金量会有多高？我觉得吧……就像你自己说的，房子不是实验室里的真空玻璃容器，那么一点大的‘洞’，连钻进个老鼠去都不可能，更别说凶手是个大活人了。况且它还距离门那么远。技术部门的人员已经做过实验了，想利用这个小洞拉丝线来控制门窗和锁具的话，根本没有可能性。”

千行微微一笑道：“安叔你看着吧。或许我的想法是对的。现在我并不能解释那是什么神迹，但终有一天，我会解开这个谜。”

两人说笑间，刘晓伟和王亮一齐推门进来。两个人都一脸春风的样子，小脸红扑扑的。

安力为打趣道：“怎么？有好消息？”

两个人不约而同，一齐使劲点头。

刘晓伟谦让道：“王亮，还是你先说吧。”

安力为拍手道：“呀呵！两个人的好消息，还是不一样的？这可有日子没遇到了。千行，看来这是要变天喽！阴霾天就快过去了。王亮先说。”

“好的。”王亮的眼睛泛着亮光，“刚才我去移动公司调出了荣应泰的通话记录。”

“哦？有发现？”

“是的。十六号，也就是荣应泰遇害的前一天，下午两点零五和两点二十，他的通话记录中只有两个手机号码。一个是林念祖，另一个是陌生的号码。”

“林念祖？”千行问道，“很有意思。通话时长是几分钟？”

“不长，只有三十秒。那个陌生号码也差不多，一分钟多一点。”

“这样啊！另一个是陌生的号码？没有查户主是谁吗？”

"查不到。这个号码是张神州行卡，两年前从庭湖区的一个售报亭售出的。那时候，神州行卡还不需要实名登记。虽然现在要求所有人都进行登记，但实际上还远远做不到。所以……而十七日更有意思，他遇害的那天，一整天荣应泰的手机没有一个电话记录。"

"看来他关机了，或许是因为跟谁商量好而关机的。前一天只有两个电话，也很可疑！"

"就是呀！像荣应泰这样的大忙人，怎么可能一天只有两个电话？"

"嗯。他使用了智能手机中的白名单功能，只有这两个号码进入了他的白名单，而对其余所有人的电话都进行了屏蔽，包括安叔你的手机。这样做，是因为这两天他有重要的事情要做，不希望任何人来打搅。对了，这两个电话，是打入的，还是他主动拨出的？"

"两个号码都是荣应泰主动拨出的。"

"嗯！这里面一定有文章，但一时之间还不会那么容易解开，"千行摸摸下巴说道，"看起来，这其中的某个人，与荣应泰遇害有关的可能性很大，或者他们俩都是。他们可能是凶手，也可能是知情人，可能是联手作案，也可能是分头进行的。"

"没错。我说这个林念祖不简单吧？"安力为显得有些得意，"没准那个陌生号码就是荣熙真的。"

"打住，又犯老毛病。林念祖是不简单，但你……"

"哦，是哦。嗯嗯。"

"不过，也许你现在所想的，最后被证明是对的也未可知。直觉是侦破中，尤其是最初阶段强有力的武器，但过于陷入其中，就容易产生偏见，失去了冷静而正确的判断。我只是提醒叔叔不要落入先入为主的陷阱中去。”

“知道了。”安力为有意岔开了话题，“唉！晓伟，你不是在查看那些从现场搜索来的证物资料吗？也有发现？”

“有发现。一个新的名字。”刘晓伟的音调听上去很夸张。

“哦？！”

安力为和千行对视了一眼。两人都显得精神百倍。

“一个叫林春晓的人。那是五个从外地寄来的信封，从吕光复房间里的遗物中发现的。根据邮戳的日期，是一九九五年和一九九七年。从信封纸质的陈旧程度来看，也与年份相符。”

“那得有十七八年了。信是寄给吕光复的吗？”安力为问道。

“是的。”

“但是……并没有信，只是空信封，对不？”千行忽然插话。

“咦？你怎么猜到的？”

“哈哈因为你说发现了五个信封嘛！五个……都是空的吗？”

“都是空的。”

“安叔，确实是重大发现哦！这是非常重要的信件。”千行加重了语气。

“何以见得？”安力为皱眉道。

“为什么他必须把五封信抽走呢？想想为什么？”千行竖起一根食指，“双重保险。把信封放在屋里，而把信件更加隐秘地藏在另一个地方，或交给可以信任的人保管。如果他将五封信交给五个人来保管的话，那就等于加了六重保险。你们能想到这是什么吗？”

众人一起摇头。齐刷刷的，看起来像吃了摇头丸。

“证据。这是有关一个秘密的证据，更可能是足以致某人于死地的证据。五封信的任何一封，都说明了某个秘密。将信封和信笺加在一起，就是完美的书证。对于光复叔来说，这也许是比性命更重要的东西，因此才会行事如此谨慎。为什么把信封放在屋里，而不是和五封信一样，藏匿在荣府之外呢？”

“难道是……希望……被人发现？”刘晓伟小心翼翼地插话道。

“BINGO。恭喜你，答对了。”千行继续道，“倘若他希望让这些信件完全无人知晓，就一定不会将信封藏在自己的屋子里。那样的话，将来对于他的敌人所起到的作用就是——‘震惊’。但显然，光复叔想要的，不是‘震惊’，而是‘威胁’。如果先让敌人发现这些信封的存在，而让他找不到信封里的信，‘威胁’的目的就达到了。”

“等等……这个……这个……有点复杂，你说慢点千行。”安力为一头雾水。

“打个比方吧。你们都看过希区柯克的悬疑电影吧？希区柯克曾经说过，如果一颗炸弹在影片中直接爆炸，那么观众得到的观影感受就是吓一跳，也就是刚才说的‘震惊’。而希区柯克觉得这只是小儿科的伎俩而已。真正高明的电影手法，是制造‘悬念’。什么叫悬念呢？就是让观众一直处于紧张与担忧之中。那么，如何制造悬念呢？希区柯克的方法是这样的。他会在影片中让观众看到，有个坏人在桌子下放置了炸弹，并在定好起爆时间后离开，然而剧中的主人公并不知情，坐下来聊天。这个时候，主人公虽然不知道桌子下面有炸弹，并会在不久的将来爆炸，但观众知道，所以观众就会在这一段时间内，始终处于紧张的心理状态。剧中的主人公越是谈笑风生，观众就越是担心。即使炸弹最终出于什么原因，没有被引爆，观众还是在接着紧张，为什么呢？因为这时候他们又在想，为什么没有爆炸呢？还会不会爆炸呢？真是揪心哪！于是，悬念被延续了。这就是希区柯克的导演艺术，电影大师和电影工匠的区别。”

“明白了。你说的‘威胁’，就是试图制造‘悬念’？”安力为终于松开了眉头。

“没错。一个高明的谋划者，总是善于制造悬念和恐怖情绪。”

“可是……他不是……死了吗？还是第二个死的。”刘晓伟几乎和王亮异口同声。

“嗯。或许光复叔还算不上是一个成功的谋划者，但我有理由认为，他算得上是一个高明的人。只不过……”

“什么？”这回是三人异口同声了。

“只不过……他的对手更加高明。就在他试图制造悬念，步步进逼的时候，对手无情而果断地对他下了手，斩断了这根悬念之索。好了，关于光复叔，现在只能说那么多，我已经有一些初步的设想，但现在还只是我个人的推理，没能得到进一步证实。等将来有了证据之后再说。有关五个信封这条线索，目前的重点，就是这个林春晓。她是谁？和光复叔是什么关系？和荣家的别人又存在着什么联系？信中所涉及的那个秘密，究竟是什么？如果这个秘密被公开，对谁不利？”

“对。这些都是我们需要调查的重点。”安力为思考着，“必须找到那些被藏匿起来的信。如果能够看到信的内容，真相就将跃然纸上。”

千行立即打断他的话：“不必找信，因为我们根本找不到那些信。我刚才说的拜托五个朋友保存，那只是理论上的设计。如果真是那样的话，我们只要找到一个人就成了。没有那么容易。实际上，通常这些信件会被存放在不知哪家银行的保险柜里，而保险柜的开户人也不会是他本人，密码他也绝不会写在纸上，一定是背得滚瓜烂熟，记在了心里。而这个密码，又随着他的死亡，石沉大海，永远也不会被人找到了。”

“唉！那么说……”刘晓伟有点泄气。

“不必泄气。我们拥有了一个名字——林春晓。这个名字，就是打开秘密之门的钥匙。”

“可……这不又是一个隐形人？这个名字，从来没被人提起过。全中国会有多少叫林春晓的呀！”安力为嘟囔着。

“不会太多。这个林春晓，应该不会离我们太远，而且她与荣家的某人，一定存在某种联系。”千行信心满满，“有一条好的思路可以试试。说起林春晓这个名字，你们会联想起谁？”

“林春晓……林念祖？”安力为惊道。

“没错。不要先入为主，不必纠缠其中，但可以把这两个‘林’字暂且假设为存在某种联系。如果调查证明，这只是偶然的话，切忌死缠烂打。”

安力为一拍桌子，站起身：“好。现在的工作重点，调查荣家的每一个人。他们的身世、经历、行为习惯、相互之间的关系、案发前后他们的行动，以及他们对整件事的看法、怀疑，通通摸个底儿朝天。不过，现阶段还要注意避免打草惊蛇。”

“安叔，我想……你们会需要一份这样的东西吧？”

千行说着，从裤兜里摸出一张叠得很整齐的纸，在桌子上摊开。众人定睛一看，是一张由 A4 纸打印而成的表格。

不在场证明调查的时间点		
时间	地点	事件
11 月 09 日 22：20—22：25	电视台演播厅	叶淑娴蒸发事件
11 月 10 日 21：05—21：20	荣府体育馆内	第四次亡灵事件
11 月 11 日 5：00—5：01	皇冠大厦内	叶淑娴坠亡案
11 月 14 日 1：45—2：00	荣府管家卧室	吕光复被斩首案
11 月 17 日 13：30—14：00	荣府 玲珑屋	荣应泰被毒杀案

一目了然，这是根据已有定论的全部事件关键时间节点来整理的表格，也就是有关对荣家人的不在场证明进行调查的关键点。

如果在所有人当中存在那么一个人，他在两桩事件和三个案件的这五个时间节点上，都不能提供当时不在行动现场和犯罪现场的有力证明的话，那么，毫无疑问，这个人就是凶手。

安力为信心百倍："明天开始，我们兵分三路，由晓伟负责荣熙真、荣惠娜、郑浩，王亮负责荣俊旭、周焘、刘正隆，我负责林念祖、荣俊赫、周水根，我会跟贺科再要两个干员来做记录员，千行呢作为机动队，可以自主选择参加任何一次问询。今天晚上把我们的手机都充满电，明天都要带上充电宝。在我们分头调查的时候，必须把微信群一直开着，保持随时沟通的状态，一有重要消息，就立即留言在群里。对于被调查的人，开始前要请他们将手机调至静音。这是我们少数的优势之一。调查之前，都要做好充分的心理准备，然后，突然袭击。下面，我说一下明天分头突击的具体安排……"

第十四章　罗生门（上）

经验能使人产生智慧，与高手下棋遇到难局时，根据经验想起了棋谱，没准会起死回生。

——金田一耕助（日）

第一节　荣俊赫

第二天一早，安力为就和千行一起，来到了荣俊赫位于滨江新区的办公大楼。

荣俊赫是个勤政的人，每天早上八点四十五就会准时到达办公室。公司规定的上班时间是早九晚五，而身为董事长兼总经理的荣俊赫总会比规定时间早十五分钟到达。据他的说法，身为将帅，理当以身作则。

其实作为基于网络营销平台的新型公司来说，大多数部门的工作时间是弹性制的。因为网络基本处于二十四小时营业的状态，所以员工经常会工作到很晚，甚至有一部分人是白天黑夜颠倒工作的，严格按照早九晚五的传统企业时间规定是明显不合理的。

弹性工作时间，相对来说比较难以监控，常常会出现偷懒和怠工，但这类现象在荣俊赫经营的万德富和理想国两家企业中都很少出现。一方面是由于老总的严于律己，起到了良好的榜样作用，二来也是因为他的个人魅力和创业激情，完全感染了所有的员工，所有人真正做到了众志成城，为了创造这两家新兴企业的未来而殚精竭虑。

如果把以荣应泰为代表的传统企业，总结为是靠强力规章的压制来提高劳动纪律的“法治”，那么，荣俊赫所代表的新兴企业，就更像儒家倡导的“德治”与“仁政”。倘若一家企业的带头人有能力使得所有员工都相信，自己从事的每一点微不足道的工作，都是在和整个企业一起，奔向一个共同的美好目标，而这个美好目标又与自己“小我”的利益完全相符的话，那么，员工的工作动力就会源源不断地产生。即使没有上级部门的强力压制，他们也会自觉，因为工作已经成为他们自我价值体现的最佳途径。

荣俊赫始终贯彻和执行着他崭新的经营理念，而这一理念也在他注册的第二家企业——理想国的名称上得到了良好的精神体现。起初，在业界有人揶揄他为“犬儒”，天真、浪漫、理想主义、形而上学，但现在，再没有人耻笑荣俊赫的做法是难以实现的了，因为，别人无法想象的，万德富和理想国已经做到了。不仅如此，这两家企业的劳动效率是极其惊人的，远远超越了别的企业。

短短的五年间，荣俊赫所经营的公司，已从城郊铁皮仓库的两间办公室，仅仅五个员工，迅速扩大为拥有两座办公大楼，资产上亿的大型企业。荣俊赫的办公室也从原来市中心的万德富大厦搬到了现在的理想国大楼。

穿过大楼前点缀着棕榈树的蓝色人工水系中央的小道，走过洒满阳光的玻璃走廊，安力为和千行走进了这座形同动漫中未来世界的蓝色大厦。

虽然没有事先预约，但由于安力为是警察，接待小姐在打电话得到荣俊赫的同意后，笑容可掬地领着两人乘坐电梯，来到了位于大楼十八层的总经理办公室。

“安叔。哦，千行也来了。欢迎，请坐。”

荣俊赫热情地将二人带到办公室的会客区，然后吩咐秘书关上门，任何人不许打扰，亲自为他们泡好茶，放在茶几上。

千行捧起茶杯，好奇地环顾四周。

“新的大楼真是漂亮！很前卫，很有游戏、动漫里的风格，我都怀疑是不是走错了地方啊。”安力为赞道。

“承蒙夸奖。这是员工们智慧的结晶啊！整体设计的方案是由全体员工集思广益，最后投票通过的。就像……为自己的家进行设计一样，大家的积极性一直都很高，结果出来，几乎没有什么遗憾。”

“咦？”千行又开始好奇了，伸手一指，“那个……也是电梯吗？”

“哦，是哦，这个是我和董事会成员专用的，总经理室直达电梯。”荣俊赫笑道。

“嗯？这个好，不必像走廊那个一样，逢人就停。”

“一会儿我跟门口的接待人员和保安打声招呼，下回你们再来，坐这个电梯就成，那就免去了层层停的麻烦。”

“嗯嗯，”安力为清了清嗓子，制止了千行的跑题，“那我就开门见山了。今天来，主要是想了解一下俊赫对这个案子的看法。据我所知，荣总被害前，有人曾试图篡改遗嘱。俊赫知道这事吗？”

“知道。不过……还不确定是谁。”

“那么，你相信这是真的吗？”

“是的，我相信。或者应该换个说法，我也怀疑有人在打遗嘱的主意。”

“能告诉我们，你是怎么知道这件事的吗？”

“这个嘛……”荣俊赫略一犹豫，“好吧。事情到了这一步，也没有什么值得隐瞒的。是根叔。”

“好，他是怎么告诉你的？当面说的，还是写纸条什么的呢？”

“是当面‘说’的。哦，就是用哑语。你知道，根叔是个聋哑人。因为长年和根叔生活在一起，所以我多少懂一点哑语。”

“他说了，是从哪里得到这个消息的吗？那个想篡改遗嘱的人，又是谁呢？”

“我问过。那个人是谁，他表示还不知道，不过，会一直留意，并努力找出那个人。问他怎么知道的，他回答我看到了一些不该看的东西。于是我又问他那到底是什么，他的情绪顿时显得很激动，反复表示这个不能说。继续问他也坚持不说，脸色也变得很难看，我怕再逼下去会引起老人家高血压中风什么的，所以之后就再也没有过问了。看根叔的意思，是只想偷偷提醒我这一点。至于别的部分为什么不肯说，我想他可能是怕引起那个人的注意，而遭到报复，所以我认为自己还是不要再追问，等待他主动再来找我为好。”

“他的态度很奇怪。”千行自言自语地说道。

“没错，是很奇怪。既然怕被报复，又怎么会冒着风险向我透露消息？看来这件事不会是空穴来风。”

“俊赫……哦，不介意我抽烟吧？”在得到同意后，安力为点上一支烟，“事情发展到现在，我相信每一个荣家人都有了一定的看法。毕竟对于每个人来说，都是生死攸关的事情。你对整个案件是什么看法，对谁有怀疑？你认为……是什么因素造成了一系列血案？”

“恐怕……就是遗嘱。为了获得对自己更为有利的遗产分配和今后在荣家的地位。”荣俊赫的回答很肯定。

“你说的……应该是一份旧的遗嘱吧？”安力为问道。

“是的。父亲死前，留下了新的遗嘱，这个你们已经知道了。”

“那么，对于这份旧遗嘱的存在，是否所有荣家的人都知情呢？

你们又是什么时候开始知道的呢？据我所知，大家族主人遗嘱的确立，在隐瞒家人的情况下秘密交给律师者居多。”

“是的。那份遗嘱，大约是父亲在两年前就订立并交给刘律师的。虽然千行说得不错，隐瞒者居多，不过，这种事在家庭内部，还是纸包不住火的，一两年之内，总会被人知道一点。只要有一个人知道，渐渐地大家就都知道了。我是在半年前知道的。这件事，对于荣家人来说，早已不是秘密，除了二姐和小海，我想所有人都是知道的。”

“对于根叔所说的消息，俊赫没有自己去调查吗？”安力为的语速逐渐加快。

“调查过，可是一无所获，而且也没有什么动静。后来因为公司的扩容，事务繁忙起来，我也就淡忘了这件事。”

“你怀疑那个人是谁？”安力为不肯放松。

“呃……从掌门人竞争这一点上来分析，自然是林念祖可能性大一些。不过，这只是我自己心里的臆测，在没有找到任何证据之前，我认为莽撞地说出来，不妥。”

“那好吧。对了，守灵夜上，大姐是让林念祖送客，并向李妍说了什么吗？”

“是的。李妍和荣家已经没有任何瓜葛了。这也是我们共同的决定。她本来在荣家就不会有合法的身份。这话其实该我来说的，只是当时我正在跪灵，不便起身。由林念祖来说是最合适的。”

“你和荣熙真、林念祖之间都有这样的默契，是吗？”

“是的。”

安力为和千行互相对视了一眼。显然，千行对当时情景的判断，是对的。

“林念祖……和荣家有什么恩怨吗？”千行问道。

“这个……没有听说过，也从来未曾过有这样的感觉。我想……应该不至于的，毕竟父亲对他和对我们一视同仁。他和父亲，和我们，都处得不错，只是和母亲话语少一些。”

“听说过林春晓这个名字吗？”安力为话锋一转。

“林……春晓吗？”荣俊赫摇头道，“从来没有听过这个名字。”

“是吗？”

“她是谁？”

“呃……现在正在调查之中，还不知道她和本案是否有联系。”安力为选择了回避。

“这家公司……和令尊的企业没有什么关系，是吧？我是这样听说的。”千行饶有兴趣地问。

“是的。五年前我和几个同学好友一起创业的时候，曾向父亲贷款一百万，第二年盈利之后就连本带利还给了父亲。所以，严格说来，从万德富的创立开始，其实就与传统的荣氏企业没有什么关系了。理想国是去年才注册的公司，和荣氏企业更加不同。业界人士总是愿意把父亲代表的传统荣氏企业称为‘旧荣企’，而把我的两家公司称为‘新荣企’。这只是习惯上的称谓而已，实际上并没有业务来往和裙带关系。”

“嗯，有意思，这个称谓其实恰如其分。俊赫哥代表的‘新荣企’是以年轻人的奇思妙想、开拓精神和由共同理想而来的凝聚力为基础的创意型企业，而令尊所代表的‘旧荣企’，是以传统的等级制度、流水线管理、垄断经营和官商勾结为基础的传统型企业。其本质是完全不同的。”

“千行用了‘官商勾结’这个贬义词哦！一般来说，官方语言叫作‘优化组合’，或者‘政府搭台，经济唱戏’。我对父亲一直保持着尊重和敬佩，所以不会赞同你使用那样的词汇。”

“抱歉，失礼了。”

“不过，对于与建筑业相关的传统企业来说，大体就是千行说的那个意思，实质上就是一个‘资源和财富的洗牌过程’，其根本，靠的是强权的支撑，类似于一百年前英国工业革命时期的‘跑马圈地’。”荣俊赫并没有表现出怪罪的语气，听起来倒是颇有几分赞许的意味。

“嗯。那么，俊赫哥要开辟的，是新大陆。很佩服你们的开拓精神和创业成就，有时间一定要跟你讨教有关商业经营方面的知识。”

“成就还谈不上，讨教也不敢当。创造全新的企业，是我和员工共同的理想。不过，千行要是在这方面愿意和我交流的话，我非常高兴。”荣俊赫谦虚道。

“那太好了，一定。不过，遗嘱公布之后，是否意味着您的两家企业一定会改制，因为无论您是否最终成为家督，权力、金钱和情势都会产生变化，势必导致您无法再保持现状呢？”

“变化是一定有的，而且肯定不小。不过，现在还不知道结果，我想也不必杞人忧天。还是等这个变化来了再做调整，比较妥当。老话不是这样说吗，谋事在人，成事在天。顺应自然最好。”

“怎么？俊赫还没有做好应对的准备吗？”安力为问道。

“没有。还不知道未来要面对什么，盲目准备只会浪费资源。”

千行冷不丁问道：“听说玲珑屋的设计和建造，都是由林念祖负责的，对吧？”

“是的。设计图是念祖亲自做的，工人也是由他找来的。那段时间，念祖真的很辛苦，白天要应付公司里的繁忙事务，晚上还要到府内来监工，有时候甚至亲自上阵。可以这么说，玲珑屋的建造是在他的严格监督下完成的。”

“怎么？林念祖还亲自参与工人做的事吗？”

“是的。可能是出于精益求精的责任感，担心工人对他的设计落实不到位吧，他经常爬上屋顶去和工人们一起干活，即使我们看到后想上前帮忙，他也总是笑着说不用。”

“他还真是身体力行呢！”

“是啊！为此，父亲经常会在别人面前对他大加赞扬。他在平常的工作里也是这个习惯，事必躬亲，或许也是由于这个原因，所以赢得了员工们的拥护吧！有的时候，我反而觉得员工们对于父亲，敬畏多于爱戴。”

“比起林念祖，令尊更缺乏亲和力吧！”

“恐怕是这样。”

最后，安力为将记事本翻到有关五个节点的记录内容，询问荣俊赫在各个时间点上的行动情况与有关证明。

根据荣俊赫的回忆与叙述，安力为在记事本上一一标注了删除和疑问的记号。

叶淑娴失踪当晚，因为必须准备公司来年推出的全新网络商务平台，从傍晚六点开始，一直到第二天凌晨一点，荣俊赫一直在公司会议室里，与八个业务骨干一起讨论方案。与会者还有省商务厅的陆处，以及从北京专程赶来的国家信息化领导小组中的一名特派官员。叶淑娴的失踪是在晚上十点二十瞬间发生的，根据目击证人的证词汇总，前后不超过两分钟。可见荣俊赫在这晚的不在场证明毫无异议。

荣府的第四次亡灵再现事件，荣俊赫自始至终都和安力为在一起，一刻都没有离开过，因此无须核对。

叶淑娴在皇冠大厦被人推落致死的早晨，荣家所有人都处在梦乡之中，荣俊赫也不例外。

对于“独自睡觉”这种情况，在现实生活中，十分过硬的不在场证明是不会有的，荣家的其他人也同样不会有。倘若有谁跳出来，说自己连睡觉都有扎实的不在场证明，那倒是挺值得警方去怀疑了。许多所谓著名侦探小说中，为了增强故事的逻辑性，而忽略或宁愿选择舍弃其情节的真实性，往往生硬而牵强地强调某人在独自睡觉时还拥有不在场证明。对此，安力为和千行一样是嗤之以鼻的。

同理，在吕光复斩首一案中，除了在南大门口有一个叫小木的男保镖做守夜人，以及尚未睡觉的荣俊旭之外，荣府上下其余的人，都处于深度睡眠之中。

最后，荣应泰在玲珑屋遇害的时间是在下午一点半到两点之间，而那天的十二点半到五点，荣俊赫是在湖心亭接受安力为的询问，并一起分析案情。两人足足谈了一下午。那么，和第四次亡灵再现事件一样，荣俊赫的不在场证明人，就是安力为自己。

不过，出于谨慎起见，安力为还是请他仔细回忆了他当天的全部行动。

荣俊赫当天的行动是这样的。早上七点起床，八点开车出门，八点三十五到达办公室，十二点四十从办公室出来，十二点五十到达湖心亭，十二点五十到下午五点接受警方询问，分手后，五点半到家，五点四十与周泰一起撞开了玲珑屋的门并发现尸体，六点十分给安力为打电话报警，之后的行动就全在警方的监控之中了。

荣俊赫的行动，没有什么值得特别怀疑的地方。

安力为在做了仔细的记录后，和千行一同起身告辞。

荣俊赫叫来周焘，送两位客人下楼。

在电梯里和去停车场的走道里，千行边走边问了周焘几个问题。

“周哥跟随俊赫哥有好多年了吧？”

“五年了。二〇〇八年来的。退伍后没事干，幸好老爷和少爷都愿意收留我。”周焘答道。

“参军的时候，是什么兵种？”

“侦察兵。”

“那身手一定不凡哦。”

“凑合吧。不过做个保镖是绰绰有余了。”

“你父亲是聋哑人？”

“是啊！如果不是荣家收留我们父子俩……真不知……因此我和父亲都心存感激。”

“天生的吗？不会遗传？”

“您是指聋哑吗？哦，不会。”周焘笑道，“我初三快毕业那年的冬天，父亲得了一场大病，高烧连日不退，幸好及时用了猛药，病情才被控制住，后来竟奇迹般地治愈了。不过，他从此以后就变成了聋哑人。可能是高烧的缘故，也可能是使用了过量抗生素所产生的后遗症。父亲告诉我，医生说他再也不可能恢复听力和语言能力了。那时候我很小，还不懂事。”

“你母亲呢？”

“母亲生我的时候大出血，产后身体变得极其虚弱，不久就去世了，大概在我一岁的时候，所以我对母亲的印象仅限于照片中。我是父亲一手带大的。”

“真是不幸啊！根叔是在病愈之后，也就是聋哑后进的荣府？”

“是的，就在那场病的后一年。要不是荣府收留我这身患残疾的父亲，恐怕我连高中学费都交不起。”

辞别了荣俊赫和周焘后，两人走到停车场。安力为掏出钥匙，却没有立即打开车门。

安力为忽然回头问：“千行，你觉得俊赫刚才的态度有那么一点可疑吗？如此明显地指出林念祖，态度是不是表现得过于急躁了呢？”

千行平静地答道：“不，安叔。如今荣家的每一个人，其实心里都有了一定的倾向性。另一方面，在我们那样的步步进逼之下，有谁还会选择沉默呢？毕竟，他们都是荣家子弟，有谁不愿意我们尽早找出凶手呢？”

“你觉得在接下来的问询当中，有人会表示一无所知吗？”

“如果真有人选择沉默的话，那么，他最可疑。当然，有两个人除外。”

“谁？”

“荣惠娜和荣俊海。”

“那个小孩子很容易理解。为什么荣惠娜也被排除在外呢？”

“安叔，你不觉得荣惠娜自始至终，都像是一个置身世外桃源的人吗？”

“说起来，是有点。除了有点忧郁，她看上去确实就像个无知的孩童。可这是为什么呢？”

“呵呵。”

千行没有回答，顾自上了车。

第二节　郑　浩

时间：上午十点

地点：景澜大酒店 32F 旋转餐厅 湖光厅

问讯人：刘晓伟，刑侦干员小秦

受讯人：郑浩

郑浩进来的时候，刘晓伟已经放下了百叶窗，对内部走廊和大厅里的人进行了视线隔断，只有临湖一侧的落地窗开着。这是景澜大酒店的最高层，视野开阔，几乎可以看到整个下城区与半个庭湖区。随着转动，还可以依次看到别的区域。

刘晓伟：“今天特意把您请到这里来，主要是想了解一下，您个人对荣家血案的看法。在荣府或者公司，都怕对您产生不利影响，所以……哦，请您将手机调到静音，暂时不要接电话和短信。”

郑浩：“刘警官考虑得很周到，非常感谢。现在看来，凶手是家里的内鬼，所以，注意保密很重要。”

刘晓伟：“您也认为是内鬼？”

郑浩：“看来是这样。外人的话，同时谋害爸爸和妈妈就很难说得过去。二老的业务和接触面大相径庭。况且，凶手又出于什么目的连光复叔也一起杀害呢？”

刘晓伟：“这的确很奇怪，您的看法和我们也大体一致。警方需要了解每个人的想法，也包括您的太太。出于谨慎考虑，我们也会尽可能地做好保密工作。”

郑浩惊呼：“不！请千万不要把惠娜牵扯进来……”

刘晓伟：“有……什么特殊原因吗？”

郑浩：“惠娜是个单纯又脆弱的人，单纯得如同一张雪白的宣纸，脆弱得如同一瓣薄薄的花瓣。自从荣府第一次鬼魂出现之后，她就一直是不知情的人。此后一系列血案的发生，惠娜是完全不知道真实情况的。”

刘晓伟：“咦？为什么？你们对她隐瞒了实情？”

郑浩：“是的，这是我的主意。惠娜从小被父亲娇生惯养，生活得像个童话中的公主，对外面的残酷世界根本没有防御和适应能力。哦，我这样说，您可能很难理解。换个说法，她是一个与社会完全脱离，只能生活在专属于她的水晶梦幻世界里的少女。”

刘晓伟：“是吗？当今的世界里，还有这样的人存在吗？”

郑浩：“有的。所以，我们集体对她进行了隐瞒。这是为了保护她。如果惠娜知道了事实的真相，恐怕很难继续生存下去。”

刘晓伟：“那好吧。只是……这样的隐瞒……可能做到吗？她不是也亲眼见证了父亲的死亡吗？”

郑浩：“不。那天，在所有人眼中，都知道父亲已经辞世。可是在惠娜的眼中，只知道父亲是睡着了。之后，我立即跟大姐打了声招呼，想了个办法把惠娜支开了。她当时只是被父亲

‘睡着’的样子吓坏了而已。”

刘晓伟努力地想象着当时的情景。显然，他觉得这种令人匪夷所思的情况很难令人信服。

刘晓伟：“您太太觉得荣总那是睡着了？当着大家的面？”

郑浩：“是的。我必须将她及时支走，否则……”

刘晓伟：“那么，您是用了什么样的方法，才能在那样的情况下，将她支开呢？”

郑浩：“我和她悄悄地说‘父亲睡着了，咱们不要打扰他睡觉’。”

刘晓伟差点儿笑出声来，终于还是忍住了。

刘晓伟：“就是……这样？”

郑浩：“您可能很难相信，但惠娜对我说的话，绝对信任。”

刘晓伟：“难道大姐和俊赫都不会觉得奇怪吗？”

郑浩：“他们与惠娜一起生活的时间比我长，所以不需要说话，我的一个眼神，他们都能明白。不仅仅是大姐和俊赫，荣家所有的人都明白。”

刘晓伟点头：“嗯，原来是这样啊。可是……在那么长的时间里一直隐瞒真相，这又是如何做到的呢？毕竟，荣家上下有那么多人。只要有一个人，露出哪怕一丁点的蛛丝马迹来，那不就……”

郑浩：“没有人会犯那样的错。我们的细心，已经成了习惯。”

刘晓伟倒吸一口气：“可怕呀！你们的集体欺骗，居然成了习惯？”

郑浩：“无奈之举。受到我们集体保护的，还有一个人。”

刘晓伟：“谁？”

郑浩：“小弟，俊海。”

刘晓伟：“哦，这样说来倒是容易理解了。原来您太太得到的保护，与小孩子一样多呀。嗯……在整个案件中，您的岳母死得那么惨，岳父又是中毒身亡，光复叔还被人斩首，这都是极其残忍的犯罪手段。据您猜测，凶手是为了什么，才会做出如此狠毒的事呢？凶手的动机到底是什么？”

郑浩：“权力。荣家财富的支配权，和荣氏企业的控制权。如果是内鬼，一定是为了得到权力。只是……”

刘晓伟：“什么？”

郑浩：“只是我不明白，凶手为什么要采取如此丧心病狂的杀人手段。如果只是以杀人和夺权为终极目的，应该不至于会……通常……只有在那种情况下……”

刘晓伟：“复仇？”

郑浩：“对，就是这个。总觉得事情发生得太蹊跷，却总也说不出来为什么。说句实话，这个单词可能存在于我的脑海里很长时间了，在见到光复叔的惨状时也许就有了，一直没能跳出我的潜意识。”

刘晓伟：“为什么……你会想到这个单词呢？”

郑浩：“或许……是因为……恐怖童谣。”

刘晓伟：“那首……阿基米德的童谣吗？”

郑浩："对，就是那个。那首童谣，实在是恐怖至极，尤其是它歌谣的形式，每一念起，就像又看见了日本恐怖电影里，那些可怕的布娃娃的脸。每每想起这个，就让我后脊梁发凉……那么凉……"

刘晓伟："细细想来，那首童谣确实透着那么一股子邪劲，就好像是……一种诅咒，一种怨恨。"

郑浩："而每一次杀戮，都应验了童谣的预言。"

刘晓伟抬起头来："关于童谣第一次出现的时间……"

郑浩："这个我并不知道。恐怕岳父自己也不知道吧。"

刘晓伟："好吧，先不谈童谣了。据您的看法，谁最有可能成为这个凶手呢？"

郑浩："林念祖。"

刘晓伟："为什么？"

郑浩："完全从理性上来分析的话，可疑的人有两个。林念祖……和我。"

刘晓伟："你？"

郑浩："只有我们两个人不是岳父的亲生儿女，当然嫌疑最大。亲生子女，有谁会杀死父母来达到夺权的目的呢？又有谁会对父母那么恨之入骨呢？只是……我知道我自己不是凶手，那么……那个可疑的人，就剩下林念祖了。当然，这只是逻辑上的推测，没有根据。"

刘晓伟："嗯，您说得有道理。那么，您可以证明自己不是凶手吗？"

郑浩："刘警官是指不在场证明？"

刘晓伟："是的。五个关键的时间点。下面我们一一来进行核对。”

郑浩：“好。惠娜的情况我都知道，由我一并回答。”

刘晓伟：“第一，十一月九日晚上，也就是荣夫人失踪的时间。”

郑浩：“从七点半到十一点，我一直在公司开董事会，所有的董事都可以证明。惠娜在家和大姐一起看电视，见我回来她们才结束的。第二个时间点，第四次亡灵出现的时间，也就是十一月十日的晚上，我和家人在一起，包括惠娜，这一点安警官可以证明。而第二天，也就是岳母坠亡的凌晨时间，我和惠娜在家睡觉，和平时一样，七点准点起的床，七点半出门，由司机开车送我去的公司。知道母亲遇害的消息，已经下午了。说起来还是助理告诉我的，公司里大多数人早已传开了，而我却……哦，助理从电视上看到了新闻。”

刘晓伟：“好。第四，十一月十四日凌晨两点左右，光复叔被害的时间。”

郑浩：“在睡觉。早上我听见外面嘈杂的声音后，也没有惊动惠娜。刚走出门，就遇见了大姐、小梅和根叔。大姐和我们住的是别墅，相隔只有十几米，小梅和根叔是来报信的。”

刘晓伟：“嗯。最后，十一月十七日荣总遇害的时间。”

郑浩：“那天我和助理Mark、司机一起，一大早七点就开车前往上海，八点五十到的，和美国ATT集团大中华区的总经理Richard签下了一个大单，然后一同吃的中饭，吃完后我看过表，已经到三点半了，我们开始返程。那天车比较多，所以司机开得不快，大概五点半进市区。车堵得一塌糊涂，要到公司的话恐怕得将近一个小时。不过那时我的车离家已经很近了。谈了一天生意，我感到有点疲倦，另外我也想早点回家陪惠娜，所以我就吩咐Mark下车将合约带回公司，由司机送我回了家。到家的时间是五点三十五分。”

刘晓伟："您到家了，也会像工作时一样时常看表吗？"

郑浩："不，是会客厅的大钟。从停车场走到我和惠娜居住的三号别墅，必须穿过会客大厅。多年来我习惯了看到那个大钟。它处于十分明显的位置。”

刘晓伟："好。”

郑浩："那一天惠娜从中午开始就和大姐、俊旭在一起玩游戏，一直到小梅发现父亲的异样。刚才说了，我一发现情况不妙，就哄着惠娜和小海回了房。”

刘晓伟："这些情况都是您亲自问过您夫人的？"

郑浩："是的，还有仆人小菊、小竹和小梅的证实。”

刘晓伟："嗯。”

郑浩："对了，关于凶手采取了那么残忍的犯罪手段，我还有一点看法。”

刘晓伟："哦？"

郑浩："刚才我说了，从那首童谣开始我就产生了一种深深的恐惧感，还有'复仇'这两个字。其实造成我形成这个想法的还有一个原因。那就是，我始终感到，凶手缜密的思维方式和计划，狠毒而离奇的作案手法，似乎……是在有意地向人们进行一种'展示'，或是'宣告'。至于他要'展示'的对象，是我们荣家，还是警方，我还不清楚。真担心，事态继续下去的话，终有一天，我们为惠娜和小海编织的梦境会被人捅破。那样的事，凶手绝对干得出来。”

刘晓伟："放心吧，警方已经控制了局面，相信凶手很难再贸然出手。"

郑浩："谢谢您，刘警官。"

刘晓伟："对了，您听说过'林春晓'这个名字吗？"

郑浩摇头道："很陌生。没有。"

刘晓伟："好。最后一个问题。在玲珑屋的保险柜里，我们查到了一些奇怪的照片，全部都是关于两个人的。照片中的其中一个人，是荣熙真，另一个人嘛……"

郑浩笑道："那是林念祖吧？"

刘晓伟追着问："您知道他们之间的恋情？"

郑浩："是的，这事恐怕只有我知道。我还知道，父亲在调查他们。"

刘晓伟："为什么别人不知道而您知道呢？"

郑浩："是这样。有一次我去马可波罗酒店会一个在牛津读书时的老同学，下车正要进门的时候，刚好遇见他俩走出来。大姐走在前面，我刚要上前打招呼，就看见林念祖也从里面走出来。两人虽然相隔了二十米左右，可我马上就感到了不寻常。所以我停下来躲了一下，一直看着他们走出酒店。"

刘晓伟："他俩有过交流吗？"

郑浩："没有。不过……两个人……酒店……你懂的。"

刘晓伟又笑了："这不能用作证据。"

郑浩："当然。我明白。这只是我个人的判断。"

刘晓伟："关于这个判断，还有别的证据吗？"

郑浩："没有。也可能是我太敏感了。"

刘晓伟："敏感不是坏事。那么，您岳父暗中调查他们的事情，您是怎么知道的呢？”

郑浩：“父亲曾经问过我，知道大姐的男朋友是谁吗？当时我觉得这事很微妙，自己又没有什么证据，回答不好的话说不定会引起尴尬，所以就推说不知道。后来我的一个副总向我汇报了这么个情况，说有一天在商业区遇见了大姐，而且发现有个人鬼鬼祟祟地在远处跟着她，还背着相机。他感觉这人是在跟踪。为了大姐的安全起见，我派人去调查这人。这人的反跟踪意识还挺强，费了老大劲，才调查出他原来是个私家侦探。于是我联想起父亲问我时的那种表情，又回忆起当时他的桌子上好像有一摞照片，用一本书压着。这样联系起来看，我认为这只是父亲在暗中调查大姐的男友而已，因此我也就不担心了。”

刘晓伟：“这样的事情，没有和别人说过吧？”

郑浩：“那是当然，除非我脑子长包了，呵呵。”

刘晓伟：“好。如果案情有了进展，我会及时与您沟通的。”

刘晓伟拿出手机，飞快地摁了几下，站起身来离去。

第三节　荣俊旭

时间：上午十点五十五分

地点：人民广场 地下游乐场 街舞区 休息室

问讯人：王亮，刑侦干员小季

受讯人：荣俊旭

王亮和小季找到荣俊旭并不容易，几乎问遍了广场的地下街区。

自荣应泰死后，荣俊旭再没在家里出现过，就连父亲的葬礼都没有参加，一直和他的那群街舞哥们儿混在一起，天天酩酊大醉，夜不归宿。这几日，他显得与以往大不相同，像是完全换了一个人似的，每日脸色铁青，对父亲的死，也冷漠得就像这只是别人家的事情一般。

他的巨大变化，令那些平日里没心没肺的兄弟感到害怕。王亮和小季能够在乌烟瘴气的地下游乐场街舞区域找到荣俊旭，实际上是得到了几个街舞小子的帮助。

王亮找到荣俊旭的时候，他和一班酒友刚睡醒，正从旧迪厅的包房里陆续晃出来，在门口的破水管上撅尾巴管冲脸呢。

荣俊旭抬头先看见了走来的王亮和小季。“警察吧？你来干吗？谁告诉你我在这儿的？”

“哦，一个蓝色头发的哥们儿。找你谈谈，方便吗？”

“没啥不方便的。进去谈。哥们儿，都别洗了，走。”

“可以让你的兄弟们在外面等一下吗？”

“没必要。这都我哥们儿，我的事谁也不用瞒。哎你们谁也别走啊，一会儿接着喝。”

还是那班小兄弟看清了面前的状况，各自找了理由离去，有意地回避了这个令人尴尬的场面。

于是王亮和小季随着荣俊旭走进旧迪厅，信手关上了门。

看上去，荣俊旭确实精神不佳，脸上蒙了一层深灰色的蒙版，浑身散发着那种被人称作“鬼气”的气息。这让王亮想起了方才一个街舞小子对他说的话。“俊旭如果只是个挥金如土的傻逼富二代，我不会把他当兄弟。他是个有原则的人，连 K 粉都不碰的。我知道你不是去抓他，所以请你一定帮帮他，我不想失去这哥们儿。他肯定是受到了极大的刺激，我怕他这样下去会出事，警官，请你帮帮他。”

没心没肺，并不代表真的冷酷无情，扮成魔鬼的外表，其实也只是希望与众不同而已。事实上，这些哥们儿并不愿意看见一个朝夕相处的兄弟，顷刻之间变成一个面目全非、令人不寒而栗的陌生人。

王亮：“你连父亲的葬礼都没有参加？”

荣俊旭嗤之以鼻：“哼。人都死了，要这些俗套有用吗？这些东西都是做给别人看的。我，不需要。”

王亮：“嗯。与其死后排场，不如生前关心。你是这样认为的吧？”

荣俊旭：“哼哼。可惜……父亲活着的时候，我总是和他作对。现在想起来，我真是个不孝子。”

王亮：“其实……你也不是不关心你父亲，只是有点叛逆而已。嗐！我也有过这样的一段时间。”

荣俊旭看了王亮一眼：“哼。”

王亮：“但不管怎么说，父亲的葬礼，总是应该……”

荣俊旭：“应该？那些‘应该’的人里，就包含着凶手。难道，他也是为了‘应该’吗？真不知道你们这些人，都是为了什么在活着。”

王亮：“我能理解你的心情。父亲逝世，任谁都不可能……”

荣俊旭：“哎哎打住，打住啊。别一副什么都知道的上帝模样。父亲已经离世第五天了，你们做警察的又调查到了什么呢？有时间在这儿跟我唠嗑，不如去把那个家伙找出来。”

王亮："我正是为此而来。不是来找你逗闷子的，是真心需要你的帮助。"

荣俊旭拿起一个放在茶几上的啤酒罐，摇晃一下，烦躁地扔到角落里，又找到一罐有酒的，一饮而尽。

冰冷的液体，令他的情绪稍稍冷静下来。

荣俊旭："OK。凶手……就在送葬的队伍里。"

王亮点头："警方也是这么认为的。那么，你认为他……是谁？"

荣俊旭："你问我？这不是你们警方'应该'做的事情吗？"

王亮："嗯。对不起，或许我不该这样问。我只是想了解你的想法。毕竟，凶手是荣家内部的人。相信这已是所有人的共识了。那么，既然凶手在内部，我想，荣家的人会比警方来得更加敏感。我就是需要你的判断，来作为调查参考的依据。尽快抓获凶手，是你我共同的意愿。所以，希望你能理解。"

荣俊旭："理解。不过，对于凶手是谁，我真的不知道。自从那幅童谣书法出现后，血案接连发生，这一切完全打乱了我的思绪，让我无法思考，而且让我感到害怕。我这个人生来天不怕地不怕，如今居然有样东西，能让我打心眼里感到恐惧，这还是头一次。这种恐惧，不是一阵子猛然扑过来的。来得猛的，很快就会过去，而它却像一丝细细的烟，慢慢地打着卷儿钻进你的身体，让你从头顶一直寒到脚底，牢牢地受到那股邪恶力量的控制。你无从躲避，无法动弹，更没有可能摆脱。不知你亲眼看那这幅字没有。我第一眼看见它的时候，整个人就好像掉入冰窖里一样。现实中发生的事情，就和预言里一模一样。那个魔鬼，看起来是要将我们一个一个地，斩尽杀绝啊！”

王亮：“嗯。事情，确实像你说的那样。不过刚才……你提到曾经意识到什么。那是什么呢？”

荣俊旭摇头：“哦不，那是错的。事情不是像我当时想的那个样子。那个错误的想法现在看来并不重要。不过……”

王亮：“不过什么？”

荣俊旭：“凶手既然在杀了母亲之后，还必须毒死我父亲的话，那一定是为了荣家的财产。换句话说，遗嘱才是问题的关键。”

王亮：“哦？嗯，遗嘱吗……那么，你听说过有人要修改遗嘱的事吗？我指的是一份旧的遗嘱。现在看来，存在着一新一旧两份遗嘱。”

荣俊旭：“听倒是听说过。不过，我并不关心这些，所以从来没有想过这个问题。我只关心摇滚和街舞，对家里的那些肮脏买卖，以及遗产继承什么的，根本不关心。从十八岁开始，我就不屑于再向父亲要钱，更不需要用那些靠掏空别人的口袋得来的黑钱来养活我自己。我平日里的开销，都是和兄弟们一分一厘挣来的。这个世界上，并没有一个人是真饿死的。哼！病死的倒挺多。只有当人的欲望无限制扩大，大到依靠自己的能力，永远也无法来填补的情况下，才会得这样的病。而大多数的人，不都是过着这样看似忙忙碌碌，实际毫无意义的生活吗？”

王亮："据你看来，最有可能接手荣氏企业的是谁呢？"

荣俊旭："那肯定是大哥啰。我是个不孝子，爸早就烦透我了，只有妈无论如何都会支持我。我爸思想封建，权杖是一定传男不传女的，所以，大姐和二姐只能得到财产，不能接掌权杖。林念祖又不是亲生的，没有资格。不过……说起来……"

王亮："有什么可疑的吗？"

荣俊旭点头道："你知道，父亲是后来才和我妈结婚的。他的前妻叫段小琴，也就是大哥的生母。可是没有人知道，在段小琴之前，父亲还曾经有过一段感情。"

王亮眼睛一亮："是吗？"

荣俊旭："不过，他们并没有结婚。那个女人的名字，我也不知道。"

王亮："你是怎么获得这个消息的呢？"

荣俊旭："三年前一次演出的时候，在上海听一个演杂技的老演员说的。不过，具体的情况他也说不清楚。于是我把他灌饱了猫尿，然后逼问他，可他说自己也是听说来的。"

王亮："听说过'林春晓'这个名字吗？"

荣俊旭看着王亮："没有。那是谁？"

王亮："现在还不知道。你的意思是，血案可能跟你父亲从前的感情恩怨有关？"

荣俊旭："只是心里隐隐有那么一点想法，我不敢肯定。但如果真的存在什么恩怨或者纠葛的话，那可能就是在段小琴和这个女人之间了。段小琴不也死了吗！如果有人为她报仇，那么，你觉得跟谁有关系呢？"

王亮："你大哥，荣俊赫。"

荣俊旭只是紧紧盯着王亮，没有说话。

王亮转念道："不过，我觉得这个可能性其实并不大。谁会放弃顺理成章就能获得的巨大利益，为父母之间那一点旧恩怨，而费尽心机，去做出这样复杂而违背天伦的事情呢？"

荣俊旭："那就是你们该去查的了。"

王亮："你的思路倒是和'复仇'这个感觉能对上号，只是，可能性很小。"

荣俊旭："对了，你刚才说的那个名字，是叫'林春晓'吗？"

王亮："怎么？想起了什么？"

荣俊旭："不，不是，我并不认识这个人。不过这个名字，听起来更像是个女人吧？"

王亮："也不一定，'春晓'这个词还是偏中性的。况且我们现在也确实还没有查到这一步。"

荣俊旭："谢谢。"

王亮："谢什么？"

荣俊旭："哦，没什么。只是没有想到，你也会告诉我一点线索。我不会放弃任何一点线索的。查出凶手也是我的责任。"

王亮翻开工作笔记："下面，我们来核对一下几个事件中的关键时间点，也就是有关你的不在场证明。"

荣俊旭："好。"

王亮："第四次亡灵出现的时候，你在什么位置？"

荣俊旭："当时我和父亲拌了几句嘴，出去抽烟了，所以没能赶上。我到体育馆的时候，那个鬼东西已经消失了。"

王亮："这就是我的疑问。事前听安警官说了，那个时刻，你不在客厅，也不在案发现场。”

荣俊旭：“我说了我在抽烟，就在门口大水法的台阶上坐着。听到响声后，我才慢慢走过去的，所以我是最后一个到的。”

王亮：“整个过程都没有人看见你吗？从大水法走向体育馆，必须穿过客厅的。当时客厅里不是有很多人吗？荣熙真、荣惠娜、郑浩和荣俊海不都在客厅里等着吗？”

荣俊旭：“不，没有。我穿过客厅的时候一个人也没有。事后我知道大姐怕小海受到惊吓，带着他回了别墅。二姐可能是姐夫交代小梅或别人也送回别墅了吧？这我并不知道，是我猜的。我到体育馆的时候，大姐、二姐、小海不在，别人都在。郑浩是在我前面到的。我想，可能是在跑动过程中彼此错开了吧！”

王亮：“那就是说，这次你是没有不在场证明的。请别介意，下面我要说的只是一种推理，也就是一种可能性。我想要说的是，假如你是这个鬼魂制造者的话……”

荣俊旭：“我不介意，接着往下说。”

王亮：“那么鬼魂出现的时候，你就一定在体育馆的东面附近，因为鬼魂的最后消失就是在那里。在鬼魂把戏结束之后，你完全有可能利用草坪的灌木丛作为视线遮挡，从草坪的东边溜到大家身后。这个诡计有两种变招，一就是直接绕过草坪到达大家的后面。缺点是，给人感觉来得过快，而且危险系数太大，容易遇到闻讯赶来的郑浩和光复叔。第二方案，是沿着草坪东面一路往南，然后在日式休憩厅附近躲起来，然后再返回，到达人群的身后。这个方案更安全。”

荣俊旭将双手枕在脑袋后面，认真地听着王亮的分析。

荣俊旭："嗯。这样看来，我的确没有过硬的不在场证明，虽然你的方法听上去过于复杂，也过于理论化了，不像是在那种瞬息万变的现场情况下，仅仅依靠敏捷的反应就能想出来的。"

王亮："没关系。我们不必纠结于这点细节。我说了，这只是一种假设而已。那么……你母亲失踪的那晚，你在哪里？"

荣俊旭："在电视台录制街舞的节目。就是我妈妈失踪的省电视台，不过并不是一个录影棚。"

王亮："怎么？当时你就在台里？"

荣俊旭："是的。不过，我并不知道妈妈也在台里。你知道的，省台占地面积很大。"

王亮："你在录制节目的全过程中，都和伙伴们在一起吗？有没有独处的时间呢？"

荣俊旭："在化妆室里化妆的时候有那么三四分钟是我一个人吧，别的时间大家都在一起，现场还有导演和很多工作人员。离开台里后我和哥们儿一起喝酒到凌晨两点才分的手，我和蓝毛吉米两个人觉得不过瘾，又换了家酒吧，一直喝到凌晨四点。"

王亮："嗯。你的录影棚距离你母亲的，有多远？"

荣俊旭："我们的录影棚在东面，距离妈妈那档节目的西面大演播厅很远，走的话，来回要七八分钟吧，跑步的话，我想最快也要三分钟。"

王亮："嗯。"

荣俊旭："这个不在场证明，不算很完美，是吧？"

王亮："是有点勉强。你母亲遇害的时候，也就是鬼魂再现之夜的第二天早晨，你在家睡觉，是吗？几点钟起的床，有人可以证明吗？"

荣俊旭："很晚。应该有十一点了吧。我也没在家吃饭，就直接开车来了这里。出门时，是周燾给我开的门。后来，吉米告诉我电视上的消息，我又开车回了家。"

王亮："十一点出门之前，并没有人看见你。是这样吗？"

荣俊旭："是的。我睡觉的时候，不允许任何人打扰。他们都知道我是睡懒觉的人，才不会来找骂。"

王亮将记事本翻了两页："嗯……哦，在这里。吕光复被杀的那天，根据你对安警官所说的，你是在……两点五十五看见吕光复从屋里出来的，是吧？你的原话是这样的，睡觉前看过钟，是三点零五，十分钟之前你曾看见吕光复走出房间。那么，也就是两点五十五了。情况是这样的吧？"

荣俊旭："没错。后来我还仔细回想了一下，当时的情况就是这样。"

王亮："不对吧？我们的调查结论可不是这样。根据法医的尸检报告，吕光复的真正死亡时间，是一点四十五到两点。你不可能在两点五十五看见已经死了的吕光复从房里出来。"

荣俊旭："什么意思？你是暗示我在说谎吗？你要这样说的话，我也没有办法。你们反正也都一个样，当时安警官也是不相信我说的。"

王亮："听着，我并没有先入为主的猜测，对你本人更不存在偏见。我只是以事实作为根据，与你再次核对当时的情况。"

荣俊旭："哼！"

王亮："那么，即使在知道了我们警方尸检报告得出的时间结论之后，你也还是坚持原来的陈述吗？你真的……确定不是自己看错了？"

荣俊旭："哈哈哈，光复叔又不是新来的，我活了多少年，他就和我们一起生活了多少年。况且那个时候，我房间里的灯光照出去，连大黑藏獒都能看清楚，而他就穿着白天穿过的那套衣服。看错？"

王亮："那你看清楚他的脸了吗？"

荣俊旭："警官，你有点无聊吧？你父亲走路的样子，你会看错吗？别说当时的距离不超过三十米，就是在一百米开外，换了你恐怕也能看出那是你熟悉的人吧？"

王亮："对了，那条狗，真的没叫？是睡着了吗？"

荣俊旭："没叫，也没睡着，它是看着光复叔走出去的。犬的眼睛和猫的眼睛，在暗的地方就像夜明珠一样贼亮。"

王亮："你看见了藏獒的眼睛，却没看见吕光复的眼睛？"

荣俊旭笑道："是的。人的眼睛没有那么亮。在那种情况下，亮的东西比较吸引人的眼球。"

王亮："钟也肯定不会看错？"

荣俊旭："三点零五。确定。我床头的钟是数字显示的。我总不会把二看成三吧？另外，时间也不会搞错，这个钟有一个功能，是可以与网络进行连接，每小时与格林尼治时间进行更新的。"

王亮："嗯，好吧。最后是……荣总遇害的那天中午，你在……"

荣俊旭："我在大姐住的二号别墅。母亲的去世，对我打击很大。大姐怕我从此自暴自弃，那天一直在说些以往的事，从上午十点一直到傍晚，中午，二姐见我俩不吃饭，也走了过来。我们一起待到小梅发现玲珑屋出事的时候。”

王亮：“这恐怕是你最完美的不在场证明了。”

荣俊旭苦笑道：“你真的觉得我会很在乎这个什么狗屁的证明吗？”

王亮：“别误会。我只是就事论事。”

荣俊旭：“我只是想尽一份力。跟你谈话，让我觉得可靠，安警官也一样，还有那个会玩推理的小孩儿。由你们来破案，我想那个罪犯跑不了。如果能够在破案中帮上一点小忙，也算是最后对父母尽到了一点心意吧！”

王亮：“那就早点儿回家吧。你不回家，是担心凶手在家里，你的生命会受到威胁吗？放心吧，警方已经进行了布控，凶手如果敢于再次出手的话，实在不是明智之举。据我看来，凶手计划周详，思路缜密，不是那种亡命徒。”

荣俊旭：“我倒不是担心自己，只是……回到家，又会想起我妈。好吧，我听你的。”

王亮带着小季走出旧迪厅，从裤带里取出手机摁了几下后，快步跃上了通往地上的台阶。

第十五章　罗生门（中）

谎话所提供的信息并不比真话少。

——赫尔克里·波洛（比）

第一节　林念祖

时间：中午十二点

地点：应泰建设大厦 顶楼 观景台

问讯人：安力为，穆千行

受讯人：林念祖

从位于滨江新区的理想国大厦出来后，安力为和千行一刻都没有耽搁，便以最快的车速，直奔城北商业中心的应泰建设大厦。他们的下一个目标，是林念祖。时值正午，交通很通畅，没有遇到严重塞车的现象。十二点，他们到达了目的地。

应泰建设是国内外知名的上市公司，虽然尚未跻身世界五百强，但早已是国内百强企业之一。荣氏共有两家上市公司，另一家为应泰地产。它们都是传统荣氏企业的最核心部分，也是荣应泰发家时的经济支柱。这两家企业上市之后，荣应泰又陆续成立了应泰钢构和应泰重工，以及投资、物业、旅游、物流等一系列配套企业，完成了商业地产开发的全产业链构成。这四家基础企业，通常被业界人士称为荣家的“四大金刚”。

五年前，荣应泰破格提拔和培养了当时还是小地区经理的林念祖，来出任应泰建设的总经理助理。四年前升任副总，三年前林念祖便受命，全面接管了该公司大小各项事务的管理。不仅如此，荣应泰还指定林念祖陆续兼任了应泰地产以及应泰钢构的副总。因此行业内的人都风传，荣应泰虽然名义上还是四大公司的董事长和CEO，实际上可能已经有了退位而做太上皇的想法，是在一步步地将荣氏传统企业的管理权过渡给林念祖等新一代经营者。

没有将大权交给同样能干的亲儿子荣俊赫，而是交给了一个从基层选拔上来的无名小伙子，这在前些年还被传为佳话，被媒体和业界普遍称赞为“任人唯贤，海纳百川”。只是近年来，有些人才明白了荣俊赫是要做和传统企业不同的新型商业开发。于是，他们纷纷揣测，这或许都是荣应泰的深谋远虑。试想，如果荣俊赫能在全新的产业和市场中占据有利地位，尽快打下坚实的基础，那么，便与日益显得老旧而正在落伍的传统巨无霸企业之间形成了互为犄角之势，以及相互帮衬、扶植的局面。事实上，荣俊赫的两家新企业已经形成一定规模，其中的理想国兴许已经在做上市的打算和准备了。

不论人们如何看待此事的内因，荣应泰对于林念祖的伯乐之眼与非凡胆识，都是值得令人惊羡与称道的。

正由于考虑到林念祖与荣家的关系相对复杂，其中又存在颇多未知的因素，安力为和千行对于此次询问，事先进行了充分的准备，甚至是演练。

安力为还命令王亮和刘晓伟对被调查者采取事先完全不打招呼，直接堵上门的突然袭击法。这样，被调查者就没有时间来准备应对之策，更没有相互串供的心理准备。他知道，只要对方事先有了一点点的警觉，像林念祖和荣俊赫那样的忙人，都可以随便找出一个理由，来进行搪塞和时间上的拖延。

然而，对于两人的到来，林念祖的心里似乎早有准备。

安力为先开了口：“事先没有预约就贸然地闯过来，实在是因为破案的时间紧迫。请你谅解。”

林念祖回道：“安警官说笑了。你们不必预约，有什么事，直接来就成。我已经吩咐过柳秘书，将一个月之内我的商务行程计划尽快地整理、打印出来交给你。这样，你来的时候，就不至于因为刚好碰到我出差而跑空门了。”

“非常感谢。今天来，主要是想核对一下在一系列案件中你的不在场证明。哦，每个人都要接受例行的调查，警方有理由相信，凶手就在荣家内部。”

“是的，我也这么看。”

坐在一旁的千行点点头，没有说话。

安力为翻开记事本，取出了一张小纸片，递给林念祖。这是根据千行制作的时间表而修改的简易版表格，其中删除了准确的时刻内容，只留下了日期、地点、事件三项。

“这是三宗案件，以及两个离奇事件的‘时间’简表，请务必仔细回忆。如果可以证明在案发的时间之内你不在犯罪现场，那么就意味着替自己洗清了嫌疑。”

林念祖摊开时间表仔细看了一会儿，也翻开了自己随身携带的一个黄牛皮记事本，一一对照，然后开了口。

林念祖：“嗯，那就从这里开始了，是……家母失踪的那天晚上，十一月九日。那天晚上我在黄龙大酒店和几位领导吃饭，有开发区管委会的金处，云南省住建厅的钱处，以及云南省旅游总公司的姬总，一共六个人，晚上十点十分结束的，因为钱处他们都要赶晚班飞机赶回昆明，所以早早地就结束了。安排好司机送走他们之后，我就开车回了家。到家的时候我看过表，应该是十点四十，这一点，门口的保安和监控可以证明。和俊赫他们不一样，我的住处在北面大运河广场的金色豪庭。因为我晚上的应酬比较多，住在荣府怕打搅了家人的睡眠，所以就在外买了房子。”

安力为：“从黄龙到金色豪庭，开了半个小时？”

林念祖：“二十分钟吧，安排车辆送走各位客人大概有十分钟，那天我开得也不快。每天的这个时候对于我来说很珍贵，是与一天的繁忙事务暂时告别的时刻，我不会像白天一样赶时间，而是喜欢慢慢地开车回家，享受一下夜晚清新的空气，放松一下自己。”

安力为：“你平时都自己开车吗？”

林念祖：“夜晚回家的时候一般都是，除非我喝了酒。我很少喝酒，那晚也没有喝，所以是自己开的。白天公务时间的话，大多数情况下是由司机来开，只有少数情况下才会自己开，没有一定的规律。”

安力为：“那晚开车回家的路上，就没有遇见什么熟人，或是进二十四小时超市、小卖铺买过什么东西吗？”

林念祖：“没有。”

安力为：“嗯。毕竟也不算太早了，又是在开车。只是如果途中有什么可以证明的话，比如超市购物小票，那就比较完美了。”

林念祖：“确实没有那样的东西。”

安力为：“没关系，请继续。”

林念祖：“第四次亡灵出现的时候，我一直和你们在一起。”

安力为：“对。我是你的证明人。”

林念祖又看了一眼记事本："家母遇害的那个早上，我还在熟睡，不过，不是在家里，而是在凯琳豪格·湖边邨酒店的一八一八房。因为前一夜闹鬼，我精神很疲倦，车开到庭湖边时困得不行，于是找了个熟悉的酒店睡了。我是七点半起床的。我的生活很规律，每天都是这个点起床。醒来后打开电视，正好是早间国际新闻，然后我打电话叫了早餐到房间。我习惯在吃早餐的时候看新闻，然后在八点十分左右出门。那天也是如此。之后，我开车来了办公室。得到家母遇害的消息，已经是临近中午了。"

安力为："是央视的早新闻？还记得说的是什么吗？"

林念祖："记得。先是三中全会的报道，后来是陕西哪儿发生了小范围地震，具体是哪个县我记不得了。哦对了，还有Lady Gaga发行了新的专辑。"

安力为："你记性不错啊！"

林念祖："还行。可能是换了环境的缘故吧？在家可记不住这些琐事。"

安力为："在睡觉的话，出门之前酒店里不会有人看见你。"

林念祖："没错。服务生送早餐来，大概是十分钟之后。他是那天早上第一个看见我的人。案发时间应该是……五点吧？不过，湖边邨是五星级酒店，监控系统应该很完备。"

安力为："嗯，应该是。问句题外话，你平时在家是独居，对吧？"

林念祖："是的。"

安力为："还没有考虑……自己的生活问题？"

林念祖笑道："还没顾得上。公司的事务实在是太多了。"

安力为："原来是这样啊。然后是……十一月十四日的凌晨一点四十五到两点之间，也就是光复叔被杀的时间。"

林念祖："这一天，我倒不是在睡觉。"

安力为的眼皮一跳："哦？那么晚还……"

林念祖："十三号的晚上，我跟公司的几个副总，以及核心的骨干成员，在这里，商谈云南的土地开发和旅游项目计划。您也知道，自从经济危机之后，房地产业的形势一直不容乐观，中央的限购令出台后，我们更是雪上加霜。因此，云南的项目对于我们来说就显得极其重要了，公司的董事与高层领导们也都非常重视。我们一直谈到凌晨两点左右，才一齐开车去玉鼎轩吃了点夜宵，然后各自回家睡觉的。分手的时候，已经三点了。睡了没几个小时，闹铃还没响呢，我就接到了父亲打来的电话，打的是我家的座机，哦，我有关手机睡觉的习惯。然后，我就开车直接去了荣府。"

安力为："好的。至于荣总遇害当天，上次你已经对我说了，从上午九点到下午五点一刻之间，你一直在工厂的车间里？"

林念祖："是的。"

安力为："是哪间工厂？"

林念祖："应泰钢构的第一分厂。那天有很多工人和我在一起，还有五位专家始终跟着我，因为新装的生产线必须立即调试并投入生产，才能保证月底的订单任务。"

安力为："'始终'的意思，是一刻都没有离开过？"

林念祖笑道："那倒不是，除了……上厕所的时候。我和专家就连吃午饭的时间都在一起。工人的话就需要你去调查了，大多数工人我是叫不出名字的。”

安力为：“你和专家是在厂里吃的午饭吗？”

林念祖：“厂里的伙食嘛，实在是……毕竟他们都是从德国千里迢迢，专程飞过来指导的国际资深专家，所以我开车带他们去了海鲜王府。离工厂不远，开车也就十几分钟的路程。”

在安力为开始询问之后，千行一直在低着头玩手机，一点都不像是认真在听的样子。不过，林念祖说到这里时，千行抬起了头。

千行问道：“请问……吃饭的时间有多久？从几点到几点？”

林念祖：“一个小时。开车出大门的时候，刚好听见工厂的大钟敲响十二点三十分的半点钟声，回来进门的时候我也看了一下，一点半刚过，准确地说，应该是一点三十一分。也就是说，连吃饭加上来回路上的时间，刚好是一个小时。没办法，德国人的时间观念是出了名的强，那天的指导工作必须在事先商定的五点之前结束，他们还得赶上当天六点半的飞机去北京，所以吃饭不能拖太久，必须尊重他们的安排。”

安力为：“也就是说，从一点三十一之后，一直到五点一刻之前，你都在工厂里？”

林念祖：“在这段时间之内，工厂里有很多人都可以证明，因为不仅仅是德国专家，很多我们的技工和工程师也都在一起聆听指导，配合试机。”

安力为不由自主地扫了千行一眼。千行感觉到了安力为的心理变化，却没有做出回应，而是紧紧盯着林念祖的脸，极力捕捉着来自每一根面部神经的极其细微的悸动。

千行："你对于时间的概念几乎和那些德国人有一拼啊！记录每天的时间都很清楚明白。"

林念祖扬了扬手中的记事本："是的。因为工作时间总是不够用，需要合理分配，多年来我都会在睡觉前对当日的行程做一个详细记录。好记性不如烂笔头嘛！"

千行："这五位专家的情况……"

林念祖："哦，关于他们的资料，我已经让柳秘书在准备了，一会走的时候就可以交给你们。"

千行："哦。"

说完，他耸耸肩，又像个没事人似的，低头玩他的手机去了。安力为明白，接下去又该自己接着问了。

经过几次的配合询问，他们俩已经达到了一定的默契，甚至不必通过眼神交流，光凭对彼此之间气场的感知就够了。

安力为："你听说过有人企图篡改遗嘱的事情吗？"

千行没有抬头，但冷不丁从牙缝里挤出几个字来："'林春晓'是谁？"

声音是弱弱的，但分量并不轻。

林念祖的眼皮微微一跳，慢慢抬起头望向千行。

千行的目光已不在手机的屏幕上面。

四目相对。

林念祖皱起眉头，转头又看向安力为，眼中流露出疑惑的神色。

林念祖："谁？"

安力为："'林春晓'。你不认识？"

林念祖摇头："没听说过。"

安力为："哦，没关系。这不重要，也许和案子无关。我们只是随便问问。"

林念祖："嗯。"

安力为："据你看来，谁是荣氏企业最有可能成为掌门的人呢？"

林念祖："你问的是，我对家父可能的选择而做出的个人预测吗？"

安力为："对。"

林念祖："那好，我说说我的看法。俊赫、大姐和我，是最合适的人选。"

安力为："嗯，在你、俊赫和荣熙真三个人当中，你认为谁的可能性最大呢？"

林念祖："这就是家父才能够决定的事情了，我们的一切臆测都是徒劳的。家父以擅权谋、多变而名扬商界，如果被人轻易地就猜破了心思，也不至于会获得今天的辉煌成就。'总能棋高一着'，是那些曾经被他击败的商界元老对他的普遍评价。"

安力为："有道理。不过……荣熙真的可能性会有多大？"

林念祖："执着于可能性比例数据的计算和预测是没有意义的。毕竟对于家父来说，这个决定，可以是精于算计的结果，但也可能仅仅出于一念之间。"

安力为话锋一转："荣熙真有个秘密恋人对吧？"

林念祖一怔："什么意思？"

安力为："就是字面意思。她有一个连家里人都不清楚的秘密恋人。”

林念祖："应该……不会吧？我怎么从来没有听说过？不至于……如果有，大家应该不至于对此毫无察觉。再说谈恋爱又不是什么丢人的事情，为什么不告诉自己的家人呢？其实，对于荣家这样的豪族来说，那么大年纪还不恋爱成婚，才更让人感到难堪吧。事实上，家父早就为大姐物色过几个人选，有两个我也见过，都很优秀。只是，大姐一直不置可否，每次都用一种彬彬有礼的客套，拒人于千里之外，最后不了了之。为此，家父也伤透了脑筋。”

安力为："你就……一点都没有察觉到？"

林念祖摇头道："不会的。我想你们肯定是弄错了。"

安力为转头看了一眼千行。

那小子居然跟个没事人似的，又在玩手机了。

真想扔了他的手机。

安力为不免有些生气。

安力为："对了，李妍和遗产的继承不会有什么关系吧？"

林念祖："不会。她没有资格。"

安力为："荣总难道就不会在遗嘱里，也留给她一部分遗产作为日后生活的开销？相处那么久，应该不会那么绝情嘛。"

林念祖："家父不是绝情，而是事情不能这么办。'李妍'这个名字，是绝不能出现在遗嘱之中的，那等于公开宣布了这段不伦之恋，对公司会产生不良影响。既然是遗嘱，那就是为死后准备的。如果家父在生前并未打算与家母离婚，再与李妍结婚的话，那他就只会希望此事永远地成为秘密。因此，李妍与遗嘱无关。但我认为家父对李妍是会有安顿的。也就因为这个，我怀疑，从公司里被挪走的那一部分资金，就是李妍日后的生活和安置费用。当然，也有别的可能。”

安力为：“原来如此。”

林念祖：“所以家父并不是无情的人。”

安力为：“那天晚上在灵堂，我记得是你送她走的。你对她说了什么吗？”

林念祖：“那是我们事先商量好的。大姐吩咐这话由我来说，因为俊赫跪灵无法抽身，大姐作为主持，也不合适与李妍直接对话。原话是这样的：‘今晚过后，你就与荣家没有任何关系了，请不要再踏入荣府。多多保重。’”

安力为：“这是集体商议后的态度？”

林念祖：“是的。大姐、俊赫、郑浩和我四个人决定的。二姐不知道。俊旭没回来，即使回来了，我想他也不在乎这样的事。”

安力为不由自主地又扫了一眼千行。

千行依然故我。

但安力为隐约察觉到这小子的注意力，其实并不在手里的小屏幕上，而是在茶几的对面。

安力为继续：“李妍的态度呢？”

林念祖：“她像是领会了我的话，可能也明白了这是荣家的集体决定，只是向我微微欠了下身，就转头走了。”

安力为："当时的场面，有点凄凉吧！"

林念祖："是的。那样一个身穿黑衣的女人，一个憔悴消瘦的影子，默默地走进了夜的黑暗之中，什么话也没有留下，就连脚步声也淹没在萧瑟的风中。看到这番情景，心仿佛被什么东西揪住了。不知为什么，那个时刻，我又想起了那首恐怖的童谣……"

安力为："恐怖的歌谣，还有幽灵的出现……整件事，从一开始就充满了神秘而诡异的气味。"

林念祖："没错。对了，不知安警官还记得吗？那天晚上在体育馆前面，我们站在一起的时候，俊赫当场喊出了声。他觉得那个……呃……鬼，那个白发的幽灵，长得特别像逝世多年的外公叶启德？"

安力为："我记得。事后我还问过俊赫。他肯定了自己不是产生了错觉，而是看到那……确实像是叶启德的真身再现。"

林念祖："其实，不仅仅是俊赫，家父和我也是这么觉得的。只是家父嘱咐我不要以讹传讹，乱说这些没有根据的事情，以免增加恐慌情绪，我才没有向安警官提起。"

安力为："你的意思是，那晚出现在我们面前的鬼魂，真的很像叶启德的亡灵？"

林念祖："一模一样！简直就像是相片中的人活生生走了出来。我其实并没有见过外公本人，但他的遗像一直挂在图书馆的墙上，俊赫也经常会指着外公的像，说起一些小时候的轶事。所以，他的面容我也很熟悉了。那晚出现的鬼魂，和相片里的如出一辙。"

安力为："后来想起来，那天晚上，俊赫和荣总的反应，除了惊恐之外，似乎还有点别的什么因素。当时没感觉到这些，事后想想，总觉得有些奇怪。今天听你这么一说，我明白了。你觉得他们俩除了对鬼魂的恐惧，还有因为已经逝去的亲人再次出现的惊愕。是这样吗？”

林念祖：“完全正确。”

安力为：“还有，每次在现场，我们总能发现一张小纸片，上面写着一些不连续的数字。你觉得那是什么？”

林念祖：“那可能是 π。”

安力为惊讶道：“你也知道那是 π？为什么你会知道？”

林念祖：“家父曾经给我看过第一张小纸片。虽然当时我不明白那是什么意思，但我对数字比较敏感，记住了那六个数字——‘314159’。过了几天，我想起了小时候背过的 π 数值。六位数字都能契合，我觉得基本可以认定，那就是 π 数值。”

安力为：“那你没有早点儿告诉荣总吗？”

林念祖：“没来得及。我悟出这一点的时候，家父已经遇害了。就在家父逝世的那天晚上想到的。不知道这……是不是家父的亡灵感应。”

安力为：“你认为这是谁干的？”

林念祖：“凶手。与那篇带有预言性质的歌谣一样，这恐怕也是一种形式上的宣告。这个 π，和死去的外公有关，荣家的人都知道，外公年轻的时候，曾经做过数学推算研究。这些污秽之物接连出现，构成了一个诅咒之环，紧紧地笼罩在荣府上空。事实上……家父去世之前，很可能已经猜出了那些神秘数字与 π 的联系。”

安力为：“怎么？”

林念祖：“家父在遇害的前一天，曾给我打过一个电话……”

安力为：“哦？”

林念祖的眉宇间，忽然出现了一丝异样的神色。

安力为回头一看，原来是因为千行。

不知什么时候开始，千行已经放下了手机，斜靠在沙发上，双眼一直盯着林念祖。

林念祖接着说道：“……他问我还记得那些奇怪的数字吗？我说记得。然后他说他可能已经知道这些数字的意思了。我很好奇，问那到底是什么，家父说他还需要证实一下，希望第二天晚上，哦……也就是遇害的那天晚上，跟我聊聊这件事。”

安力为：“这件事，和荣总遇害时那个神秘的微笑，会不会彼此之间存在着什么关联？难道是他破解了 π 的意义？”

林念祖：“对于家父那个奇怪的表情，我真的是想不明白。这太不合乎情理了。”

安力为：“以叶启德面容出现的诡秘亡灵，带有预言气息的恐怖童谣，被有意放置在命案现场的 π 数值，以及荣总死后神秘的笑容。在你看来，这一切究竟意味着什么呢？”

林念祖：“复仇。”

安力为：“复仇？”

林念祖：“对。复仇。除了家父的古怪表情令我始终捉摸不透，其他的，我认为可能都与一场堪称华丽的复仇计划有关。这就是我要最后告诉你们的，也是你们一直未曾听说过的一些情况。”

安力为深深地吸了一口气，将记事本上已经记满各种符号的一页翻过去，然后点点头，示意林念祖可以开始了。

林念祖："事情要从二十一年前说起。一九九二年，外公叶启德在上海郊外的花园别墅内因病逝世，当时死因诊断的结果是左心房严重梗死，诊断医师是他长年聘用的私人医生左良弼，后经邛山医院复核，结果相同，所以顺利地开具了死亡证书。这件事表面上风平浪静，外面的人只知道老爷子是年纪大了病死的，但其实不然，当时有人就……提出了异议。”

安力为："谁？”

林念祖："舅父叶丰盛和家母。当时，舅父就在上海，而且在一段时间内还负责过照顾外公的起居饮食。在生命最后的两年中，外公因为心律不齐、高血压、脑溢血等一系列疾病，在邛山医院的特护病房就诊和休养。因为气血虚弱，主治医生曹楠建议他住院疗养，禁止一切活动和可能引起病人情绪紊乱的事务性交流，更不允许打出院和回家的念头。所以在那两年的大部分时间里，外公一直是住在邛山医院特护病房里。可是，就在舅父出差韩国的三个月里，情况变了。”

安力为："怎么？”

林念祖："据后来舅父对家母的叙述，他走后仅仅一周，邛山医院的主治医师就迅速改变了治疗方案，允许外公出院，回到自己的花园别墅里休养。他的理由是，外公的病情已经大为好转，而且有了康复的希望。那段时间经过在医院里精心的调养，外公的病情确实有了点起色。不过，这还是让身在韩国的舅父觉得有些意外，只是因为左医生是外公信任多年的贴身老人了，所以才没有多想。谁知，就在他办完事即将归国的时候，就接到了家母的电话，外公已经离世了。听到这里，安警官也一定感觉到情况有点蹊跷了吧？”

安力为：“嗯，说下去。”

林念祖：“舅父回国后，怀疑外公并非正常死亡，而是有人蓄意加害。他把自己的想法告诉了家母。于是，他们开始调查当时的主治医师曹楠和私人医生左良弼，查看了所有与外公有关的医疗档案。很可惜，他们一无所获。一切表面的证据和两位医生的口述回忆，都只能证明外公是病死的。他俩也想过报案，当时接待他们的警察，叫穆柏林……”

安力为不禁失声：“哦？”

千行也瞪大了眼睛。

林念祖：“……不过，这位穆警官告诉他，在丝毫证据也没有的情况下，仅仅凭借猜疑和主观臆测的话，根据办案规程是很难以杀人案为定性来进行立案侦查的。他建议舅父和家母继续搜寻，至少要找到一点点的线索，或者哪怕是只能作为旁证的证据也好。”

安力为：“他们找到了吗？”

林念祖摇头：“很遗憾，没有任何迹象能支持他俩的观点，而周围的所有人也都已经默认了外公病死的‘事实’。构不成立案标准，这件事便就此被拖了下来，无果而终了。”

安力为："那么……他俩就这么放弃了吗？"

林念祖："没有。即使全世界的人都相信外公是病死的，但对于他俩来说，这件事从此便成了一个心结，难以跨越。或许舅父是想等这件事逐渐被人淡忘之后，再对当事人发起突然的袭击，一年之后，他又悄悄地开始了调查。但令他大为意外的是……"

安力为："两个当事人死了，对吧？"

林念祖："没错。就在外公离世半年之后，他的私人医生左良弼夜晚在大街上遭遇车祸不治，而肇事人逃之夭夭。那个年代没有监控，所以凶手的身份便永远成了谜。主治医师曹楠则在一次登山的旅程中坠崖而亡。据说人们发现尸体的时候，他是挂在断崖下的一棵小松树上，说明当时还有一口气，因为伤重与饥饿，才导致了他无力挣扎和呼救，最终气绝身亡。"

安力为："至此为止，两条线索都被斩断了。"

林念祖："没错。我不认为世间真能存在如此的巧合，所以我想，对于亲生父亲离奇死亡的家母和舅父来言，那就更不会相信了。"

安力为："他俩后来就没有再去找那个穆警官吗？"

林念祖："没有。后来，家父便全面接管了叶氏家族的产业，三年后改换了门庭，从此树立起荣氏家族企业的大旗。在家父接管外公的产业之后，舅父就此远遁韩国，再也没有踏入家乡一步。或许，他是觉得自己无力对抗强大的敌人，也或许，他是心如死灰了吧。"

安力为："你……是在暗示我们……当年加害叶启德的，是你的义父——荣总。是这样吗？"

林念祖："不，我不知道，关于这一点也请不要问我的看法，我没有能力去将它调查清楚。我只是在向你们提供一些线索而已，因为我觉得可能与现在的案子有关，否则我没有必要对你们唠叨这些陈芝麻烂谷子的往事。"

安力为："怎么个有关？请继续。"

林念祖："此次全部事件的起源是亡灵第一次出现在荣府，对吧？而鬼魂在世间是并不存在的东西，这一点也不会有异议吧？我相信安警官不是一个有神论者。那么，亡灵的形象与离世多年而且死因尚有争议的外公如此酷似，这究竟意味着什么呢？这……就是我脑子里会蹦出'复仇'这两个字的原因了。"

安力为很耐心听讲的样子："嗯。"

林念祖："试想，假如外公当年的死因真是由于有人加害，而这个凶手真的是家父的话——哦，我说的是假如，如果不合理，请你随时打断我——那么……家父现在被人毒害，是不是应该看作是有人作祟，为外公的冤死而复仇的举动呢？如果……鬼魂只是以通常鬼怪的可憎面目出现的话，我不会想到这一层，但是，鬼魂酷似外公，就足以被看作是一种挟鬼魂而示威的行为了。外公的面目，其实是一种类似于旗号的象征。"

安力为放下了手中的笔，陷入了思绪之中。

面前的林念祖说得很有道理。

如果真是"复仇"的话，叶淑娴粉身碎骨的惨状，凶手在杀害吕光复时所采用的残忍手法，酷似叶启德的亡灵，通过歌谣进行预言，以及丢在现场制造恐怖气氛的 π 数值，等等等等，都会显得非常合理了。

安力为的心里，渐渐对这条新的线索产生了化合作用。

但荣应泰死亡前的笑容，依然难以解释。还有……还有……那个……那是什么呢？

千行突然开了口："是'复仇'的话，确实能令很多事情得到合理的解释，但是……能为叶启德复仇的人，必定是与他感情至深的人，那还会去杀死他的亲生女儿——叶淑娴吗？别忘了，凶手杀死叶淑娴在前，而加害荣应泰在后。"

对，我要说的就是这个——安力为心里暗暗地一拍大腿。

林念祖略一思考，回答千行："你说得也有一定道理。但……必定不会吗？如果凶手除了复仇，还有其他阴谋呢？这只是我提出的一种假说而已，难免还会存在漏洞，以及我们不甚了解的细节。这些，不正是我们未来要去破解的谜题吗？"

千行又问："这些陈年往事……你是怎么知道的呢？"

林念祖不再看千行，而是不慌不忙地将脸转向了安力为。

"安警官知道'缪东野'这个人吗？"

"知道。"

"这个人原先就是叶氏企业名下一家马甲公司的傀儡总经理，外公生前，他唯命是从、马首是瞻，与舅父、家母的关系也维持得挺好。外公一死，他就成了第一个归顺家父的人，继续做他的傀儡行当，后来当上东野建设的董事长。这是个见风使舵的小人，我刚从医生转行到商界的时候，就是在他的手下做一个小小的打字文员。或许因为我的学历高，又精通几国外语，他出入各种商务应酬和谈判的场合，总是愿意带着我。做傀儡的人，由于身份和虚假权力的错位，有的时候总会跟背后的靠山产生这样那样经济利益上的矛盾。缪东野就是这样。他总会在醉酒之后，或者发脾气的时候，向身边的人说一些所谓黑幕的片段，从而抱怨主子对他的不公。时间长了，这些碎片组合起来，就让我了解了这件事情的来龙去脉。”

安力为问道：“缪东野既然是个傀儡，又怎么会知道这样隐秘而又重大的内幕呢？”

林念祖说：“我想应该是叶丰盛告诉他的吧！”

“可是……缪东野……也消失了。”

林念祖神秘地一笑：“对。”

第二节　荣熙真

时间：下午三点四十五分

地点：荣府 后花园 镜池旁 玻璃花房

问讯人：刘晓伟，刑侦干员小秦

受讯人：荣熙真

从景澜大酒店出来后，刘晓伟和小秦都已饥肠辘辘。他们找了个包子铺，随意垫了点小笼包和馄饨什么的，顺便通过微信向安力为做了要点汇报。

吃完饭，他们便驱车前往荣府。

接待他们的是女仆小竹，刘晓伟向她表明了来意。

荣熙真这时正在后花园修剪盆景花卉。这是她日常生活中的一项必修课。也许是为了排遣父母双亡的悲痛，最近荣熙真待在后花园的时间明显比以往要长。

听到小竹的汇报后，荣熙真命她招呼刘晓伟他们先在客厅喝茶等待，三十分钟之后，她将在玻璃花房内接受他们的调查。一来，在花房里她不必停下剪枝的工作，二来，可能是觉得那里相对封闭，隔音效果比较良好，同时视野很开阔，对建筑物周围一览无余，不必担心有人藏在附近偷听。

下午三点四十五，刘晓伟和小秦跟着小竹穿过后花园的小径，走进了这座有些梦幻意味的植物天堂。

进门前，刘晓伟用微信留言，向安力为报告了最新情况。这其实就是在通知安力为和千行，可以行动了。

安力为接触根叔，需要在尽量秘密的情况下来完成。因此刘晓伟调查身为荣府总管的荣熙真，更主要的目的在于调虎离山。

在玻璃花房外的树丛后面，还布置了一名干警，一防有人向荣熙真通风报信，二则防止荣熙真突然中止谈话而离开，致使安力为的密谈受到影响。

一直到安力为和千行的行动结束前，荣熙真实际上是被刘晓伟施行了行动和讯息的管制。

半只鹅蛋形的建筑矗立在平静的镜池水畔，远远望去，酷似位于北京西长安街的中国国家大剧院，只是缩小了很多倍，是个微缩版的。

花房完全由圆弧状不锈钢架和微微泛蓝的钢化玻璃构成，晴日里阳光明媚，阴天也光照充足。而每逢下雨之时，人若站立其间，便可以看见雨水顺着玻璃缓缓流淌下来，自是别有一番特殊的情致。

这里种满了绿色植物和各种奇异的花卉，令人总能产生进入童话世界般的恍惚。

由电脑控制的中央暖气与通风设备，保持里面四季恒温的十八度和新鲜的空气，使得所有植物都得到了最为良好的生长与养护条件。

荣熙真穿着采茶少女般的蓝色碎花小袄，头上还扎着蓝印花的头巾，正在聚精会神地整理一盆名贵的君子兰。

虽然衣着朴素无华，荣熙真的雍容气质仍丝毫未减，乍看之下，颇有皇室公主落隐山林的风范。

第一次看见这位荣家大小姐的年轻干员小秦不免微微有些恍神。

简短的寒暄之后，荣熙真就吩咐小竹离开了。

荣熙真："这叫银线菩提，是君子兰中的极品。如果不是这里的优良环境，恐怕很难长期存活。"

刘晓伟附和道："第一次到后花园来的时候，就看到了这个玻璃花房。当时门锁着进不来。没想到，这里可真称得上植物天堂呀！"

荣熙真莞尔一笑："啊呀……真是不好意思，这里连个坐的地方都没有，怪我安排不周。现在只好委屈二位了。"

刘晓伟："没关系。我们做刑警的平日里习惯了奔忙行走，很少有空闲的时间可以坐下来赏花的。今天来，主要是向大姐请教一些有关案子的问题。"

荣熙真："好。荣家遭此大难，凶手现在仍逍遥法外。只要我知道的，希望你们不要有任何顾忌。"

刘晓伟："我们认为凶手很有可能就在荣家内部。"

荣熙真杏眼圆睁："为什么？"

刘晓伟："怎么？您不这样认为？那么您认为，凶手不会是荣家的人？"

荣熙真："当然。我已经猜出凶手是谁了。"

刘晓伟暗暗吃惊："哦？那么……"

荣熙真："不过，还是请你们先提问吧，等你们问完了，我再说出我的想法。"

刘晓伟："那好吧。专案组经过与上级领导的反复研究，一致认为凶手很可能就潜伏在荣家内部，至少与荣家存在着极其紧密的联系。因此，我们打算对荣家的人进行一次摸底排查。首先是对几宗案件的关键时间进行一次询问。"

荣熙真："所有人都要问吗？"

刘晓伟："原则上是这样。不过……您是想说什么吗？"

荣熙真："是的。我看惠娜和小海就不要问了吧。他们不可能有嫌疑。这样的询问，会对他们造成极大的伤害。"

刘晓伟："请您放心，对于荣俊海小朋友，我们尽量不去骚扰。可是，荣惠娜是成年人，为什么不能接受我们的询问呢？"

荣熙真："二妹和小弟一样，根本不了解情况，连父母已经双亡都不清楚。"

刘晓伟："怎么可能。荣家出殡是声势浩大的场面，况且守灵还是在家里进行的。他们怎么可能连一点消息都不知道？简直难以置信。"

荣熙真："没错，这确实是奇迹。可是我们终于还是做到了。父亲遇害的当天晚上，我就和俊赫、林念祖、郑浩共同商议了此事。如果刘警官足够细心的话，一定早就发现了，自那天开始，惠娜和小海就再没有在你们面前出现过。"

刘晓伟："是的，我注意到了。难道他们都被您封锁起来了？"

荣熙真："可以这么讲，但不是像你想象中的那么残忍。确切地说，惠娜和小海被我们集体保护起来了。"

刘晓伟："保护？"

荣熙真："不是用铁链和大锁，而是用我们的集体欺骗。惠娜和普通人不一样，她生来就像个豌豆公主一样被全家人保护起来。当然，刚开始，这是家父的意愿。她对于周遭世界的认知，仅限于在剑桥读大学时的那三年。而国外名校的单纯环境，相对于这里弱肉强食的社会来说，就好比是个天堂，这一点我想你懂的。刚回国的时候我也是不适应的，后来才渐渐明白了我们生存的这个地方，原来不是童话世界。可惠娜完全不懂，回来后继续过着公主般封闭的田园生活，和她心目中的白马王子相爱、成婚，组成了一个有如韩剧结局般圆满而理想的家庭。她的婚礼在那一年被网友羡慕为'史上最奢华'的婚礼，至今为人津津乐道。家父不仅是把自己所能想到的最豪华安排都用做了惠娜婚礼殿堂的基石，简直就是按照人们普遍难以设想的梦幻蓝图，为她搭建了一座前无古人后无来者的空中花园。我这样说……你可能会明白一点惠娜是个什么样的人了吧？"

刘晓伟皱着眉说："呃……有点明白了。"

荣熙真："简单地说，二妹是个生活在自己幻想王国里的不真实的人，和这个肮脏的世界一点关系也没有。郑浩和她结婚之后，也努力地呵护着她这个梦，不使它破灭。唉！真不知道这个有如肥皂泡一般绚丽而易碎的梦还能维持多久！而同样的情况，也发生在小弟俊海身上。"

刘晓伟弱弱地问道："那么……这次的奇迹，又是怎么做到的呢？"

荣熙真："其实，那天晚上商量的时候，俊赫和林念祖都是反对的，是我坚持意见而做出的决定。傍晚发现家父遇害的时候，郑浩灵机一动，以家父睡着了这样的理由将惠娜送回别墅，远离了是非之地。这在我们听起来都会觉得很弱智，可独独用在惠娜身上却是有效的。与你刚才的疑惑一样，林念祖当时也认为出了那么大的事，完全隐瞒是不可能的。于是我想出了一个主意，让她'得病'……"

刘晓伟："得病？"

荣熙真："是的。不是真的害她生病，而是让她相信自己得了病。这种'病'不能严重到足以使她为此担心和伤感，也不能轻微到明天就可以出屋。另外，这种病还不能是传染病，因为我想通过这个骗局将小海也封锁在三号别墅之内。"

刘晓伟："咦？"

荣熙真："说穿了，其实也不难。这只是一个心理魔术。我让郑浩悄悄地在她的水杯里放入无色无味，但能令人昏昏欲睡的感冒药，第二天也是如此。惠娜醒来后会感到浑身乏力，就先怀疑自己是否得了感冒。然后我找来熟悉的保健医生，授意他告诉惠娜得了慢性低血压中的体质性低血压。这种病，轻者没有任何症状，重的也只是头晕、头痛、精神疲倦什么的，只要适当理疗，加强锻炼，调整回健康的饮食习惯，就不会有任何影响。因此，我这样做了之后，惠娜对此深信不疑，就按照医生说的，躺在床上休养了。人在成天躺着缺少活动的情况下，是必然会陷入昏昏沉沉、神疲乏力的状态之中的。不过，这些只是假象。只要对惠娜的身体构不成真正的危害，我们的目的就达到了。别墅的隔音效果极好，他们只要在屋里，是听不见灵堂诵经和喧闹声的。”

刘晓伟：“坚持这样做的理由，是因为您认为一旦荣惠娜知道了父母双亡的消息，她的精神世界会有全面崩溃的危险？”

荣熙真：“是的，作为姐姐，我不能冒这样的风险。当然，还有小弟俊海。”

刘晓伟：“那您是怎么骗住小弟的呢？”

荣熙真：“很简单。小海是个热衷于动漫电视节目和IPAD游戏的孩子，成天幻想着自己就是奥特曼和超级英雄，把不喜欢的事物，想象成一定会被他打败的小怪兽。这种‘奥特曼情结’，其实跟我们小时候的‘佐罗情结’并没有本质的区别。我就是利用了他的独特心理，诱导他说二姐得病了，需要和疾病做斗争，小海应该像奥特曼一样使用强大的力量来保护她，帮助她早日康复。于是，他便把这个由我们共同空想出来的‘病魔’看成了小怪兽，天天捍卫着惠娜了。小海的意志力很强，一旦开始做一件事，就不会像同龄的孩子那样轻易分心而没有耐心。只要我们联合起来，尽心尽力地去安排好他俩的生活和兴趣，我想支撑至少两周应该可以做得到。”

刘晓伟：“两周之后呢？”

荣熙真：“两周之后正好是家父和后母结婚二十五周年的纪念日，我可以对他们说父母去欧洲旅游了。惠娜很羡慕父母当年结婚时去法国和意大利旅游的往事，这样说不会引起她的怀疑。‘出国旅游说’还有一个好处。一旦有人不慎，走漏了消息，我还可以用追随父母游玩为由，将他俩彻底安排出国，再做计议。”

刘晓伟：“大姐的计策，真令人拍案叫绝。情急之下，竟能想出如此复杂而周全的诡计来，不能不让我佩服。只是……总这么拖着，也不是个事儿呀！纸终究包不住火。”

荣熙真：“我当然明白这个道理，只是一时之间没能想出更好的方案来而已。”

刘晓伟：“这个计划，基于家中所有人的众志成城，只要其中有一个人说错一句话，就会前功尽弃。”

荣熙真：“这点请刘警官放心，我自有安排。”

刘晓伟：“嗯，怪不得……”

刘晓伟差一点就把心里话说了出来——怪不得郑浩当时会那么说。幸好，他及时收了口。

荣熙真：“什么？什么怪不得？”

刘晓伟：“哦，不，没什么。现在，让我们来看看在各项事件发生之时，您有没有不在场证明吧。请您务必仔细回忆，我们今天的记录，有可能会成为呈堂证供。”

荣熙真：“好的。请开始。”

刘晓伟：“叶淑娴失踪的那天晚上……”

荣熙真：“我在家里和惠娜一起看家母的节目。对了，小海也在，还有仆人小竹和小兰。”

荣熙真已经整理好了那几株娇小的君子兰，起身走到一株半腰高的玉芙蓉花前，边说边开始修剪花枝。

虽然已经过了花期，但这株玉芙蓉的枝身形态仍然婀娜多姿。

刘晓伟：“哦。第二天晚上，在体育馆就发生了亡灵再现事件。请回忆一下您在整个事件过程中都在哪里，在干些什么。”

荣熙真：“考虑到可能会引起惠娜和小海的极度恐慌，因此我带着他们回了别墅。又过了很久，郑浩回到了三号别墅。在这期间，我一直陪着惠娜和小海，在一起的还有仆人小竹和小菊。”

刘晓伟：“整个过程之中，你们一直都在一起？一点点的时间都没有离开过？”

荣熙真：“如果去洗手间也算离开的话。去过两次洗手间。一次在白金汉厅，还有一次在惠娜的房间里。”

荣熙真修好了枝，将剪下来的残枝和枯叶都用剪子剪成细碎的小段，放在蓝色小袄的口袋里。

刘晓伟：“整个过程应该不超过半个小时吧？您去了两次？”

荣熙真：“刚好是那个日子……你懂的。”

刘晓伟：“原来如此。次日凌晨，叶淑娴遇害的时间内，您是在家里睡觉？”

荣熙真：“那个时间，家里的所有人都在睡觉。”

刘晓伟：“十四日凌晨光复叔遇害的时间呢？您也是在睡觉？”

荣熙真：“是的。除了俊旭之外，家里其他人都没有熬夜的习惯。那天早晨我是在听见仆人小菊一阵急速的敲门声后起的床，她从来不敢这样敲门，所以我一听就知道出事了。大约是六点十五分这个时刻。躺下休息的时候是二十三点，因为我关闭电视机的时候，《24 小时》节目刚开始。”

刘晓伟："嗯。最后就是您父亲遇害的，十七日中午到下午的这段时间。"

荣熙真："几乎是一整天，我都在自己的二号别墅里。家中的突变对二弟俊旭的打击很大，我怕他会出问题，最担心的就是他会因此而吸毒。家母生前最疼俊旭，甚至到了溺爱的程度，她的猝然离世可能导致俊旭精神崩溃。因此，上午我一直在开导俊旭。午饭时间惠娜来了。她见我们不吃饭，觉得奇怪所以过来看看。惠娜和小海是不知道母亲失踪消息的，当时是家父命我们隐瞒的。为了不引起惠娜的疑惑，我提议三个人一起玩'大富翁'。我们很久没在一起玩这个游戏了，所以大家都很高兴。小菊为我们拿来了很多吃的，我们边吃边玩，一直到了傍晚。大概五点半，俊赫来了，把我独自拉出去，悄悄地说家父不知道在玲珑屋里干什么，要求我一起去看看。往后的事情，你们就知道了。"

刘晓伟："也就是说，从上午一直到傍晚五点半，你都和荣俊旭在一起，后来还加入了荣惠娜。当然，在那么长的时间里，一定也上过洗手间，只有在这时，您才是独处的，对吧？"

荣熙真："不对。我居住的二号别墅里，洗手间和别的地方都不一样，门上都是安装毛玻璃的，而且每个向外的窗户上都安装了铁栅栏，不应该视为独立的空间。因此，谁上洗手间都不能算是真正的独处。另外补充一点，在一起的还有仆人小菊。"

刘晓伟："是这样啊！您和荣俊旭几点开始谈的？荣惠娜又是几点来的呢？"

荣熙真："九点半和十一点半。"

刘晓伟：“九点半开始和荣俊旭谈话，十一点半荣惠娜和荣俊海来？”

荣熙真：“对。”

说着，她掏出口袋里所有的枝叶碎片，细心地分撒在玉芙蓉花的根部。

刘晓伟将手里的记事本翻了几页：“嗯。对了，您刚才说已经猜到了凶手是谁？现在可以说了吗？”

荣熙真：“这样毒辣和残忍的事情，只有华鼎坤才能做得出来。他是家父的宿敌。”

刘晓伟：“哦？有什么证据吗？”

荣熙真：“没有。我说了这只是我的判断。至于证据，应该由你们警察去找。”

刘晓伟：“嗯，不过既然怀疑华鼎坤，总不会是捕风捉影的胡乱猜想吧？”

荣熙真：“当然。华鼎坤这个人很有来头。家父经商多年，在商界的敌人自然不在少数，以往每逢恶战，家父都能棋高一着，占尽先机，而败下阵去的敌人最后总会乖乖地前来归降。只有这个华鼎坤不同，每每都令家父头疼不已。双方的企业刚开始有摩擦的时候，华鼎坤总能略胜一筹，虽然我们实际的经济损失并不大，可荣家却丢不起这个面子。后来，在‘庭湖开发案’上，家父不惜以破釜沉舟的决心与其拼死一搏，最终胜出。从此，华鼎坤再也不涉足荣家经营的地盘，处处谨小慎微，摆出一副战败将军的窘态，活脱脱像一个缩头乌龟。换了别的赢家，此时一定暗自扬扬得意了。可家父不会因为骄傲而冲昏了头脑。他曾经通过私家侦探对华鼎坤的背景做过细致的调查，甚至派人远赴美国、欧洲和东南亚。这个家伙，原来是华尔街金融大鳄在亚太地区的秘密代理人，曾经在东南亚金融风暴中兴风作浪。具有这般劣迹和巨大能量的人，会乖乖地做个缩头乌龟吗？当然不会。家父很清楚，他只是在蛰伏，在蓄势，静静地等待一个机会的到来。时机一到，他便会迎头而上，而且一击必杀。"

刘晓伟："请允许我稍稍打断一下。这样的人物……会以暗杀作为经商胜利的手段吗？杀人，实在是拙劣的方法。"

荣熙真："刘警官听说过'刺杀肯尼迪'事件吗？再向前推，还有'刺杀林肯'，刺杀民权领袖。那些敢于冒天下之大不韪，暗杀万众瞩目的总统，而且每每都能控制全局，最后还能制造出不了了之结局的暗黑势力，其幕后主使，都是华尔街的金融大鳄。他们是现代灾难的根源。"

刘晓伟："您真觉得这些和本案有关吗？"

荣熙真："从'庭湖开发案'结束之日起到现在，刚好十年。"

刘晓伟略一沉思："嗯……只是……"

荣熙真："从一开始，荣家的上空就笼罩了一团邪恶的暗黑之气。鬼魂降临，是一系列事件的开端，然后家母就遭人劫持，没两天就遇害了，紧接着家母最亲近的老仆人光复叔在家中被割头，家父也在玲珑屋被人毒害。在此期间，还出现了恐怖的童谣、神秘的数字等一连串的怪事，这一切都使我明白了一点——这不是一个单独的'人'可以做到的，而是一个强大的集团，一个华丽而周密的杀人计划。它的终极目标，是要将荣家的势力斩尽杀绝。”

刘晓伟：“听说，鬼魂的样子，和您死去的外公叶启德很相像是吗？”

荣熙真：“我没有看见过鬼魂的样子。第一次出现的时候，我也是保护着惠娜和小海回房了。后来是听俊赫描述的。虽然很蹊跷，我倒也不认为那是巧合，因为俊赫两次看见过它了。俊赫的眼光犀利而敏锐，他说像，应该不是看错了，或是心理因素什么的。”

刘晓伟：“那么……”

荣熙真：“即使鬼魂真是外公的形象，也不过是华鼎坤的那只黑手所使用的蛊惑手段而已。让我们看到死去的亲人，比起看到普通的鬼来，视觉冲击力将更大，起到的震撼效果会更强。此外，如果仔细分析的话，您就会明白，这同时还是一种挑起荣家内乱的卑劣手段。它可以破坏荣家人内部的关系，令我们相互怀疑，削弱彼此的信任，最后分崩离析。而对付它的方法就是，不信和团结。”

刘晓伟：“有道理。那么您父亲脸上神秘的笑容呢，那会是有人在他死后刻意摆出来的吗？”

荣熙真：“不。人的表情是极其复杂而细微的，想通过拿捏死者的面部而人为地制造出表情来，是做不到的。说实话，这是我的死穴。至今为止，只有这一点，我完全想不通。”

刘晓伟沉吟了许久：“如此说来，大姐是不赞成凶手在荣家内部，而犯罪动机是为了荣家继承权的破案思路啰？”

荣熙真：“对。”

刘晓伟："也就是说，关于荣家遗产的分配，以及今后家主是谁的预测，您是不会向我们提供任何线索的。是吧？"

荣熙真："这是我们荣家自己的事，跟案件无关。荣家遗产和继承人，全凭家父遗嘱的安排，任何私下的媾和与阴谋，都是不合情不合理，也不合法的，而且一定是徒劳的。我相信家父的决定。"

刘晓伟："最后一个问题，您听说过'林春晓'这个名字吗？"

荣熙真："没有。"

刘晓伟："大姐、荣惠娜和荣俊赫的生母是叫段小琴吧？"

荣熙真："对。叶淑娴是我们的后母，只有俊旭和小海是她亲生的。"

刘晓伟："据我们调查到的一条线索，荣总在和你们的生母结婚之前，还有一段无果的恋情。对此，您大概也有所耳闻的吧？"

荣熙真一怔，脸上顿时蒙上了一层阴郁："我不知道。刘警官，说句不客气的话，你们不是狗仔队，而是警察，应该把力量放在早日破案上面，而不是挖掘花边新闻。"

刘晓伟合上了手中的记事本。

他知道，再问下去，也不会有更多的线索了。

第十六章　罗生门（下）

在排除所有可能性之后，剩下的无论多么不合乎情理，那就是真相。

——夏洛克·福尔摩斯（英）

第一节　刘律师

时间：下午四点

地点：庭湖西侧 祇园精舍会所

问讯人：王亮，刑侦干员小季

受讯人：刘正隆

荣应泰死后，荣家的律师刘正隆身处的位置就显得格外重要了，因此，他对事态发展所秉持的态度，对于侦破也具有参考性。

刘正隆离开律师楼，开车将二人带到了庭湖边一座竹林之间清幽的院落。

刘正隆端起龙泉豆青瓷的斗笠形小茶碗，饮了一口："知道你们一定会来找我的，所以我是有准备的。可以说的事，我会尽量配合你们，但我是律师，有些事还是不方便说的，也请你们理解。"

王亮："理解。您是个明白人，相信早日将凶手抓获归案是我们的共同愿望。"

刘正隆："当然，荣总对我有知遇之恩。"

王亮："准确地说刘律师与荣氏企业是一个什么样的工作关系呢？"

刘正隆："荣总旗下几家主要企业的CLO——Chief Law

Officer，也就是首席法务官，包括应泰钢构、应泰重工、兴荣陶瓷，以及应泰地产和应泰建设这两家上市公司。另外，荣总的私人法务也是由我来负责的。”

王亮：“那就涵盖了传统荣氏企业中最核心的五家企业。看来荣总对您很器重啊！”

刘正隆：“是的，荣总对我和我的法律团队高度信任，只要是与法律有关的事务，无论是公是私，都会交给我去办。”

王亮：“这样的工作关系，有多久了？”

刘正隆：“让我想想……应该有十八年了。我大学毕业后就进了当时小有名气的庭西律师事务所做实习律师，当时我的老板和师傅岳峰是华东五省最著名的大律师，同时也是叶氏企业的常任律师。叶老逝世之后，荣总成为叶氏企业的新掌门人，此时岳大律师因年迈和身体不适请辞，辞职前推荐年轻的我担当荣总的专属法律顾问。或许是因为我当时办的那几桩案子在外人看来是不可能完成的任务，所以荣总对我逐渐建立了信任。这时我在法律界也闯出了名气，得到了业界专家们的认可。一九九五年，叶氏企业全面改组为荣氏企业，荣总便任命我担任几家主要企业的主管律师，后来企业渐渐扩大，根据外企管理习惯，我的职务便更名为首席法务官，简称CLO。”

王亮：“在岳峰担任叶启德的律师时，您和荣总已经有过密切接触了。是吧？”

刘正隆：“嗯，我是岳峰大律师的助手，自然有很多机会接触到叶老的女婿——荣总。我的年纪只差荣总五岁。那个时候，我们还只是初出茅庐、踌躇满志的小伙子。按时下的称谓，我们可能会被称为愤青，可当年，我们是被人称作有为青年的。

很快地，我和荣总就建立了良好的私人关系。除了工作之外，荣总经常会邀请我品茶聊天，畅谈未来的企业构想。没想到，荣总那些当年被业内评价为投机主义、匪夷所思的理想，竟然在后来短短的十年之中都一一实现了。而我们彼此之间的关系也变得越来越牢固。除了家人，恐怕荣总最信任的人就是我了。"

王亮："有一件事，我想您可能有所耳闻。有关二十一年前叶启德的突然死亡，有人说他不是病死的，而是有人蓄意谋害。不知您对此如何看待？"

刘正隆低下头喝了口茶："哦，那只是流言而已。叶老是因突发性心肌梗死去世的，这一点毫无疑问。"

王亮："流言？看来您知道流言的出处是吧？"

刘正隆显得有些不悦："好吧。本来这些旧事不该再被提起，况且我还是律师的身份，但既然你问了，那我就告诉你吧。传出这个流言的，是叶老的儿子叶丰盛。可这完全是臆测，没有任何证据可以证明他们的怪想法。"

王亮："虽然没有证据，但……我看总不至于只是空穴来风那么简单吧？"

刘正隆嘴角一撇："我劝你们还是不要在这些无谓的事情上浪费精力了。哼，他怀疑的理由很简单，仅仅是因为一个巧合……"

王亮："什么巧合？"

刘正隆："叶老去世，碰巧是叶丰盛出差韩国的时候。此前老人家一直是由儿子亲自照料的，儿子出国后，他的起居便改由女婿打理。仅此而已。叶丰盛回国后就开始疑神疑鬼，异想天开地认为有人蓄意谋害。您说这不是无谓的瞎想又是什么呢？要知道，叶丰盛当时在韩国足足待了一个月。在长达一个月的时间里，本来身体就不好的老父亲病情突然恶化，导致了死亡。您想想，这值得怀疑吗？”

王亮：“在您看来，这完全是捕风捉影？真的是不存在任何的疑点吗？”

刘正隆：“当然。在叶老去世之后的一年里，叶丰盛雇用私家侦探，几次对此事进行调查，都无果而终。后来叶丰盛可能意识到自己玩得过火了，再无颜面对无辜的荣总，于是索性移民韩国，再也不回来了。他这种莫须有的猜疑，连身为姐姐的荣夫人都不信，姐弟俩也因此而决裂。这一切都说明了，所谓叶老被害说只是一场梦魇，根本没有任何事实根据。”

王亮：“嗯，事实上还有一个传言。您应该听说过有人试图篡改遗嘱的事情吧？哦，我说的是那份旧的遗嘱。”

刘正隆的脸阴沉下来：“没有这样的事。”

王亮：“不对吧？旧的遗嘱就在你的手上，不通过你，篡改遗嘱是无法做到的。请告诉我们，这个家伙是谁？”

刘正隆：“我说了，没有这样的事。无论是旧的遗嘱，还是新的遗嘱，从来都没有被人碰过，更不要说被篡改了。包括荣总自己，交给我之后，也没有再向我索要过。两封遗嘱仍原封不动地保留着。”

王亮的嘴角露出一丝浅笑：“您的回答很艺术嘛！我问的是曾经试图修改遗嘱的人是谁，而您的回答是遗嘱并没有被修改。这是两件不同实质的事情。我可以这样理解您的言下之意吧？确实曾有人想从您这里拿到并修改那份旧的遗嘱，但实际上那个人并没能得逞。”

刘正隆：“这都是你一厢情愿的推理。我没有说过。”

王亮：“这样说来，您是知道那个人是谁的。怎么？不能说吗？”

刘正隆苦笑道：“警官，我没有什么‘言下之意’，更没有暗示你的意思。我只是在陈述一个事实，遗嘱并没有被人修改。至于别的问题，我有权利保持沉默。”

王亮：“好。下面向您核实几个关于荣应泰子女的情况，我想应该不会让您觉得为难。”

刘正隆：“嗯。”

王亮：“荣熙真、荣惠娜和荣俊赫，是荣应泰的前任妻子段小琴所生，而荣俊旭和荣俊海是现任妻子叶淑娴亲生的，对吧？”

刘正隆：“没错。”

王亮：“荣熙真有个秘密的男朋友。这您知道吗？”

刘正隆：“不对吧？据我所知，目前应该还没有。”

王亮：“荣总平时会悄悄派人跟着荣熙真，通过这种方式来了解她的私生活吗？”

刘正隆：“您怎么会说出那样的话来？哪会有那样的事情？荣熙真不是一个扭扭捏捏的小女子。见过她的话，你就会知道，那是真正称得上知书达理、大家风范的奇女子。她要是有了男友的话，一定不会瞒着自己的父亲，而会正大光明地对待自己的感情生活，绝不会存在你所说的那种龌龊事。况且，为父亲的又怎么会用那种手段去跟踪自己的女儿呢？”

王亮：“哦，可能是我用词不当吧，请原谅。荣总也很器重林念祖吧？他难道就没想过让林念祖和荣熙真结婚吗？那岂不是……”

刘正隆摇头道：“没有。可能不合适吧？具体的我不知道……在生活中，荣总和我可以算是无话不谈的，可是我从来也没听荣总提起过这种想法，从来没有。我觉得那不过是你一个不成熟的设想而已。”

王亮：“林念祖是什么时候认识荣总的？”

刘正隆：“十几年前吧。林念祖进入公司的时候，只是一个普通的小职员。后来荣总赏识他学识渊博、能力超群，破格提拔他进入应泰建设，做了自己的行政助理。五年前，也就是公司上市时，林念祖已被重用为副总。”

王亮：“关于林念祖进入公司之前的情况您了解吗？”

刘正隆：“这个不太了解。我只知道，他原来是在日本留学，读的是医学专业。不过，我想公司的人事部门应该有他的档案吧。警察想调查的话，应该不是什么难事。”

王亮：“在荣总的企业之中，林念祖的威望和影响力，果真比身为嫡长男的荣俊赫还要高吗？”

刘正隆：“是的。这是由于俊赫的经营新思维所致。从一开始，俊赫就倾向于自主创业，而没有进入以荣总为首的‘旧荣企’体系。自己的长子当初选择这样的一条艰辛之路，作为父亲的荣总起初一定是不甚赞成的。不过，荣总不是墨守成规的人，而是一位富有远见的企业家，一定明白‘殊途同归’的道理。因此，俊赫在辛苦创业的初期，荣总还是给予了适时的支持。现在足以证明，俊赫当时的选择无疑是明智的。他的新型企业，规模与实力虽然仍远不及父亲的‘旧荣企’，但

'新荣企'的旗号已经被业界普遍接受，而且前景十分远大。相比之下，俊赫的名声和人望，在商业圈里绝不会输于林念祖。"

王亮："林念祖和荣俊赫，同荣总之间都处得好吗？有过什么矛盾吗？还有，他们哥俩之间呢？"

刘正隆："非常好。荣总和他俩，林念祖和俊赫，关系都很融洽，从没有任何矛盾。他们两个人，在我看来，正像荣总的左膀右臂，一条龙和一只虎。虽然现在表面上看起来是林念祖的贡献更多一些，但从长远角度来看，俊赫的力量将不断壮大，成为推动荣家整体产业不断向前发展的新动力。"

王亮："荣俊旭和荣总关系不太好是吧？"

刘正隆："那孩子不争气，也不太懂事，成天和一帮子搞摇滚、斗街舞的街头小混混搅和在一起。唉！说起来是夫人惯坏了他啊！他是夫人亲生的儿子，因此夫人打小就对他过于溺爱，从来不对他进行约束，总是对他言听计从、无所不应。荣总对此很头疼，曾有很多次在我面前表示过对这孩子的不满。不过，你知道，那只是父亲的恨铁不成钢。实际上，荣总对俊旭越是表现出恨，其实就越是体现出心里的爱。"

王亮："是这样啊！遇害的荣府大管家吕光复……原来是叶启德的人是吧？"

刘正隆："是的。他原本是叶老的行政助理，同时也是贴身秘书，深受叶老的喜爱和信任。老爷子过世后，当时最有望接任总经理的人选就是他了。可不知道为什么，他似乎根本没有争夺公司管理大权的意图，反而向公司提交了辞呈。不过，虽然他辞了职，荣总对他的能力和忠诚仍是颇为赞赏的。兴许这期间荣总曾找他谈过心，总之他辞职不久，就被荣总正式聘用为荣府的管家了。”

王亮：“叶启德对他有恩？”

刘正隆：“恩重如山。听说他出身寒门，无父无母，年幼时也没读过书，很小的时候就开始四处流浪。是叶老收留了他，此后就一直将他带在身边，也对他进行悉心的教育与栽培，最后使他成了一个能顶大梁的有才之士。据几个熟悉的人讲，叶老对待光复叔有如亲生子一般，从来不把他当成外人，因此他和叶淑娴也亲如兄妹，感情至深。不过，光复叔是个懂得礼数和本分的人，工作上恪尽职守，生活中一直与叶氏父女保持着谨慎恭敬的主仆关系，从不敢越雷池一步。”

王亮：“那倒是很适合做管家。荣应泰很有眼光。”

刘正隆：“没错。事实证明他是个很称职的管家，二十年来将偌大的荣府安排得井井有条。后来，荣熙真渐渐长大，有了参与管理家族事务的想法，光复叔便毫无怨言地交出了管理权，乖乖听命于荣熙真。一句话，这绝对是一个识时务的人。”

王亮：“嗯。还有一个老仆人叫周水根，跟儿子周焘一起在荣家服务多年。关于他的情况，您了解吗？”

刘正隆：“哦，是根叔啊。他没有什么故事，只是个普通的仆人罢了，在府内工作恐怕也有十五年了吧。他是夫人的一个老朋友介绍来的，因为是个哑巴，人又好，所以荣总和夫人都很善待他。后来他的儿子周焘复员后找不到工作，他就向荣总和夫人提出请求。荣总和夫人很愉快地接纳了周焘。”

王亮：“您听说过……‘林春晓’这个名字吗？”

刘正隆突然双眼圆睁：“咦？你们是从哪里知道这个人的？”

王亮：“怎么？您认识？”

刘正隆："认识倒称不上，只是……这个名字在我的心里，一直是个谜。"

王亮："不认识，却又是个谜？那是为什么呢？"

刘正隆："这个名字让我想起了一桩奇怪的事。那是在二十多年前，我还在庭西律师事务所做见习律师的时候，具体日期记不得了，荣总突然来到我的办公室，关上门，悄悄地要我帮忙起草一份房屋租赁合同。在那个年代里，房屋租赁业还没有形成，租房并不规范，因此没有现在随处可见的那种标准合同样板，需要自己来制订。奇怪的是，荣总特别要求我私下里以律师事务所的名义作为合同的乙方，并向我保证，仅限于一个老朋友的个人租房用途而已。尽管我明白这是违规操作，但荣总这样恳求我，况且只是个人租房用的话又出不了什么事，所以我也只好瞒着上司答应了。我拟好合同交给荣总，当时心里并没当回事。过了一周，荣总拿着那份合同要求我在乙方的落款处盖上律师事务所的公章。我照办了。只是……有一点很让我疑惑。合同的乙方落款是我们事务所，但在详细条款中的实际租房人，就是您刚才提到的这个'林春晓'。"

王亮："咦？你不认识这个人？"

刘正隆："不认识。先听我说完，有意思的还在后面。从合同的细则来看，荣总是需要通过公司的名义来替某人租一套房子。当时我们刚认识不久，还算不上是朋友，而荣总此时已经是叶氏企业中的第一干将了，管理着几家企业，他的朋友更是多如牛毛。想以公司名义租一套房不是轻而易举的事情吗？为什么会大费周折，交给我这么一个尚且谈不上熟悉的人来办呢？于是我明白了，通过熟悉的朋友来办不行，而通过自己的公司来办更是行不通，他一定是需要在不显山不露水的情况下来完成这件事，而我，正好是个口风紧、重诚信的人。也就是说，这个实际租房人‘林春晓’，是荣总不希望别人知道的秘密人物。”

王亮：“比如说……秘密的恋人？”

刘正隆：“不是没有可能。但我并不知道她的身份，更没见过她。我只是看到了那么一个名字。不过如此。事情并没有结束，荣总在合同甲方盖好章之后，还拜托我来保管这张合同，并且特别要求，秘密地藏在家里，还让我不要多问。我明白他这时确实需要帮助，也从他的眼里看到了对我的信任，另外我也相信他不会害我。于是我就把它藏在了家里。后来，荣总便经常与我联络，关系越来越好。因此我也从此看出了这事对于荣总来说很重要。一年后的一天，荣总约我出来，悄悄地要求我，把那张合同销毁。”

王亮：“咦？他还……”

刘正隆：“是的。这可能是我职业生涯中唯一的一次犯错。我当时就答应了荣总，打算回家就把它烧掉。可就那么巧，还没等我回家，在单位里就接到了父亲病危的电报。于是我连家都没回就立即买了火车票赶回东北老家。父亲还是走了，安顿好丧事后，我就返回了工作岗位。恰逢事务所里又接了一桩大案，这桩案子在当时的人们看来很有争议，岳老因为身体小恙，就将它交给了我。我要面对的是华东地区最负盛名的大检察官，一交锋就是旷日持久的三个月。最后是我赢了，也因此一战成名，但我居然把荣总交代的事忘得一干二净。荣总可能从那事之后就对我建立了相当的信任，所以压根儿没再提起过。他绝不会想到我竟会忘了将它烧掉。之后，我在律师界的人气扶摇直上，案子也越接越多，等我再次想起这件事，已经是一年以后了。其实，这个时候想起来也不算晚，当时我要是把它烧掉，对于朋友嘱托的事情还算是圆满完成了。可是……当拿起这份合同，即将把它伸向火炉的一刹那间，我的心理起了变化。可能你不信，焚毁合同这种事，对于一个律师来说，简直就是一重心理障碍。我心想，这份合同对荣总如此重要，烧掉它是不是不好。荣总日后会不会后悔呢？当时的我就是那样想的。反正它在我手上，想烧掉它是分分钟的事，不如先将它保留，过一段时间再说。万一荣总后悔了，也不至于无法挽回。就这样，这份带有‘林春晓’名字的合同，一直静静地放在我家的阁楼里，到现在已经有二十多年了。”

王亮：“这份合同还在？”

刘正隆：“在。”

王亮：“您一定没想到，那么多年过去了，在荣总遇害之后，这份合同兴许还能为警方破案提供一点线索。”

刘正隆：“世事难料。如果真的能帮上忙，那就太好了。荣总在天之灵，恐怕也会感谢上苍，使我这样一个刻板的人，犯了一个小小的错误。还有一件怪事，兴许跟这个人也多少有点关系。”

王亮：“哦？”

刘正隆：“那是在叶老去世之后。那个时候即使著名的大律师也没有自己的公务用车，我经常会向荣总开口借用他的轿车。荣总当时有两辆车，其中一辆用得很少的米色拉达车就会时常被我占用。一来二去，我和那个年轻的临时工司机就混得熟了。

他私下里告诉了我这么一件怪事，荣总在每个月末的时候，总会坐他的车，去城郊的一个邮局。你知道，在那个年代邮局是很发达的，每隔两三条街至少会有一所，想寄邮件非常方便，而且公司附近就有一个大邮局。为什么荣总会舍近求远，绕道去一所郊外的邮局呢？还有，荣总为什么不像平常一样，使用自己常用的新车和贴身的司机，而要用这辆不太用的旧车和这个临时工司机呢？很奇怪吧？”

王亮：“嗯，有点。”

刘正隆：“那个司机也觉得很奇怪。这样的安排，每到月末都会发生，而且每回荣总一定是一个人进去，吩咐他在车上等候。于是，好奇的司机有次就装作上厕所进去偷偷看了一下，发现荣总是在通过邮局给什么人汇款。为了证实没有看错，他在下一个月末的那天再次如法炮制，因而确定了自己的判断。后来，他在和我一起外出办公的时候，就将这件事讲给我听。这令我立即就想起了那份合同上的名字。接受汇款的那个人，会不会是同一人呢？那个……秘密的人。那个好奇的小司机还说，如果某一天荣总因为填错了字而扔掉汇款单的话，他打算把它捡起来看看那个人究竟是谁？”

王亮：“他看到了吗？”

刘正隆：“没有。好奇害死猫，这个小司机不久就被荣总辞退了。我想，可能是哪一次他的行动被荣总发现了吧。”

王亮：“那您也没再找过这位司机问问究竟吗？”

刘正隆：“没有。我不是警察，也不是狗仔队，对此，我仅仅是有一点好奇而已，但肯定不会因为这样的事情去满世界打听的。这是当一名好律师的职业操守。不该听的不听，不该问的不问，不该说的不说。”

王亮：“不听不问不说啊！”

刘正隆：“正因为如此，荣总才会对我建立起绝对的信任。”

王亮：“那个司机的档案，还可能找得到吗？”

刘正隆：“不可能。临时工在那个时代根本不建立档案。而我也只是记得他姓邱，从来没想起问他的名字。”

王亮：“可惜！看起来，这个‘林春晓’在很长的一段时间内，都受到荣总的经济援助啊！”

刘正隆：“有这种可能。”

王亮：“哦，对了，那份合同……”

刘正隆：“没问题，明天我可以送到您的办公室。”

王亮：“那真是太感谢了。”

第二节　根　叔

时间：下午三点五十分

地点：荣府 前院 钢琴室

问讯人：安力为，穆千行

受讯人：周水根

下午三点四十五，安力为收到了刘晓伟的微信留言。通过留言的只言片语，安力为获悉荣熙真已经在接受问讯了，地点选在了后花园西北侧，镜池旁的玻璃花房里。

实际上安力为听从了千行的建议，打林念祖那儿出来后，连中饭都没有吃，就迅速地开车前往荣府，三点二十左右就到附近了，跟刘晓伟简直前脚跟后脚。

但他们没有立即进入荣府，而是将车停在了荣府之外，南面的小里海边。

这样做是因为，如果荣熙真刚好在前厅或南大门口的话，安力为的进入无论如何也难以逾越她的视线，那么，秘密接触根叔的计划就泡汤了。而如果荣熙真接受了刘晓伟的调查请求，安力为只需应付那些毫无防备的仆人就可以了。

由于警方连日来的自由出入，这些仆人对警察已经习以为常了。亦或许对于这些草民来说，询问警察的行动，多少会有些妨碍公务的嫌疑。因此自从事发以来，他们对于警察在干啥基本不过问。

根据前一晚商定的计划，在荣熙真接受刘晓伟调查的时间内，旁人不得与其接触。

安力为相信刘晓伟能办得到。

如此，仆人们既不认为警察的来到需要向主子汇报，想报信的话又做不到，秘密接触的计划方能得到保障。等到安力为和根叔对话结束，就算完成任务。至于荣熙真事后会不会知道，那就不重要了。

现在，他俩在静静地等待，等的就是刘晓伟支开荣熙真的消息。

刘晓伟不仅将调查开始的时间、地点做了报告，还将根叔的所在位置告知了安力为。

在白金汉厅等候荣熙真接见的时候，刘晓伟就没闲着，向女仆小竹打听了根叔的情况。据小竹说，下午三四点钟之间，是一天之中根叔最清闲的时候，老人家一般都会在自己的卧室小憩片刻。这是他的老习惯了，如遇天冷，或许他还会睡得更久一些。

根叔的卧室，在荣府前院东侧的四合院区，第一进院子里的最里面一间。第一进院子是仆人居住的区域，而大白天里仆人们都在各司其职地忙着手里的活，自然不会有人回房躲懒。因此，在那里与根叔接触的话，只需在四合院门口布置一个小干警，就不必担心有人前来打扰了。

天赐良机。

刘晓伟的两条留言一到，安力为的车便风驰电掣般驶进了荣府大门。

在安排一个干警留守院门口后，安力为和千行一齐进入四合院，敲开了根叔的房门。

开门后一见到安力为和千行，略带睡意的根叔只是微微一愣，马上就明白了他俩的来意。

根叔招呼两人在床边坐下，自己则从床头边的墙上取下两副写字板，把其中一副与一支笔递给了安力为。

安力为颇感新奇地用那支笔在写字板上写写画画，然后又抠住一颗按钮轻松地一滑，板上的字迹便彻底被“擦”得干干净净。

这是儿童作画用的磁性画板。把这种画板当作聋哑人专用的写字板来使用，倒是不错的创意。

安力为暗自想道。

根叔的笔尖飞快，顷刻间就在板上写好了一句话：“知道你马上会来找我。”

看得出，这是他的常用工具。动作非常娴熟。

两人便用这种特殊的方式交流起来。

安力为：“纸条，你塞的？”

根叔：“是。”

安力为：“怎么塞到我口袋里的？”

根叔：“进门前。”

安力为：“那是什么意思？”

根叔：“有人要搞鬼。”

安力为：“谁？”

根叔：“不知道。但我知道有人要篡改遗嘱。”

看到这里，千行悄悄地和安力为耳语了几句。

安力为继续写道：“在命案之前，之后？”

根叔：“之前。一切开始前。”

安力为：“你怎么知道的？”

根叔：“一张废纸。我收垃圾时发现的。上面有看起来像是和遗嘱有关的几个单词。还有，上面有俊赫的名字，被打了叉。”

安力为：“这张废纸在哪里？”

根叔：“没有了，但我记得内容。”

安力为：“谁拿走了？”

根叔：“没有谁拿走。扔了。垃圾。”

千行一把从安力为的手里抢过写字板，写道：“不对，有人拿走了。你知道的。”

根叔看上去有些失望，继续写道：“太太。本来不想提这个，被你看出来了。小鬼头。”

千行：“叶淑娴？”

根叔点头。

千行："为什么你知道是叶淑娴？"

根叔："信纸。梅花底纹的信笺纸。红色的。太太的专用纸。老爷使用的是有公司标志的信笺纸。黄色的。很容易区分。"

千行略一思考，写道："仅仅几个单词，你怎么知道和遗嘱有关？"

根叔摇摇头，叹气写道："什么都瞒不过你。还有两件事，我注意到了。一是老爷早就订立了遗嘱，这点大家都知道。"

千行看清后，根叔消掉了字迹，又开始写："另外，我还看到了太太和旭少爷在秘密地说什么，看到我来，表情很奇怪。"

千行："怎么奇怪？"

根叔："他们好像不想让我知道。后来却又放心地笑了。我后来才明白，因为我是个聋子，听不见他们说话，所以他们放心了。"

千行："你认为他们在密谋修改遗嘱的事？"

根叔："这只是我猜的，不一定对。"

千行："刚才为什么想要瞒我？"

根叔："太太已经去世，我猜的也不一定对，所以本来不想向你们提太太和俊旭的事。"

千行笔锋一转："俊旭可能是凶手吗？"

根叔连忙摆手，样子好像被吓到了。

根叔："不可能。不要乱猜。俊旭绝不会杀自己的亲生母亲。"

千行："会杀自己的亲生父亲吗？"

根叔："绝不可能。所以我不想说那个，就是怕你们会乱想。俊旭虽然性格不好，但是个心地善良的好孩子。”

千行：“那么别人呢？谁最有可能是凶手？”

根叔：“我不知道。请不要再问我这个。”

千行：“你以前是不是还给我们塞过纸条？”

安力为诧异地看了一眼写字的千行，立即明白了他的意思。

根叔：“没有。”

千行：“314159——你知道这是什么？”

根叔：“不知道。”

千行：“这是我们在杀人现场发现的，每次荣府发生怪事的时候，总有这种写着数字的小纸条。你怎么看？”

根叔：“和我一样，向你们传达某种信息。”

根叔略一思索，旋即擦去了字迹，重新写道：“还有一种可能，是那个背后搞鬼的人在吓唬我们，让我们害怕，或者是在干扰大家的想法。”

千行看着根叔，点头写道：“同意。你认为凶手在外还是在内？”

根叔：“不知道。他很狡猾。”

千行：“你感觉杀人动机和遗嘱有关吗？”

根叔：“我不敢乱猜。真的不知道。”

千行：“向警方提供线索，不怕那个人报复你吗？”

根叔鼻子哼了一下：“不怕。”

千行：“光复叔是因为知道了什么内情而被人杀害的吗？”

根叔：“也许吧。”

千行："凶手很残忍，将光复叔斩首。你觉得他有什么必要那么做？"

根叔："可能是一种宣告，告诉我们，他的力量很强大。"

千行："那你不怕吗？"

根叔一笑："不怕。老了，没几年活头了。"

安力为的手机响起。他掏出手机一看，回复后，又与千行低语了几句。

千行问根叔："在与段小琴结婚之前，荣应泰还有一个恋人。他们没有结婚，是吗？"

可能是被一阵冷风吹到，根叔突然打了一个喷嚏。他显得有些尴尬，慌忙从床头柜上的抽纸盒抽出一张餐巾纸，简单地擦了一下面部。

安力为这才发现，自己进来后竟然忘了关门。冷风就是从门缝中吹来的。

他感到有些愧疚，连忙走过去，将房门关严实。

根叔继续写道："也许吧。虽然很久以前听人说起过，但细节并不清楚。"

千行不肯放松："知道林春晓是谁吗？"

根叔："不知道。"

千行："从来没有听说过？"

根叔："是的。"

千行："这个林春晓很有可能就是荣应泰在段小琴之前的秘密恋人。你认为呢？"

根叔："不可能。"

千行："为什么？"

根叔擦掉字迹，改写道："我的意思是，我不清楚。"

千行："你认为林念祖会是林春晓和荣总的私生子吗？"

根叔："不可能。"

千行："究竟是不知道还是不可能？"

根叔："不可能。林念祖的亲生父母，我见过。"

千行："在哪里见过？"

根叔："在一家银行里。那一天，我跟老爷去银行办事，正好遇见了林念祖和他的父母。他向老爷介绍了他的父母。"

千行："怎么那么肯定？你不是听不见吗？"

根叔："子女和父母的关系，一看便知，不会搞错的。我很确定他们就是林念祖的父母。"

千行："荣熙真有个恋人。你知道吗？"

根叔好奇地看了千行一眼："你搞错了。她没有。"

千行："是个秘密的恋人，她瞒着家人。"

根叔摇头："你搞错了。不会的。我们很希望大小姐早日成婚，但她好像不急。"

千行："荣府里的人，包括你，经常联合起来骗惠娜是吗？"

根叔笑了："那不是骗，是保护。因为惠娜还是个小孩子。"

千行："是谁想出这个主意的？"

根叔："开始是老爷和太太，后来大家都愿意这样保护她。"

安力为的手机再次响起。

原来又是刘晓伟的留言。估计和荣熙真的谈话将在半个小时之内结束，小刘提前通知一下。倘若千行和安力为的秘密调查在刘晓伟对荣熙真的调查之前结束，今天的全盘行动就很完美了。

安力为和千行耳语了几句。

千行会意地点头。他已经问完了。

千行说道："谢谢您的配合。今天的事情，请您不要告诉任何人，包括儿子。"

根叔写了两个字："明白。"

千行看着眼前可爱的老人，露出会意的微笑。

一天的问讯结束后，案情依旧迷雾重重，毫无拨云见日的迹象。自以为计划严密的安力为没有料到，分头同时进行，根本未留半点串供机会的突击问讯，竟遭遇了"罗生门"①现象。

①罗生门："罗生门"一词起源于日本小说家芥川龙之介根据佛教故事集《今昔物语集》中的一篇而写成的短篇小说《竹林中》中的一个情节，后因电影大师黑泽明导演的著名影片《罗生门》热映，而在华语地区被广为使用。专指每个人为了维护自己的利益而编造谎言，令事实真相不为人所知。